"十三五" 国家重点出版物出版规划项目

外国文学研究
核心话题系列丛书
Key Topics in Foreign
Literature Studies

◆ 心理分析·伦理研究
Psychoanalytical/
Ethical Studies

KEY TOPICS

外语学科核心话题
前沿研究文库

成长小说

———————— ✳ ————————

The Bildungsroman

沈宏芬　著

外语教学与研究出版社
FOREIGN LANGUAGE TEACHING AND RESEARCH PRESS
北京 BEIJING

图书在版编目（CIP）数据

成长小说 ／ 沈宏芬著． -- 北京 ：外语教学与研究出版社，2022.10（2025.8 重印）
（外语学科核心话题前沿研究文库. 外国文学研究核心话题系列丛书. 心理分析·伦理研究）
ISBN 978-7-5213-4037-2

Ⅰ. ①成… Ⅱ. ①沈… Ⅲ. ①小说研究－世界 Ⅳ. ①I106.4

中国版本图书馆 CIP 数据核字 (2022) 第 195403 号

出 版 人　王　芳
选题策划　常小玲　李会钦　段长城
项目负责　王丛琪
责任编辑　秦启越
责任校对　段长城
装帧设计　杨林青工作室
出版发行　外语教学与研究出版社
社　　址　北京市西三环北路 19 号（100089）
网　　址　https://www.fltrp.com
印　　刷　北京盛通印刷股份有限公司
开　　本　650×980　1/16
印　　张　15.25
版　　次　2022 年 10 月第 1 版 2025 年 8 月第 4 次印刷
书　　号　ISBN 978-7-5213-4037-2
定　　价　62.90 元

如有图书采购需求，图书内容或印刷装订等问题，侵权、盗版书籍等线索，请拨打以下电话或关注官方服务号：
客服电话：400 898 7008
官方服务号：微信搜索并关注公众号"外研社官方服务号"
外研社购书网址：https://fltrp.tmall.com

物料号：340370001

出版前言

　　随着中国特色社会主义进入新时代，国家对外开放、信息技术发展、语言产业繁荣与教育领域改革等对我国外语教育发展和外语学科建设产生了深远影响，也有力推动了我国的外语学术出版。为梳理学科发展脉络，展现前沿研究成果，外语教学与研究出版社汇聚国内外语学界各相关领域专家学者，精心策划出版"外语学科核心话题前沿研究文库"（下文简称"文库"）。

　　"文库"精选语言学、应用语言学、翻译学、外国文学研究和跨文化研究五大方向共25个重要领域100余个核心话题，按一个话题一本书撰写。每本书深入探讨该话题在国内外的研究脉络、研究方法和前沿成果，精选经典研究及原创研究案例，并对未来研究趋势进行展望。"文库"在整体上具有学术性、体系性、前沿性与引领性，力求做到点面结合、经典与创新结合、国外与国内结合，既有全面的宏观视野，又有深入的细致分析。

　　"文库"邀请国内外语学科各方向的众多专家学者担任总主编、子系列主编和作者，经三年协力组织与精心写作，自2018年底陆续推出。"文库"已获批"十三五"国家重点出版物出版规划项目，作为一个开放性大型书系，将在未来数年内持续出版，并计划进行不定期修订，使之成为外语学科的经典著作。

我们希望"文库"能够为外语学科及其他相关学科的研究生、教师及研究者提供有益参考,帮助读者清晰、全面地了解各核心话题的发展脉络,并有望开展进一步深入研究。期待"文库"为我国外语学科研究的创新发展与成果传播作出更多积极贡献。

外语教学与研究出版社

2018年11月

目录

总序

外国文学研究在二十世纪的中国经历了作品译介时代、文学史研究时代和作家＋作品研究时代，如果查阅申丹和王邦维主编的《新中国60年外国文学研究》，我们就可以看到，在改革开放后的中国，特别是在九十年代以后，外国文学研究进入了文学理论研究时代。译介外国文学理论的系列丛书大量出版，如"知识分子图书馆"系列和"当代学术棱镜译丛"系列等。在大学的外国文学课堂使用较多、影响较大的教程中，中文的有朱立元主编的《当代西方文艺理论》；英文的有张中载等主编的《二十世纪西方文论选读》和朱刚主编的《二十世纪西方文艺批评理论》。这些书籍所介绍的西方文学理论和批评理论，以《二十世纪西方文论选读》为例，包括俄国形式主义、新批评、结构主义、精神分析批评、原型批评、接受美学与读者反应理论、后结构主义、西方马克思主义、女权主义、后现代主义、新历史主义、后殖民主义、文化研究等等。

经过十多年之后，这些理论大多已经被我国的学者消化、吸收，并在外国文学研究领域广泛应用。有人说，外国文学研究已经离不开理论，离开了理论的批评是不专业、不深刻的印象主义式批评。这话正确与否，我们不予评论，但它至少让我们了解到理论在外国文学研究中的作用和在大多数外国文学研究者心中的分量。许多学术期刊在接受论文时，首先看它的理论，然后看它的研究方法。如果没有通过这两关，那么退稿即是自然的结果。在学位论文的评阅中，评阅专家同样也会看这两个方面，并且把它们视为论文是否合格的必要条件。这些都促成了我国外国文学研究理论时代的到来。我们应该承认，中国读者可能有理论消化不良的问题，可能有唯理论马首是瞻的问题。在某些领域，特别是在博士论文和硕士论文中，理论和概念可能会被生搬硬套地强加于作品，导致"两张皮"的问题。但是，总体上讲，理论研究时代的到来是一个进步，是一个值得我们去探索和追寻的方向。

一

如果说"应用性"是我们这套"外国文学研究核心话题系列丛书"（以下简称"丛书"）追求的目标，那么我们应该仔细考虑以下两个问题：第一，我们应该如何强化理论的运用，它的路径和方法何在？第二，我们在运用西方理论的过程中如何体现中国学者的创造性，如何体现中国学者的视角？我们先看第一个问题。十年前，当人们谈论文学理论时，最可能涉及的是某一个宏大的领域，如新历史主义、女性主义、后殖民批评等。而现在，人们更加关注的不是这些大概念，而是它们下面的小概念，或者微观概念，比如互文性、主体性、公共领域、异化、身份等等。原因是大概念往往涉及一个领域或者一个方向，它们背后往往包涵许多思想和观点，在实际操作中有尾大不掉的感觉。相反，微观概念在文本解读过程中往往具有很强的操作性，在分析作品时能帮助人们看到更多的意义，帮助人们更好地理解人物、情节、情景，以及这些因素背后的历史、文化、政治、性别缘由。

在英国浪漫派诗歌研究中，这种批评的实例比比皆是。比如莫德·鲍德金（Maud Bodkin）的《诗中的原型模式：想象的心理学研究》（*Archetypal Patterns in Poetry: Psychological Studies of Imagination*）就是运用荣格（Carl Jung）的原型理论对英国诗歌传统中出现的模式、叙事结构、人物类型等进行分析。在荣格的理论中，"原型"指古代神话中出现的某些结构因素，它们已经扎根于西方的集体无意识，在从古至今的西方文学和仪式中不断出现。想象作品的原型能够唤醒沉淀在读者无意识中的原型记忆，使他们对此作品作出相应的反应。鲍德金在书中特别探讨了塞缪尔·泰勒·柯尔律治（Samuel Taylor Coleridge）的《古水手吟》（*The Rime of the Ancient Mariner*）中的"重生"和《忽必烈汗》（*Kubla Khan*）中的"天堂地狱"等叙事结构原型（Bodkin：26–89），认为这些模式、结构、类型在诗歌作品中的出现不是偶然，而是自古以来沉淀在西方集体无意识中的原型在具体文学作品中的呈现（90–114）。同时她也认为，不但作者在创作时毫无意识地重现原型，而且这些作品对读者的吸引也与集体无意识有关，他们不由自主地对这些原型作出了反应。

在后来的著作中，使用微观概念来分析具体文学作品的趋势就更加明显。大卫·辛普森（David Simpson）的《华兹华斯的历史想象：错位的诗歌》（*Wordsworth's Historical Imagination: The Poetry of Displacement*）显然运用了西方马克思主义理论，但是它凸显的关键词是"历史"，即用社会历史视角来解读威廉·华兹华斯（William Wordsworth）。在"绪论"中，辛普森批评文学界传统上将私人领域与公共领域对立，将华兹华斯所追寻的"孤独"和"自然"划归到私人领域。实际上，他认为华氏的"孤独"有其"社会"和"历史"层面的含义（Simpson：1–4）。辛普森使用了湖区的档案，重建了湖区的真实历史，认为这个地方并不是华兹华斯的逃避场所。在湖区，华氏理想中的农耕社会及其特有的生产方式正在消失。圈地运动改变了家庭式的小生产模式，造成一部分农民与土地分离，也造成了华兹华斯所描写的贫穷和异化。华兹华斯所描写的个人与自然的分离以及想象力的丧失，似乎都与这些社会的变化和转型有着密不可分的关系（84–89）。在具体文本分析中，历史、公共领域、生产模式、异化等概念要比笼统的马克思主义概念更加有用，更能产生分析效果。

奈杰尔·里斯克（Nigel Leask）的《英国浪漫主义作家与东方：帝国焦虑》（*British Romantic Writers and the East: Anxieties of Empire*）探讨了拜

伦（George Gordon Byron）的"东方故事诗"中所呈现的土耳其奥斯曼帝国，雪莱（Percy Bysshe Shelley）的《阿拉斯特》（*Alastor*）和《解放了的普罗米修斯》（*Prometheus Unbound*）中所呈现的印度，以及托马斯·德·昆西（Thomas De Quincey）的《一个英国瘾君子的自白》（*Confessions of an English Opium Eater*）中所呈现的东亚地区的形象。他所使用的理论显然是后殖民理论，但是全书建构观点的关键概念"焦虑"来自心理学。在心理分析理论中，"焦虑"常常指一种"不安""不确定""忧虑"和"混乱"的心理状态，伴随着强烈的"痛苦"和"被搅扰"的感觉。里斯克认为，拜伦等人对大英帝国在东方进行的帝国事业持有既反对又支持、时而反对时而支持的复杂心态，因此他们的态度中存在着焦虑感（Leask：2–3）。同时，他也把"焦虑"概念用于描述英国人对大英帝国征服地区的人们的态度，即他们因这些东方"他者"对欧洲自我"同一性"的威胁而焦虑。

如果我们的目标是批评实践，是用批评理论进行文本分析，那么拉曼·塞尔登（Raman Selden）的《实践理论与阅读文学》（*Practicing Theory and Reading Literature*）一书值得我们参考借鉴。该书是他先前的《当代文学理论导读》（*A Reader's Guide to Contemporary Literary Theory*）的后续作品，主要是为先前的著作所介绍的批评理论提供一些实际运用的方法和路径，或者实际操作的范例。在他的范例中，他凸显了不同理论的关键词，如关于新批评，他凸显了"张力""含混"和"矛盾态度"；关于俄国形式主义，他凸显了"陌生化"；关于结构主义，他凸显了"二元对立""叙事语法"和"比喻与换喻"；关于后结构主义，他凸显了意义、主体、身份的"不确定性"；关于新历史主义，他凸显了主导文化的"遏制"作用；关于西方马克思主义，他凸显了"意识形态"和"狂欢"。

虽然上述系列并不全面，我们现在所使用的概念的数量和种类都可能要超过它，但是它给我们的启示是：要进行实际的批评实践，我们必须关注各个批评派别的具体操作方法，以及它们所使用的具体路径和工具。我们这套"丛书"所凸显的也是"概念"或者"核心话题"，就是为了实际操作，为了文本分析。"丛书"所撰写的"核心话题"共分5个子系列，即"传统·现代性·后现代研究""社会·历史研究""种族·后殖民研究""自然·性别研究""心理分析·伦理研究"，每个子系列选择3—5个最核心的话题，分别撰写成一本书，探讨该话题在国内外的研究脉络、发展演变、经典及原创研究案例等等。通过把这些概念运用于文本分析，达到介绍该批评派别的目的，同时也希望展示这些话题在具体的文学批评中的作用。

二

中国的视角和中国学者的理论创新和超越，是长期困扰国内外国文学研究界的问题，这不是一套书或者一个人能够解决的。外国文学研究界，特别是专注外国文学理论研究的学者，也因此承受了巨大的压力。有人甚至批评说，国内研究外国文学理论的人好像有很大的学问，其实仅仅就是"二传手"或者"搬运工"，把西方的东西拿来转述一遍。国内文艺理论界普遍存在着"失语症"。这些批评应该说都有一定的道理，它警醒我们在理论建构方面不能无所作为，不能仅仅满足于译介西方的东西。但是"失语症"的原因究竟是因为我们缺少话语权，还是我们根本就没有话语？这一点值得我们思考。

我们都知道，李泽厚是较早受到西方关注的中国现当代本土文艺理论家。在美国权威的文学理论教材《诺顿文学理论与批评选集》（*The Norton Anthology of Theory and Criticism*）第二版中，李泽厚的《美学四讲》（*Four Essays on Aesthetics*）中的"形式层与原始积淀"（"The Stratification of Form and Primitive Sedimentation"）成功入选。这说明中国文艺理论在创新方面并不是没有话语，而是可能缺少话语权。概念化和理论化是新理论创立必不可少的过程，应该说老一辈学者王国维、朱光潜、钱钟书对"意境"的表述是可以概念化和理论化的；更近时期的学者叶维廉和张隆溪对道家思想在比较文学中的应用也是可以概念化和理论化的。后两者在这方面做了很多工作，但要在国际上产生影响力，还需要有进一步的提升，也需要中国的学者群体共同努力，去支持、跟进、推动、应用和发挥，以使它们产生应有的影响。

在翻译理论方面，我国的理论创新应该说早于西方。中国是翻译大国，二十世纪是我国翻译活动最活跃的时代，出现了林纾、傅雷、卞之琳、朱生豪等翻译大家，在翻译西方文学和科学著作的过程中积累了大量的经验。在中国翻译家提出"信达雅"的时候，西方的翻译理论还未有多少发展。但是西方的学术界和理论界特别擅长把思想概念化和理论化，因此有后来居上的态势。但是如果仔细审视，西方的热门翻译理论概念如"对等""归化和异化""明晰化"等等，都没有超出"信达雅"的范畴。新理论的创立不仅需要新思想，而且还需要一个整理、归纳和升华的过程，这就是我们所说的概念化和理论化。曹顺庆教授在比较文学领域提出的"变异学"就是一个有意义的尝试，我个人认为，它有可能成为中国学者的另一个理论创新。

理论创新是一件重要而艰巨的工作，最难的创新莫过于思维范式的创新，也就是托马斯·库恩（Thomas S. Kuhn）在《科学革命的结构》（*The Structure of Scientific Revolutions*）中所说的范式（paradigm）的改变。哥白尼（Nicolaus Copernicus）的"日心说"是对传统的和基督教的宇宙观的全面颠覆，达尔文（Charles Darwin）的"进化论"是对基督教的"存在的大链条"和"创世说"的全面颠覆，康德（Immanuel Kant）的"唯心主义"学说是对唯物主义认识论的全面颠覆。这样的范式创新有可能完全推翻以前人们对世界的认识，从而建立一套新的知识体系。福柯（Michel Foucault）在《词与物：人文科学考古学》（*The Order of Things: An Archaeology of the Human Sciences*）中将"范式"称为"范型"或"型构"（episteme），他认为这些"型构"是一个时代知识生产与话语生产的基础，也是判断这些知识和话语正确或错误的基础（Foucault：xxi–xxiii）。能够改变这种"范式"或"型构"的理论应该就是创新性足够强大的理论。

　　任何创新都要从整理传统和阅读前人开始，用牛顿（Isaac Newton）的话来说，就是"我之所以比别人看得远一些，是因为我站在巨人的肩膀上"。福柯曾经提出了"全景敞式主义"（panopticism）的概念，用来分析个人在权利监视下的困境，在国内的学位论文中得到比较广泛的应用，但是这个概念来自英国功利主义哲学家杰里米·边沁（Jeremy Bentham）；福柯还提出了一个"异托邦"（heterotopia）的概念，用来分析文化差异和思维模式的差异，在中国的学术界也很有知名度，但这个概念是由"乌托邦"（utopia）的概念演化而来，它的源头可以追溯到古希腊的柏拉图（Plato）和十六世纪的英国作家托马斯·莫尔（Sir Thomas More）。雅克·拉康（Jacques Lacan）对"主体性"（subjectivity）的分析曾经对女性主义和文化批评产生过很大影响，但是它也是对弗洛伊德（Sigmund Freud）心理分析的改造，可以说是后结构主义语言观与弗洛伊德心理分析的巧妙结合。詹明信（Fredric Jameson）的"政治无意识"（political unconscious）概念常常被运用在西方马克思主义批评中，但是它也是对马克思（Karl Marx）和路易·阿尔都塞（Louis Althusser）的"意识形态"（ideology）理论的发展，可以说是传统的马克思主义与后结构主义和心理分析的巧妙结合。甚至文化唯物主义和新历史主义批评的两个标志性概念"颠覆"（subversion）和"遏制"（containment）也是来自别处，很有可能来自福柯、雷蒙·威廉斯（Raymond Williams）或其他马克思主义批评家。虽然对于我们的时代来说，西方文论的消化和吸收的高峰期已经结束，但对于个人来说，消化和吸收是必须经过的一个阶段。

　　在经济和科技领域也一样，人们也是首先学习、消化和吸收，然后再争取创新和超越，这就是所谓的"弯道超车"。高铁最初不是中国的发明，但是中国通过消化和吸收高铁技术，拓展和革新了这项技术，使我们在应用方面达到了世界前列。同样，中国将互联网技术应用延伸至电子商务、共享经济、线上支付等领域，使中国在金融创新领域走在了世界前列。这就是说，创新有多个层面、多个内涵。可以说，理论创新、方法创新、证据创新、应用创新都是创新。从0到1的创新，或者说从无到有的创新，是最艰难的创新，而从1到2或者从2到3的创新相对容易一些。

我们这套"丛书"也是从消化和吸收开始，兼具**学术性、应用性**：每一本书都是对一个核心话题的理解，既是理论阐释，也是研究方法指南。"丛书"中的每一本基本都遵循如下结构。1）概说：话题的选择理由、话题的定义（除权威解释外可以包含作者自己的阐释）、话题的当代意义。如果是跨学科话题，还需注重与其他学科理解上的区分。2）渊源与发展：梳理话题的渊源、历史、发展及变化。作者可以以历史阶段作为分期，也可以以重要思想家作为节点，对整个话题进行阐释。3）案例一：经典研究案例评析，精选1–2个已有研究案例，并加以点评分析。案例二：原创分析案例。4）选题建议、趋势展望：提供以该话题视角可能展开的研究选题，同时对该话题的研究趋势进行展望。

"丛书"还兼具**普及性和原创性**：作为研究性综述，"丛书"的每一本都是在一定高度上对某一核心话题的普及，同时也是对该话题的深层次理解。原创案例分析、未来研究选题的建议与展望等都具有原创性。虽然这种原创性只是应用方面的原创，但是它是理论创新的基础。"丛书"旨在增强研究生和年轻学者对核心话题的理解和应用能力，进一步扩大知识分子的学术视野。"丛书"的出版是连续性的，不指望一次性出齐，随着时间的推移，数量会逐渐上升，最终在规模上和质量上都将成为核心话题研究的必读图书，从而打造出一套外国文学研究经典。

"丛书"的话题将凸显**文学性**：为保证"丛书"成为文学研究核心话题丛书，话题主要集中在文学研究领域。如果有社会学、经济学、政治学领域话题入选，那么它们必须在文学研究领域有相当大的应用价值；对于跨学科话题，必须从文学的视角进行阐释，其原创案例对象应是文学素材。

"丛书"的子系列设置具有一定的合理性：分类常常有一定的难度，常常有难以界定的情况、跨学科的情况、跨类别的情况，但考虑到项目定位和读者期望，对"丛书"进行分类具有相当大的必要性，且要求所分类别具有一定体系，分类依据也有合理解释。

在西方，著名的劳特利奇（Routledge）出版社在二十世纪八十年代曾经陆续出版过一套名为"新声音"（New Accents）的西方文论丛书，产生过很大的影响。这个系列一直延续了二十多年，出版了上百种书籍，至今还在延续。我们这套"丛书"也希望能够以不断积累、不断摸索和创新的方式，为中国学者提供一个发展平台，让优秀的思想能够在这个平台上呈现和发展，发出中国的声音。"丛书"希望为打造中国的学术思想和学术派别、展示中国的视角和观点贡献自己的力量。

张剑

北京外国语大学

2018年10月

参考文献

Bodkin, Maud. *Archetypal Patterns in Poetry: Psychological Studies of Imagination*. London: Oxford University Press, 1934.

Foucault, Michel. *The Order of Things: An Archaeology of the Human Sciences*. New York: Vintage Books, 1970.

Leask, Nigel. *British Romantic Writers and the East: Anxieties of Empire*. Cambridge: Cambridge University Press, 1992.

Simpson, David. *Wordsworth's Historical Imagination: The Poetry of Displacement*. New York: Metheun, 1987.

前言

　　成长小说是一个有着悠久历史的经典文类。它有多经典呢？可以说，大部分著名的西方作家都写过成长小说；许多普通读者在第一次听说成长小说这个名字之前，或许就已经读过至少一部成长小说。举例来说，像我们熟知的《维廉·麦斯特的学习时代》（*Wilhelm Meister's Apprenticeship*）、《爱弥儿：论教育》（*Emile, or on Education*）、《大卫·科波菲尔》（*David Copperfield*）、《远大前程》（*Great Expectations*）、《简·爱》（*Jane Eyre*）、《儿子与情人》（*Sons and Lovers*）、《情感教育》（*Sentimental Education*）、《人性的枷锁》（*Of Human Bondage*）、《一个青年艺术家的画像》（*A Portrait of the Artist as a Young Man*）等作品，都是成长小说。"成长小说"一词出自德国，德语词汇为Bildungsroman，歌德（Johann Wolfgang von Goethe）的《维廉·麦斯特的学习时代》一般被誉为它的鼻祖。十九世纪时，它就已经成为欧洲大陆上主要的小说形式，并在英法等国产生了大量的经典文本；在二十世纪，这一文类更是成为一个世界级的文学现象，远播亚非拉地区。成长小说的受众群相当广泛而多样，其中既包括文学、教育学、心理学、社会学和历史学等专业领域的科研人员，也包括为数众多的教育工作者、教育政策相关人员和媒体工作者，还包括家长和青少年这类普通读者。

　　为什么大家都对成长小说如此感兴趣呢？这就要从成长小说本身谈起。成长小说的基本情节是描述个体从少时走向成熟的成长历程，而这个文类从诞生之日起就被看作是西方现代性的文学表征形式，回应的是西方现代民族国家建立框架下的公民塑造这个要求，其美学政治性质突出。从这个基本点可以看出，成长小说具备一定的张力来保证其丰富性——它既讨论个人、主体，也关怀国家、民族建设；它既着眼于敏感、浪漫的主人公，又落脚在广阔复杂的外部现实；它既保持着对未来、乌托邦的希望，又含有对现有体制的互动乃至革命性的解构力量……

二十世纪上半期，当西方社会发生巨变时，过去成长小说所依赖的那种启蒙的、乐观主义的成长范式失去了它的根基。"主体已死"的口号和两次世界大战带来的帝国的瓦解和崩溃，让成长小说面临着巨大的危机。无论从内容还是形式上，建构主义的成长小说都变得难以为继。成长小说批评发出了"成长小说已死"的论辩声。

但文学的创作却超越理论和批评的框架，给人带来新的惊喜。成长小说在二十世纪下半期逐渐复兴。性别、种族、移民等内容纷纷为成长小说写作注入新的血液。过去离心的边缘力量逐渐占据中心地位，成长小说向边缘、异质和失败敞开了大门。

纵观成长小说的区域性发展，它进入中国的时间相当早。二十世纪初，部分西方经典成长小说被译为中文，其中包天笑的工作尤为突出，而二十世纪四十年代冯至在翻译《维廉·麦斯特的学习时代》时也专门对该文类进行了介绍。成长小说发展到当下，中国读者对它可以说是既熟悉又陌生。熟悉之处在于，不仅中国文学史上也出现了成长小说，其中部分作品还相当出名，例如杨沫的《青春之歌》；而且，近十年来成长小说这个名头不断地被媒体和文学批评界提及，很多中国当代小说都被冠以成长小说的名目进行推广。说陌生，对应的则正好是成长小说这个名目被广泛使用的情况。实际上，大部分读者、媒体乃至学术界人士，都对成长小说并不熟悉，他们没有明确地理解成长小说是一种特定的小说类型，在内容和形式上都有一系列规定，而是将这个名目或类似名目如"教育小说"泛化地用在几乎所有以"成长"为主题的小说上。虽然我们在讨论某个文类概念时，要避免本质主义的误区，但是这并不意味着我们要滑向概念界定的另一头，即放任概念的混淆以致失去边界。上述原因构成了本书写作的动机之一。

本书力图提供一个系统的、较为全面的关于成长小说的论述，既包括成长小说的文本发展史，也涵盖成长小说的批评话语发展历程。面对如此复杂的任务，本书将切入点放在成长小说的危机上，即这一文类在二十世纪初所遭遇的种种困境，以及随后长达十几年西方批评界关于成长小说的论争，并由此出发来反观成长小说的发展史，考察它在建构和不断被经典化的过程中，究竟隐藏着哪些问题，同时也展开对它的转型和复兴的讨论。

这些问题都是复杂的，为了呈现更为全面的内容，本书涉及众多较为困难的点：时间跨度大，涉及从十七世纪直到当下这几百年的历史；空间涵盖了德国、英国、法国、美国、西班牙、匈牙利、非洲等诸多国家和地区的成长小说文本；随之而来的是语言，涉及德语、英语、法语、西班牙语、俄语等；从文本上说，既有大家耳熟能详的经典文本，也有不太出名的各类成长小说文本，尤其是各国或地区的当代文本；从理论上说，核心理论有卡尔·摩根斯坦（Karl Morgenstein）、W. 狄尔泰（W. Dilthey）、M. M. 巴赫金（M. M. Bakhtin）、杰尔姆·巴克利（Jerome Buckley）、佛朗哥·莫雷蒂（Franco Moretti）、于尔根·雅各布斯（Jürgen Jacobs）、罗尔夫·泽尔布曼（Rolf Selbmann）、托拜厄斯·伯斯（Tobias Boes）、马丁·斯韦尔斯（Martin Swales）、马克·雷德菲尔德（Marc Redfield）、苏珊·豪（Susanne Howe）、杰弗里·萨蒙斯（Jeffrey Sammons）、W. H. 布拉福德（W. H. Bruford）、M. 贝多（M. Beddow）、D. H. 迈尔斯（D. H. Miles）、苏珊·戈尔曼（Susan Gohlman）、格雷戈里·卡斯尔（Gregory Castle）、杰德·埃斯蒂（Jed Esty）、亚历山大·斯特维奇（Aleksandar Stević）等人的成长小说批评话语，约翰·赫尔德（Johann Herder）、亚历山大·冯·洪堡（Alexander von Humboldt）、弗里德里希·席勒（Friedrich Schiller）、黑格尔（G. W. F. Hegel）、格奥尔格·卢卡奇（György Lukács）等人的思想史或诗学理论，此外还有后现代主义、（后）殖民主义、女性主义等理论话语。

鉴于成长小说的重要性以及影响的深远度和广泛性，本书的尝试是有意义的。但囿于作者本身的学识，本书尚有诸多不足之处，希望拙作能起到抛砖引玉的作用。

沈宏芬

汕头大学

2022年10月

第一章 | **概说**

1.1　话题缘起

　　成长小说是以"青春"为象征，用个体的成长故事作为载体，来呈现主体发展及其社会完善追求的小说文类。在现代主义的冲击下，它一度被称为是一种"已死"的小说类型；但就目前来看，无论是书写还是理论批评，成长小说已经复兴并发展成为一个全球性的文学现象。

　　在德国、英国、法国、美国、俄罗斯等国家的文学传统中，成长小说是一个非常重要的文类。自十八世纪开始，成长小说在不断被经典化的进程中，产生了不同的文本类型和范式。成长小说被看成是资产阶级价值观的教育文本，它借由描述个体的成长过程来讨论启蒙和现代性这一宏大的议题。成长小说的崛起可以说是对西方现代性的一种回应。十七、十八世纪，宗教精神的衰落使得文学取代宗教，成为一种新的精神寄托以及探寻精神史、心灵史的媒介，小说开始呈现出一种新的社会功能。而在现代小说的所有文类中，成长小说由于它在结合个体和国家民族叙事方面所拥有的优越性，成为小说众多子文类中最为重要的文类之一。它以个体成长为出发点，讨论公民教育和社会完善的总体目标应该怎样结合。在早期的成长小说中，我们通常可以看到一个共同的设定，即通过漫游来展现现代民族国家建立的种种可能性。它呈现的是资产阶级诞生初期，世界作为一种自然的、有机的、欣欣向荣的形象带给个体崭新的拓展空间。成长小说有效地回应了启蒙主义所张扬的那种人本主义激情，那种朝气蓬勃的资产阶级新兴状态，那种由理性指导的自我清醒的哲学；在这个文类身上，康德的"纯粹理性"和约翰·费希特（Johann Fichte）创造性的"自我"通过主人公个体由迷茫走向成熟和理性这个过程呈现出来。成长小说在回应现代性这个维度上表现出独特的卓越性和有效性，因而一般也被看作是西方现代性的文学表征。

然而从二十世纪初期开始，启蒙和它所开启的现代性遭遇了巨大的挑战。两次世界大战给人类留下了巨大的创伤，西方思想文化也随之出现巨变。弗洛伊德的精神分析将人的生物性，尤其是由潜意识、力比多等构成的幽暗领域，提升为人之所以为人的决定性因素，破除了由理性、自决、目的性建立起来的启蒙人学。尤其是在二十世纪五六十年代，人的主体性遭到了彻底的质疑。"主体已死"获得共识，成为理论界的基本概念。福柯的"人死了"，雅克·德里达（Jacques Derrida）的"人的终结"，詹明信的"主体已死"，F. R. 多尔迈尔（F. R. Dallmayr）的"主体性的黄昏"，都是对主体的讨伐、怀疑和否定。主体性丧失，带来了一种新的生存之重。在这一背景下，个人的启蒙和完善社会的乌托邦也随之瓦解，成长小说在理论上逐步失去了原先的合法性和确定性。成长小说的形式现在更多是通过反讽、戏拟得以延续。而个人成长的主动性和独立性在理论界对权力、乌托邦、意识形态、大众生产等探讨的声浪中分崩离析。成长小说作为一种典型的美学政治，它的合法性和文本的可能性都面临着前所未有的挑战。

作为以主体建构为核心的文类，成长小说在"反主体"的语境中不仅需要反思文类的历史合法性，而且更重要的任务是去寻找主体阐述话语的可能性。在理论家称为"主体已死"的时代，成长小说是否真的已走向终结？成长小说批评家莫雷蒂曾感叹，欧洲成长小说在现代主义浪潮的冲击下已经走向了消亡。如果青春不能成功有效地跨入成熟，那么成长与发展何在？

作为欧洲现代性的典型象征文本，成长小说遭遇了前所未有的危机，它提供的乐观主义的成长故事发展成分崩离析式的自我消解。现代主义带来的是一个全新的世界，在这里，过去那种现实主义原则失去了根基，个体退回到幽暗的内心世界，面临着本体论的孤独。在他/她眼前展开的世界不再是那个熟悉的整体性图景(他/她只需要在这个有序的世界中找到自己的位置)，而是一个分崩离析的世界，混乱且巨大，个体只能迷失其中。

不同的批评家对此做出了不同的解读，其中一个有力的声音是重新界定"失败""成长"的意义。埃斯蒂称主体解构下的成长小说为"反发展小说"（antidevelopmental fiction）（Esty，2012：2），并认为正是这类文本提供的破裂、混乱与痛苦才真正地体现了青春的真谛，青春之殇恰恰从另一面成全了以"青春"为核心的成长小说这一文类。斯特维奇从成长小说的"失败"谈起，重新理解欧洲现代性的内涵以及它与成长小说的关系，并建立起一个以"失败"的成长故事为主线的成长小说传统。反成长与成长是为二元对立，抑或是共同揭示了这个文类的全貌。从传统成长小说到现代主义乃至后现代主义成长小说，从现实主义到现代主义和后现代主义，从成长到反成长，西方成长小说出现巨大转折这一点是毋庸置疑的，诚如斯特维奇所言，现在的问题应该是如何去描述这一变化并从理论上说明它（Stević：183）。从当前的文本和理论批评转折来看，反成长与反启蒙开启了现代主义成长小说的新主流。及至后现代主义时期，成长小说又在困境中做了一些新的尝试。而这些都是西方文化在二十世纪上半期出现巨大危机的体现，现代主义和后现代主义成长小说所呈现的主体困境照见了另一条理解西方现代性的路径。

二十世纪上半期西方社会的巨变，意味着帝国版图的瓦解。在成长小说诞生之初乃至十九世纪，成长小说一直与西方现代民族国家的建立联系在一起，同时也是帝国扩张的文学呈现，西方成长小说维系了两个世纪的现代性表征因两次世界大战而亟须改写。在这一图景下，两种模式崛起，一为后殖民主义成长小说，一为社会主义成长小说。这两种模式的文本不是局限在某个特定国家的产物；确切地说，它们都是帝国主义终结的产物，并替代资本主义价值观，提供了新的国际主义图景。其中，后殖民主义的成长书写在全世界范围内引领了新的高潮，无论是在德、美、英、法等国家的内部还是在非洲，后殖民主义成长小说都方兴未艾。我们急需以更为开阔的视野讨论当下成长小说与传统的关系，尤其是后殖民主义成长小说和社会主义成长小说对传统成长小说形式进行的借鉴与改写，也需要更为细致地厘清成长小说的美学政治发生了哪些改变，这不仅仅是指成长小说作为现代民族国家建构的象征形式，也是指跨国境或超越国境的文化表征。个体的成功或失败、青春的失落或飞扬、移动和变化的困局或新的可能性……不同的批评视角将呈现成长小说文本的不同面貌。

与此同时，我们看到，性别、移民、边缘等议题不断地进入成长小说书写领域，并占据了显要的位置，成长小说批评需要重新思考关于身份、主流和边缘的移动等问题。这为成长小说在解构之后的发展提供了新的空间。女权主义、后殖民主义、新历史主义等理论视角成为解释个体成长文本的新思路。后现代那种解构中心、关注边缘存在、颠覆主流权威话语、提倡多元化的种种特征也进入传统的以现实主义为核心的成长小说这一文类，使得它在形式和内容上都出现了与经典成长小说文本完全不同的要素。身份政治、性别问题、少数族裔文化等关键词构成了新的阐释核心。

史诗型的范式被日常生活的多声部所取代。多声部、含混、互文性和元小说成为当前文本的主要特征。多元的、多重的、离散式的和去中心化的成长小说文本走进我们的视野。

值得注意的是，传统成长小说那种注重个体教育、道德教化和乐观主义的形式并没有真正消失，相反，它们以不同的方式继续贡献着新的文本。现实主义的成长刻画显示出顽强的生命力。这些文本的继续出现，是诸多因素共同促成的结果。一方面是作家的风格倾向，尤其是很多作家在创作其他文学类型作品时倾向于使用更为先锋的写作手法，而当他们开始写成长小说时，却依旧对现实主义青睐有加，这一点就值得玩味。另一方面则是主流文化对它的接纳和肯定。从公民教育的维度来说，传统成长小说是必要的存在，尤其是考虑到很多成长小说还被纳入青少年课程或推荐阅读书目，以推进青少年性格和道德塑造。从这个角度来说，成长小说的人文内涵、启蒙精神和公民培养内容直到当下依旧有它的意义，这也说明成长小说具备蓬勃的生命力。

与此同时，成长小说在经典化阶段所拥有的那种深度化并没有完全消失。它借鉴反乌托邦文学要素，整合出一种新的文本范式，关注社会、政治、生活等各个方面，将存在主义式的哲学关怀借由批判性的青少年视角重新展现出来。从成长小说目前的发展情况来看，它的美学政治非但没有消失，反而得到了加强，其社会批判性甚至较之批判现实主义阶段更上层楼。而另一方面，后现代的成长小说为文本的大众化和深度化的结合提供了一个新范式。它的某一类文本通过迎合市场来开展社会批判。这种操作是如何取得成功的？对此也需要进行细致的梳理。在主体性不断遭到质疑的过程中，在面对世界以一种更为迅猛而直接的姿态变更时，个体的塑造和对人的存在及社会总体性图景的反思，都面临着新的困境和可能性。内向性、不确定性和批判性，这些在现代主义和后现代主义浪潮中影响深远的核心概念，在西方成长小说的经典化时代也在一定程度上以它们自己的方式存在着；但是在二十一世纪以降的文本建构中，它们发生了新的变化，作为一个更为关键的、核心的环节影响到文本的产生、呈现和接受。

总的来说，无论从理论还是文本角度，西方成长小说从二十世纪初期开始发生了多层面、多阶段的嬗变，并在危机之下重新迸发出新的生命力；作为一个在全球范围内都出现的小说类型，成长小说呈现出多元共生的局面。这些都凸显了对西方成长小说进行重新阐释的必要性和紧迫性。

1.2　成长小说概论

《牛津文学术语词典》(*Oxford Concise Dictionary of Literary Terms*) 对成长小说 (Bildungsroman) 的解释是:"一种小说类型,主要通过描写主人公对身份的艰难探寻,展现他们从童年或青少年时期到长大成人的发展历程"(波尔蒂克: 24)。《韦氏在线词典》(*Merriam-Webster Online Dictionary*) 的解释为"主要关于主人公道德和心理成长的小说"。[1]

成长小说原文为德文 Bildungsroman。英文里常用 novel of formation、novel of development 或 coming-of-age fiction 来指称这一文类;法语翻译为 roman de formation、roman d'éducation、roman d'apprentissage 等;俄文中对应的文类称为 Билдунгсроман。实际上,因为 Bildungsroman 一词带有一些特有的指称,所以当它外译时很难在其他语言中找到一个对等的词,这就导致出现了多种未能统一的译名,如在英语中,novel of youth、novel of education、novel of apprenticeship、novel of adolescence、novel of initiation 都可用来指称成长小说。鉴于此,较多学者在论著中也直接采用德语原文 Bildungsroman。

对于 Bildungsroman 这个术语的适用性问题,西方学术界已经有多种声音。[2]大体来说,成长小说为西方小说的经典文类之一,它主要讲述个体从幼年到成年这一长大成人的过程。在此过程中,主人公离开家庭,进入广阔的社会,先后经历爱情的悸动与挫折、事业的彷徨与追求、各种迷茫与痛苦,凭借这些经验获得对自我及世界的认知,最终走向以成熟和稳定为核心的人生新阶段。

Bildungsroman 的德语词汇由 Bildung 和 Roman 这两个词根构成。

1　*Merriam-Webster Online Dictionary*. Merriam-Webster Online. <http://www.merriam-webster.com/dictionary/bildungsroman>(2021 年 8 月 23 日读取)。
2　关于这个问题,详细的论述参见本书第二章。

后者是长篇小说的意思，实际上是一个文类划分；前者限定了这个文类的主题和哲学内涵。Bildung一词，在十八世纪经历了一个根本性的转变：从意象/图像（image）到理念（ideal）。Bildung更小的词根Bild即英文image之意，指的是"自然形状"（natural shape），如山脉等由自然力量形成的样子，同时也有根据上帝的形象去发展的意思。Bild包含了Vorbild和Nachbild两层含义，前者指上帝形象，后者指人对上帝的模仿。到了十八世纪，这种带有宗教色彩的、自然的原义首先被德国魏玛古典主义思想家发展为一个文化观念（ideal of culture），指人发展自己的自然天性和才能。这种Bildung/自我塑造强调主体的能动性，亦即个体可以通过自我教育和修养，达到自我完善。人是自我评价和自我目的的统一体，而不再是过去那种根据出身划分地位的静止身份状态。

这种观念可以说是革命性的，因为它对主体性的信赖取代了过去西方文化如基督教所依存的上帝救赎理念。它强调个人通过努力可以最大限度地接近完善，这是一种深具现实主义精神、具有可操作性的此岸"救赎"。赫尔德将Bildung与人在文化中的完善过程联系在一起。赫尔德吸纳了莱布尼茨（Gottfried Wilhelm Leibniz）单子论原理，认同个体向善能够导向社会整体的不断完善；在此基础上，他又发展出一个整体的社会框架，即个体需要对自我进行不同程度的扬弃，以回归到一个共同体。而这个共同体，正如赫尔德一贯所强调的，最终都落在德意志民族的整体塑造上。洪堡已经看出了Bildung与文化的差异，指出Bildung是指更高层次的、更内向的一种个性和才能的发展。与此同时，洪堡还在具体的学校教育框架内讨论Bildung，这积极推动了教育在发展和培养人才中所起的作用。总的来说，十八世纪启蒙观念中的Bildung一词，具备古希腊物理的形态，强调个人发展塑造是由内部力量推动的、不断更新向前的一种运动，这种变化在形成过程中就带有一种自足性，它不仅将给定的才能发展壮大，而且指个人本身就有一种更生的力量和内向性，并且这种变化累积的过程是持续不断的、没有完结的，是从一个阶段走向另一个高级阶段，直至黑格尔式的绝对精神。实际上，这个塑造发展的过程隐含着一个悖论：一方面，Bildung的这种自足性、不断的更新发展建立在否定辩证法的基础上，后一个阶段是更高级的，是对前面所有阶段经验的全部保留（preservation）；另一方面，它发展的最终形态又要与原初形态保持一种辩证的关系，因为只有在这一条件下，它才能称为自足的。席勒在处理这一关系时，采用了一种社会分层形态：既然Bildung发展的最高级被所有个人所分享，每一个个体身上都或多或少带有原初的形态，那么只有少数具有"纯洁灵魂的人"（pure soul man）才代表Bildung的最高形态。席勒为个人发展安排了天才与庸才两种不同的道路，具有精英教育的色彩；但他所强调的"个体追求"，也就是实现个体的独特性，为成长小说奠定了浪漫主义的基调。席勒的《美育书简》（*On the Aesthetic Education of Man*）可谓影响深远。追溯成长小说的词源，我们就会发现成长小说的产生和启蒙与德国思想界有着密切的关系，诚如斯韦尔斯所言：

> 因此，成长小说诞生于理论与实践明显关联的特定历史环境中。这种小说形式明显受到了十八世纪晚期德国人性理想（Humanitätsideal）的启发，它关注的是整个人在他/她所有的复杂性和不可捉摸中展开。这是洪堡、歌德、席勒和其他许多人共同关心的问题，并且有大量关于成长理念(和理想)的话语或理论表述。（Swales，1991：49）

一般来说，成长小说还可以分为三大子文类：发展小说（Entwirklungsroman）、教育小说（Erziehungsroman）和以艺术家塑造为中心的成长书写（Künstlerroman）。发展小说是一个超历史语境的概念，相对来说较为宽泛。教育小说则较为狭隘，它讨论的核心是教育，强调教育育人。以艺术家塑造为中心的成长书写则指主人公作为艺术家的这一文类范畴。这三大子概念的划分实际上只是一种主题上的大体区分，而很多情况下这些概念与Bildungsroman常被混用，不少学者对其隶属关系也多有不同的讨论。[1]如巴赫金就没有区分Erziehungsroman和Bildungsroman，而将前者也等同于后者来使用（巴赫金，卷三：277）。大体来说，教育小说意味着文本主要讨论教育问题，其代表性的文本如卢梭的《爱弥儿：论教育》。第三种成长书写的主题是作为艺术家的主人公的成长过程，代表作有狄更斯（Charles Dickens）的《大卫·科波菲尔》和詹姆斯·乔伊斯（James Joyce）的《一个青年艺术家的画像》等。而发展小说则是除了上述两种以外的类型，它讨论的是个体发展的过程，而不仅仅局限于教育问题。需要强调的是，成长小说的子文类划分以及Bildungsroman和Entwirklungsroman、Erziehungsroman的隶属关系一直也是有争议的，例如豪就认为Bildungsroman和Erziehungsroman之间存在着巨大的区别，因为后者更多是强调培训（training）而不是根据内在潜质去有机地发展。因此，很多批评家在讨论成长小说时并不强调对成长小说再做进一步细致的分类。但这些概念的论争也说明了德语词汇在传播过程中所遇到的文本适配问题。

目前西方学界认为，成长小说的德语词汇Bildungsroman的第一次出现是在十九世纪二十年代。1819—1820年，摩根斯坦在他的讲座里提出这个词，这些讲座随后又以论文的形式发表，包括《论一系列哲学小说的精神与关联》（"On the Spirit and Context of a Series of Philosophical Novels"）、《论成长小说的本质》（"On the Essence of the Bildungsroman"）和《成长小说史》（"On the History of the Bildungsroman"）。[2]在摩根斯坦的论述中，Bildungsroman主要指歌德的《维廉·麦斯特的学习时代》一书："它描述了主人公的成长，即从幼年到

1　对这些分类的论争，详见本书第二章2.3节"文类危机与批评论争"。

2　目前该系列论文已经很难找到原文，只能在其他学者的著作中见到转引的部分。本书所引皆出自 Selbmann, Rolf, ed. *Zur Geschichte des deutschen Bildungsromans*. Darmstadt: Wissenschaftliche Buchgesellschaft, 1988。

某一阶段的完善……同时，它通过塑造主人公，将对读者的教育推进到别的文类无法达到的层次"（Morgenstein：55-72）。在摩根斯坦的理想中，以《维廉·麦斯特的学习时代》为代表的成长小说应该是德国文化和精神的代表，并值得推广到其他欧洲国家，成为一种普遍性的完美人格追求。因而，成长小说的严肃性和道德性已经超越早期法国传奇式小说的框架，上升到哲学和思想的高度。

在成长小说的概念史上，一共出现过两次广为流传的定义。1913年，狄尔泰在他的《体验与诗》（*Poetry and Experience*）中讨论弗里德里希·荷尔德林（Friedrich Hölderlin）的小说《许佩里翁，或希腊的隐士》（*Hyperion, or the Hermit in Greece*）时指出，Bildungsroman主要是检测个人发展的"合法性课程"（legitimate course）；人生的每一个阶段都有其自身的价值，同时它也为后一个阶段的发展做准备。狄尔泰列举了德国成长小说的典范，包括歌德的《维廉·麦斯特的学习时代》、让·保罗·弗里德里希·里希特（Jean Paul Friedrich Richter）的《黑斯佩鲁斯或四十五个狗邮日：一本传记》（*Hesperus, or Forty-Five Dog-Post-Days: A Biography*）、诺瓦利斯（Novalis）的《奥夫特丁根的亨利》（*Henry of Ofterdingen*）和荷尔德林的《许佩里翁，或希腊的隐士》等。狄尔泰高度评价成长小说，认为它在矛盾和冲突之中追求人作为"尘世之子"的最高人格。而这种向上、向前的过程，没有其他作品比《维廉·麦斯特的学习时代》更能体现这一特征。实际上，早在1870年，狄尔泰在其《施莱尔马赫传》（*Life of Schleiermacher*）中就已经注意到了这个文类，他当时称之为"维廉·麦斯特学派"（Wilhelm Meister school），强调主人公在自我发展和职业选择上取得的成果。狄尔泰将成长小说定义为启蒙运动概念中"教育"的诗性表达，他将成长看成是有机的、目的论的发展过程。他认为，在一部成长小说中，"能够观察到个人生活中有规律的发展：每个成长阶段都自有其价值，而且都在为更高一级的发展打下基础"（Dilthey：390）。实际上，狄尔泰对成长小说的论述相当简练，但是因为他将文类与哲学结合起来，在莱布尼茨、卢梭和莱辛等人构成的思想框架中定位成长小说，拓宽了成长小说的思想维度；得益于狄尔泰本人的影响力，成长小说/Bildungsroman这个词作为一个文类概念广为流传起来。狄尔泰定义中强调的这种乐观、进步观的成长过程，其后被很多理论家所继承。豪就指出，成长就是个体经过迷误找到自己的位置（Howe：64）。

　　巴克利在其1974年出版的专著《青春的季节：从狄更斯到戈尔丁的成长小说》（*Season of Youth: The Bildungsroman from Dickens to Golding*）中，给出了成长小说另一个著名的定义。他的定义主要是通过规定成长小说应具备的几个关键情节而确立的：一个敏感的小孩出生在一个外省家庭；他的敏感天性与其家庭所代表的传统氛围不融；在阅读与学校教育的激励下，他离开家庭，来到城市；他先后经历至少两次爱情，一次好的，一次坏的；他在工业化的城市里以市民或工人身份工作；最后他可能回到家乡，展示他已经成长为一个有作为的青年。巴克利将成长小说的要素概括为以下几点：童年、代际矛盾、外省、进入城市、自我教育、异化、爱情历险和对职业及处世哲学的寻求。巴克利自己也谨慎地指出，任何一部成长小说不可能全部具备以上情节，但或多或少具备两三个上述情节特征（Buckley：18）。

　　对比来说，狄尔泰的定义是演绎式的，以美学意识形态为区分原则；而巴克利的定义则是归纳式的，以主题为宗旨。巴克利的定义是对典型元素的描述，而不是对一系列必要特征的描述。狄尔泰认为，十九世纪的成长小说是在德国的社会原则下产生的，应该与英法那种现实主义区分开来。他尤其声称，压抑的社会权利和合法公共空间的消失，导致了一种自治式的主人公产生，这个个体不是积极参与到社会中去，而是抽身出来。因而这部分作品完全是与德国式的成长理念相违背的。狄尔泰所不认同的这些文本，恰恰是巴克利所崇尚的文本典型。巴克利将成长小说概念从德国传统中剥离出来，将文本的范畴拓宽到二十世纪六十年代。但他的定义遭到了传统派的批评。德国学者指责他的定义无视历史，例如萨蒙斯就将其看作是"不可控的任意性"（uncontrollable arbitrariness）（Sammons，1991：26–45）。在德国之外，他的定义也被批评为失之严谨（Hirsch：295）。

成长小说作为一个类家族概念，对情节设置、主题思想、母题乃至文本的结构和形式等方面提出了较为明确和固定的要求。在长期的发展历程中，它由德国而走向了欧美其他国家；在结合不同的文化传统过程中，它也经历了不断的革新。目前成长小说已经成为一个全球性的文本现象。

时空构成成长小说的结构和形式要素。移动性或变化可以看成是成长小说的核心内涵，它需要个体在空间出现移动，以及在时间上有所发展和变化。前者主要是外部物理世界的拓展，而后者则主要表现为现实时间的介入和进步观的历史意识，以及个体在线性时间上的成长。最后这一点又指向了成长小说的另一个核心要素——个体的发展和变化。

成长小说的空间形式最核心的部分，实际上是西方现代民族国家的发展在文学上的表征。成长小说的诞生，通过一个资产阶级新人的诞生而起，在这个新人背后站立的是一个新兴的现代民族国家。二十世纪，随着帝国的衰落和帝国版图的瓦解，成长小说的空间形式也发生了改变。从十八世纪到当下，成长小说的空间形式主要经历了以下几种变体。

首先我们要理解，成长小说的空间呈现是从史诗、传奇等类型中解放出来的现实物理空间。在过去的文学体裁和小说类型如流浪汉小说中的空间，与现实物理空间还是存在很大的差距。

十八、十九世纪成长小说占主流的空间形态，是从乡村到城市的移动。一个外省青年进入城市这一事件，被大多数成长小说所采用。这种空间的移动，意味着一个更开阔的、以工业理性为原则的社会出现在天真的个体面前。主人公得以在这个更大的舞台上接受教育、寻求职业发展，为实现自我价值寻找途径。这种空间处理象征着资本主义上升时期的工业化进程，以及人们活动的空间由乡村向城市的转移。

　　与此同时，从一国到另一国的空间跨越也出现在成长小说中。跨越国境的漫游、旅行带给主人公新鲜的空间体验和文化碰撞，这也在很大程度上促进了主人公对外部世界的认知以及对自我的定位。这种空间感也是十八、十九世纪欧洲国家经济发展和地理扩张的文学体现。

　　而从城市到乡村的反刍也占据了一定的比例。这里既包括从城市到乡村的单线路径，也包括从乡村来的青年在经历过城市生活之后又回到乡村这条路线。当一个野心勃勃的个体跨越乡村进入城市去寻找更多的可能性，另一个敏感的个体正从城市抽身而去，返回乡村去寻求那失落的诗意和自然，以换取心灵的宁静。肯定乡村在很大程度上也就意味着否定城市。实际上，早在卢梭的《爱弥儿：论教育》中，对乡村的热爱和对城市的否定就已经成为一个浪漫主义式的宣言。卢梭认为，人类越接近自然状态，就越能得到幸福。虽然这里的自然状态并不仅仅是指乡村这种与自然界最接近的地方，但是卢梭立意将爱弥儿带到远离城市喧嚣的乡村去培养，又何尝不是对乡村的肯定呢？而在其续篇中，城市和乡村的对比就更加明显了。在这个篇章里，卢梭给爱弥儿与其妻子苏菲本该完美无缺的生活添加了种种挑战、悲剧和遗憾，其中一个事件就是苏菲在巴黎染上恶习并堕落。回归自然暗含着浪漫主义精神，这是成长小说浪漫英雄的心灵休憩之所。这也是乔治·梅瑞狄斯（George Meredith）《理查德·费瑞弗尔的磨难》（*The Ordeal of Richard Feverel*）和《哈利·里奇蒙历险记》（*The Adventures of Harry Richmond*）里的主人公们所经历的道路。与此同时，返回乡村和自然也意味着反文明倾向。很多成长小说都将城市看成是浮华堕落之所在，在这里人际关系和人性遭到了最大的破坏，它诱惑着天真的主人公堕落。因而，当成长小说的主人公提倡乡村的自然之美时，它同时也带着社会批判的性质。

　　我们可以看到，从十九世纪下半期开始，城市开始以一种更为复杂的形象出现。工业化带来的一系列问题如追求金钱的社会风气给个体带来了新的感受。城市空间变成了一种钢铁巨人式的形象。

下一个空间类型，即一个流浪者在城市里漫游，就成为二十世纪的主流范式。从夏尔·皮埃尔·波德莱尔（Charles Pierre Baudelaire）到瓦尔特·本雅明（Walter Benjamin），城市的浪荡儿开始具备另一种文化意义；尤其是到了二十世纪，城市与废墟的象征关系日渐紧密。在《一个市民的自白》（*The Confessions of a Bourgeois*）中，主人公在欧洲城市之间流浪，虽然他出身上层市民阶层也接受过大学教育，并从事作家这个职业，但是小说中展现的却是他在城市间无处安身的局面。他所面对的是两次世界大战期间摇摇欲坠的欧洲，这是一个支离破碎的世界，而我们的主人公就在其间找不到自己的位置。无独有偶，《月宫》（*Moon Palace*）的主人公大学毕业后拒绝工作，并开始在公园里漫游或借住在朋友家，大部分时间都居无定所。作者以非常细致的笔触，生动地描述了主人公如何像流浪汉一样维持生存，几近饿死。在作者笔下，纽约变成了一个充满危险的、冷漠的城市，无法提供给人安全感和归属感。审视成长小说在二十世纪呈现的城市，我们会发现有无数个像霍尔顿一样的人散居在各个角落，仓皇失措。

跨国和跨区域的流动则在二十世纪后半期占据了相当重要的位置。这里既指移民和流亡导致的个体从一个国家向另一个国家移居，也指从德国向美国等国的流动和第三世界人口向第一世界流动，还包括从第一世界返回到第三世界，以及跨国之间重复的往返或旅居。对成长小说而言，它的主人公在不同的空间中面临不同文化的碰撞，寻找身份的皈依。从后殖民主义的角度来说，这种空间的跨越带来了两难处境，一面是在欧美国家定居而心理体验上依旧是流浪儿的身份视角，另一面则是那个回不去也不愿回去的故国。对后者主人公只能用故国情怀抒发其离散经验。

而自现代主义以降，成长小说所依赖的空间性遭到了解构。《魔山》（*Magic Mountain*）里的汉斯·卡斯托普自以为只是去疗养院探望一下在此疗养的表兄，不料却羁留在此七年。正如这部小说所展示的，狭小的空间取代了漫游的广阔天地，成为成长小说的另一个重要舞台。就像《魔山》书名展示的那样，魔山代表着荒诞和与世隔绝，现实世界让位于这个静止的、颓废的困守之地。《魔山》只是一个象征，就像美国作家辛克莱·刘易斯（Sinclair Lewis）所说："我觉得《魔山》是整个欧洲精神生活的精髓"（高中甫、宁瑛：167）。欧洲精神的巨变带来的新的空间书写，反映在成长小说这里，也使得成长小说面临着巨大的危机。

时间对于成长小说来说也是必要条件。相对于空间形态，成长小说的时间形式较为简单。它主要是指过去、现在和未来由因果律组成的线性进步论。这是十八世纪建立的时间感。这种落脚于现实主义的时间观将成长中的个人从宗教、史诗和传奇的时间观中解放出来，是个体第一次拥有一个线性发展的物理时间。与此同时，个人的时间成长进程常常被作者表征为国家民族建构的历史进程。到了二十世纪，当成长小说从经典形式转型为现代文本，线性时间结构也就转化为循环结构或多重结构，个体从社会化转向去社会化，现实主义加入了意识流等现代手法。意识流对成长过程的描绘侧重于人物的意识活动本身，时间的线性单向发展性质被打乱，意识既可以回到过去，也可以跳跃到未来，回忆和幻想交织；而且这些过程反复出现，重叠和错位往复循环，使得时间线变成了多条。这种打破事件发生先后顺序的结构，完全解构了过去成长小说所依赖的明晰性和逻辑性。情节也面临着瓦解。理性被非理性的心理因素所取代。因而可以说，意识流的出现是对成长小说线性时间观的反动。正是从这一点出发，批评家们在面对现代主义的汹涌大潮时，纷纷高呼成长小说已死。

对成长小说来说，二十世纪初期的确是它所面临的生死攸关的时刻。但是现代主义的冲击和两次世界大战对西方整体文化所造成的巨大影响，也使成长小说迎来变革的机遇。

在成长小说文本中，主人公经历着与现实世界一样的时间和空间观，并且成长和发展。现实主义原则最重要的意义在于，它为个体提供了一个整体世界观，而个体的主要任务，就是要在世界中找到自己的位置。到了二十世纪，当世界被战争和惨绝人寰的一系列事件摧毁成支离破碎的创伤之地时，这种现实主义原则被新的形式所取代，而且这一趋势成为主流。

当然，这并不是说现实主义成长小说的书写已经完全消失，而是指新的形式对它的冲击、改写或扬弃。这里所说的新的形式，主要是现代主义和社会主义现实主义。现代主义可以说是对现实主义的背弃。而社会主义现实主义则提供了另一种观照个体的方式——按照卢卡奇的理论来说，社会主义现实主义从内部（from the inside）描述主人公；与之相对的则是十九世纪的批判现实主义，从外部对人物进行塑造。

其实，无论是现实主义还是现代主义，成长小说所呈现的个体始终是那个拥有浪漫主义气质、关注自我发展的人。他的浪漫体现在个体的天真及其情感的充沛方面。成长小说的主人公大部分是内心敏感甚至内向腼腆的年轻人，成长小说也表现出对艺术家和作家这种形象的青睐。成长小说对成长的要求，主要是心理变化的要求；成长小说也被喻为个体的心灵成长史，其意蕴就在于此。为成长小说奠基的哲学家和思想家为个体提供了启蒙的内容，其中不仅包含上述精神和心理的变化，也包括理性的发展。天真的儿童需要长大成人，承担起社会责任，他/她就要理解现实社会对他/她的要求。个体对自由的需求和社会对公民的要求，在这里发生了碰撞。在理想状态下，亦即在成长小说奠基者的框架中，二者应该有机地结合在一起，因为成长小说给予了主体在漫长变化过程中孵化的主观能动性。对比成长小说和乌托邦小说中的人物形象就可以发现，成长小说不谈定型的、静止的人物类型，而倾向于将其主人公放到现实世界中去考验，让其领受现实世界对个体的要求乃至束缚，并最终（在理想的情况下）找到自我的位置。但是这一点遭到了黑格尔的无情嘲讽。黑格尔将成长小说的成长过程总结为个体向社会的投降。这就是一个诗意的英雄和散文世界的对立。到了二十世纪，诗意的英雄变成了失意的反英雄。这时候反讽就出现了。

从成长小说的角度来谈，主体性的发展路径沿着"自为性"逐渐发展到了"自在性"状态，这也正是西方理论所讨论的"主体已死"的内容之一。在《不知：现代主义小说》（*Unknowing: The Work of Modernist Fiction*）

中，菲利普·温斯坦（Philip Weinstein）将西方小说及主体分为三个类型，它们分别是"知道"（Knowing）型主体、"不知"（Unknowing）型主体和"超出认知"（Beyond Knowing）型主体。"知道"型主体对应的是现实主义文学，其核心是启蒙叙事，主体的路径是"沿着熟悉的空间和时间获取知识"（Weinstein：24）；"不知"型主体是现代主义文学的主人公，在这里，时空类型也发生了改变，"空间……似乎不再有方向感，而是不可思议的""时间……不再是进步式的，而是'创伤型'的"，主体特质拥有弗洛伊德式的"冲突的内心"，不再是个人式的而是复数形式的，不自觉地投射和回到过去（83）；"超出认知"型主体则是后现代主义的典型形象，表现了当下的焦虑与不安（4）。这种划分也适用于成长小说的主体变迁。

这种变化也体现在成长小说叙事视角的变化上。从叙事角度来说，经典成长小说大多采用第三人称全知视角；现代主义成长小说倾向于使用第一人称叙事或交叉视角；到了后现代主义，多重视角、多种声音的交替出现则成为主流。

从体裁的角度来看，成长小说诞生是西方现代小说崛起的代表性现象。成长小说体裁的特殊性，也代表了与史诗和戏剧截然不同的小说这一体裁走到了历史前台，成为文学类型的主流。因而，对成长小说体裁进行辨析，首先就要区分以成长小说为代表的小说形式与此前占主流地位的史诗和戏剧相比有哪些不同。摩根斯坦在界定成长小说之时，就明确地指出了它们的不同，即史诗和戏剧主要表现外在事件和人物动作，而成长小说则强调人的内在心理变化以及外部事件是如何进入内心并影响心理变化的（Morgenstein：55–72）。而在小说内部，成长小说也与其他小说文体区别开来。它借鉴其他文学类型的某些要素，达成了一种新的整合。成长小说与传记文学和历险小说等相邻体裁有一定的交叉和重合部分。成长小说在其发展之初，借鉴了欧洲诸多小说文类的特征，这些文类主要包括宗教忏悔录（confessional novel）、历险小说（adventure novel）、情感小说（sentimental novel）和自传/传记文学[(auto)biography)]。宗教忏悔录也被看成是成长小说的重要源头之一。成长理念一开始就是从宗教中演变而来的，它指的是人根据上帝的形象塑造和完善自己。但自启蒙时代开始，这种宗教观念就变成了以"完人"为标准来发展完善自己。[1]埃里克·耶尼施（Erich Jenisch）指出，历险小说是成长小说的先驱（Jenisch：339–351）。E. L. 施达尔（E. L. Stahl）进一步指明，成长小说主要有两大源头：从宗教忏悔录演变出成长理念（idea of Bildung）以及（尤其是在最初阶段）成长的模式的理念；从历险小说得来构成故事的材料——事件（occurrence）（Stahl：124–127）。马克斯·文特（Max Wundt）提到，除了历险小说，情感小说也是成长小说的主要源头之一，前者为成长小说提供了外部经验，后者则提供了内转视角的主观性（Wundt：55）。戈尔曼称，"当情感小说的纯主观性和历险小说经验呈现的相对客观性结合在一起的时候，成长小说就诞生了"（Gohlman：16–17）。

从以上理论家的论述来看，成长小说对宗教忏悔录、历险小说和情感小说的借鉴，分别体现在自省、漫游形式和主观性这几点上。狄尔泰认为，成长小说与传记小说既相关又有所区别，关键在于前者自觉地、艺术性地将符合普遍人性、合乎规则的性格发展过程直观化了，它吸收了心理学、教育学和人道主义的要素（Dilthey：390）。在巴赫金的论述中，他根据文本的时空形式将小说类型划分为漫游小说、考验小说（巴洛克小说）、传记小说和成长小说，并认为成长小说既吸收了前三种小说的优点，如借鉴了漫游小说的空间形式和漫游情节、考验小说中对人物心理的考验主题和传记小说中现实时间的组织形式；又克服了前几种文类的缺点，如漫游小说的非现实时间原则、考验小说的外部事件与人物内心变化的脱节、传记小说时间依旧外在于人物性格变化等不足。可以说，成长小说是最为成熟的小说文类，它讲的是在现实时间和空间里人物与外界互动中产生了内在心理的变化（巴赫金，卷三：183–234）。

1　持此观念的理论家有彼得·贝尔格（Peter Berger）、E. L. 施达尔（E. L. Stahl）、弗朗索瓦·若斯特（Francois Jost）等。

总的来说，成长小说与上述文类区别开来，主要在于成长小说作为一种内外经验的结合，将这些文类从对某一种性质的偏好上解放出来，从而形成了一种新的综合。

随着文类的进一步发展，到了当前，尤其是在非欧美的文学市场和文学批评圈，成长小说概念也常常与儿童文学混淆。成长小说描写童年，这是它与儿童文学的共同之处，但是它们也有诸多区别。例如儿童文学和青少年文学对叙述中的社会权利有着不同的处理方式：儿童文学是确立自我感知和自我的力量；而青少年文学则讨论个体如何在与社会的协调中获取自我位置（Trites，2000）。上述讨论可以帮助我们认识到成长小说不属于儿童文学的范畴。当然，将成长小说与青少年文学放在一起来说，也不是说二者之间是对等的。作为一个以成长为主题的文类，成长小说常被宽泛地理解为涵盖了成长主题的小说文本。很多描写成长尤其是儿童或青少年成长的小说，都被当成是成长小说。而实际上，成长小说在很长的历史阶段，其潜在的读者都是成年人。随着儿童和青少年的被发现、教育的普及，儿童文学与成长小说出现了越来越多的交叉，随之而来的便是概念的混淆。

此外，成长小说还有一些约定俗成的形式要求。例如，成长小说应该是长篇小说而不包括中短篇小说。理解成长小说作为长篇小说的意义，还要追溯到长篇小说的发生语境来谈。从文学体裁的历史发展来看，长篇小说最初只是难登大雅之堂的休闲读物，与史诗和戏剧相比，它无论从形式、道德层面还是从美学层面，都被看成是低俗的等价品。德国早期的长篇小说，都是模仿其他国家如英、法等国的小说而来的，缺乏原创性。只有到了十八世纪晚期，也就是从马丁·威兰（Martin Wieland）的《阿迦通的故事》（*The History of Agathon*）开始，德国长篇小说才确定了自己的风格和质量。这个时期，小说诗学都是在论证长篇小说的合法性。因而，成长这一理念进入长篇小说领域，无疑大大地抬高了长篇小说的地位，使长篇小说从低俗文学一跃成为严肃文学的代表（谷裕，2013）。而对于需要细致描绘个体修养和塑造过程的成长小说而言，长篇小说的体量也是必需的。长篇小说的要求不仅是成长小说诞生之初资产阶级阅读方式的一种体现，而且也只有长篇小说的体量才能容纳一个个体发展的全部内容。

另外，成长小说以一个个体为主人公而不是提供青少年群像，这个模式主要落在西方现代文化的核心即个人主义上面。因而成长主题的群像讨论并不是成长小说。

上述形式因素根植于西方文学和文化传统中，当这个文类传播到亚非这些没有成长小说传统的地区时，在形式上可能会出现一些变动。这就需要我们在做成长小说批评时注意厘清。

在成长小说经典化和全球化的阶段，成长小说的定义面临着规范性与文本创新之间的张力问题。像其他文类定义也会遇到的情况一样，一个文类传统一旦奠定，那么后来者在进行文本创作时，就面临着以何种程度去遵循其文类规范以及以何种程度去创新的问题。传统既提供规范，又带来影响的焦虑；而且让情况变得更为复杂的是，部分作者在创作成长小说文本时，不一定有着文类意识，这不仅发生在十八世纪，也发生在当下。从某种意义上说，文类规范的建立更多是理论批评的结果。对于成长小说而言，当它的传播领域一再扩张，上述问题就变得越来越具有争议性。尤其是自二十世纪后半期以来，学术界就成长小说的定义发起了长期的论争。这里不仅涉及成长小说的适用性问题，如它在日耳曼语系的定义和在欧美其他语系被采纳的情况，也深入到这个定义本身就存在的问题，如它的意识形态性和本质主义倾向。这些论争让成长小说的定义变得越来越难以达成共识。就像詹姆斯·哈尔丁（James Hardin）阐述的那样，在小说形式上，几乎没有其他文类能像成长小说这样被频繁地运用，也几乎没有比这更不准确的术语了（Hardin：x）。

成长小说能在欧美被经典化并获得巨大的影响力，说明成长小说在形式和内容上所强调的种种范式，是符合西方主流价值观的。例如，上述一个个体和个人主义就在价值上高度协调。那么，当这个文类逐渐走出欧美而成为一个全球现象时，这是否也说明欧洲的主流价值观也在以类似的趋势，在更多地区获得认可呢？或者说，这些非欧美中心的文本实践的理论批评，是对它的一种改写、反抗甚至颠覆？抑或说，二者之间呈现出某种张力，使得成长小说这个文类变得既延续了某些传统又超越了自身？对这些问题的思考，无疑需要用后视之明去重新审视成长小说的传统。尤其是在以多元化为特征的当下场域，成长小说的文学批评不是去寻找标准答案，而是去讨论这个在欧洲一度看起来失去生命力的文类，如何又通过边缘的形态回应和改写了强弱文化的关系。

1.3 核心问题

成长小说作为一个类家族概念，在长期的历史时期经历了一些变化。但总的来说，它作为一个独立成熟的文类，对情节设置、主题思想、母题乃至文本的结构和形式等方面都有自己的要求。在评价"维廉·麦斯特"系列时，托马斯·曼（Thomas Mann）曾指出它们"始于个体发展"而"终于政治乌托邦"，"在这中间站的是教育"（Bruford：88）。可以说，自我和社会的关系、乌托邦与意识形态的作用、读者教育可以说是构成成长小说美学政治的几大核心要素。

1.3.1 成长与社会规训的"合法化"问题

成长小说处理的核心问题就是现代主体问题。何谓一个现代自我？按照泰勒的解释，一个人只要还按照某种普遍性的东西来确定自我，那么这个自我就不是现代意义上的自我。对普遍性的质疑已经成为当代一个长期性的话题。成长无论是作为一类现实的社会学、教育学事务来谈论还是作为一个学术话题来探讨，都脱离不了在普遍性中寻找个性、在个性中体现一般性这一对辩证法则。对于成长小说来说，其任务就是要考察社会要求与个体自觉之间的关系。它试图通过一个个体的象征形式，来处理个人成长和社会完善两者之间双向的、良好的互动，处理在达到和谐的过程中可能遭遇的问题。西方经典成长小说的美学政治建造出一个人间理想，其最终目的是个人和社会的双向实现。

西方成长小说的建构过程，实际上可以看成是启蒙理性的文学化过程。早期成长小说文类对主体和社会关系的处理，遵循的是理性化的图景。它的逻辑建立在不同的个人之上，需要他/她在社会中生活，从而需要互相制约、达成一定的理性规约。这种"契约"精神，促使维廉·麦斯特们会为了一个理想的自我和社会前进，个体的独立价值也通过他在社会中的群体价值最终得以实现。

在这个基础上，我们看到成长小说在文类风格上试图综合现实主义与浪漫主义，以期达到理想化的个体，同时又不放弃其生动性。当西方小说从史诗、传奇、神圣故事等转向开始描绘一个"散文世界"，成长小说就作为最典型的类别之一登上了历史舞台。成长小说在遵从物理规则的时间和空间里展开，它对细节、情节的建构原则都是符合现实的，它描绘了一个从自然状态向现代社会转型的世界图景。因而，成长小说开始讨论具有代表意义的资产阶级普通人形象，这个个体面临着爱情、职业等多种困境和选择，但这个个体的卓越在于其孜孜不倦对自我的追求。这个个体尚年轻，像一张白纸一样对外部世界开放，他/她用其心智和感情吸纳各种不同的经验。外部事件的发生与其说是考察主人公是否能够完成某项任务、达成某个目标，不如说是作为催化剂，促使个体去发展、教育自我。这种理想化的教育理念蕴含着伟大的浪漫主义精神，即要求超越狭隘的现实约束，而向着更高、更好的理想前进。正如狄尔泰所指出的那样，《维廉·麦斯特的学习时代》的道德和哲学是浪漫主义的。

非常有意思的是，成长小说在风格上综合了现实主义和浪漫主义的要素。它的浪漫主义指的是文本的重点落在个体人物的心灵、情感的发展史方面。尤其是它在德国诞生之初，就离不开浪漫主义的促进，而且相较而言，德国成长小说更注重表现人物的内心挣扎和矛盾。在现代主义时期，这种对个体心灵和心理的关注，也让成长小说带有鲜明的浪漫情怀。而它的现实主义则主要关注职业、社会、道德和家庭等要素对个体的影响，这一点在十九世纪的英国成长小说中特别突出。总的来说，成长小说就是在写这种浪漫和现实的碰撞；表现在文本上，它主要讲一个浪漫的个体试图去修正自己身上的一些缺点，或者不符合社会需求的部分性格，从而以更好的社会人的形式出现——这种模式既可以看成是有机的，也被很多思想家和批评家指出其反讽的一面。十八世纪的这种成长模式可以归结为从叛逆到合作，强调一个浪漫的个体在现实世界中习得经验，并最终成功转换经验，成为一个合格的社会人。也就是说，它讨论的个人不是自然状态下的个人，而是具有社会属性的公民个体。情节的发展受到"正确"的意识形态的引导，朝着特定的走向发展。通常，这种引导是以导师的形象来完成的。可以说，成长小说从诞生开始，就预设了一个社会规训的合法性。它要求个体做出限制。个体在世界的历险和考验中，逐渐去掉自我身上一些不合适的性格、超出实际的理想，以此来完成自我实现；同时也参与到社会中，与他人发生联系，为社会发展做出贡献，并最终创造一个各得其所的理想社会。

这一点在成长小说诞生初期就已经埋下了伏笔。德国成长小说的理论奠基者洪堡、席勒和歌德给出的成长教育方案都是保守性的，他们试图通过个人塑造来完成社会改革，来代替暴力革命；在他们的陈述中，个人教育和修养，尤其是美学修养，能在社会建构中起到主导作用。而歌德本人在写完了主人公成长的阵痛之后（《维廉·麦斯特的学习时代》），还要将他放入由开明、激进的贵族所主导的塔社锻炼，来寻求乌托邦的现实可行性（《维廉·麦斯特的漫游时代》）。

实际上，成长小说批评在很长时间内也被这个框架所限制。它集中讨论哪种关系及何种程度的社会化，例如找到事业方向、成功走向婚姻、在社会中找到自己的位置，才能使文本成为真正的成长小说。

有论者根据个人与社会的关系，将二十世纪之前的西方成长小说划分为三种形态：第一种为十八世纪末至十九世纪上半期的成长小说，以德国成长小说为代表，主要是一种乐观、和谐的成长形态；第二种是十九世纪中期开始出现的变体，主要以法国和俄罗斯的成长小说为代表，这类文本提供的是"失败的"、悲观的成长叙事；第三种则是以英国文本为代表，回到乐观主义的范式。实际上，对文本类型做出这一划分，其核心论点还是个体与社会的关系，他/她是否能够接受社会规范，成为集体中的一员。

综上所述，到十九世纪中期，成长小说的有机世界观遭到了冲击。从外省来到城市中心的年轻人，如今已经是野心勃勃的于连，而非多愁善感的麦斯特。对于这个年轻人来说，首要任务不是遵循世界的已有规范，而是通过质疑外部规则去找到自己的位置。

十九世纪的成长小说关注个体的性格发展，尤其是对个体心理的细微变化抱有最大的热情。在这个阶段，现实主义和浪漫主义形成了新的综合。此时成长小说的现实主义，主要体现为我们如何感知现实的那种现实主义。

而在卢卡奇的论述中，他提出了"失意的浪漫主人公"这个说法。这是一种新的主人公类型，即一个诗意的主人公在现实世界中格格不入。卢卡奇的说法实际上是对黑格尔相关表述的重申。黑格尔在评论现代小说时有这样一段话：

> 学徒时代的教育目的在于使主体把自己的稚气和锋芒磨掉，把自己的愿望和思想纳入现存社会关系及其理性的范围里，使自己成为世界锁链中的一个环节，在其中站上一个恰当的地位。一个人不管和世界进行多少次的争吵，在世界里多少次被扔到一边去，到头来他大半会找到他的姑娘和他的地位；他会结婚，会变成和你我一样的庸俗市民：太太管家务，生儿养女，原来是世间唯一天使的受崇拜的太太，

现在的举止动静也和许多其他太太差不多；职位带来了工作和烦恼，婚姻也带来了家庭的纠纷，总之，他也要尝到旁人都尝到的那种酒醒后的滋味（黑格尔，卷二：405）。

这段话交代了黑格尔对成长小说所描写的资产阶级个人成长的反讽视域。一方面，他将拥有悲剧内心的个人与小说时代的世俗要求对立，并肯定前者的必要性；另一方面，他又将个人的成熟看成是无可奈何的、不无讽刺意味的对社会的投降。实际上，这种提法引入了一个对成长小说来说至关重要的问题。也就是说，这种浪漫主义式的"内在性"不仅为小说增添了感觉印象，更多的是它实际上种下了一颗经验主义的怀疑的种子。

这个新的经验左右了十九世纪德国的成长景观，过去那种乐观主义书写遭遇了困难，在新的资本扩张社会语境中，个体与社会规训的矛盾越来越难以调和，最常见的一个结果就是个体在这种碰撞中走向毁灭。以莫雷蒂的观点来看，和谐的成长只能出现在前资本主义社会，而现代社会是以变动不居为特征的，它不再可能支撑个体与社会的双向实现所需要的那种稳定性（Moretti：27）。因而在现代社会这一语境下讨论成长小说的文本形态，恰恰不是要去证明什么是成长，而是要去理解社会因素是如何左右和限制个体成长并影响到文本的生成及生产的。

自二十世纪中期以来，争论的焦点逐渐转移到一个新的维度上来：不再讨论怎样才是一次"成功的"成长，而是看什么在规定何谓"成功的"，现在的焦点落到了对话语"合法性"的关注。莫雷蒂在他的书中强调，成长指的是个体主动接受外部规训，也就是说如果个人依旧对社会规范采取排斥态度，那就说明外部规范对他来说仍然还是外在的，没有进入到他的性格内部，而只有当他主动地认识到这些社会规范的重要性和正确性的时候，他的性格才会产生真正的变化，从而外部规范进入个体性格发展的内部，成为个人塑造的关键环节。正是在这个意义上，成长是对"生活艺术"的习得。但是成长对"生活艺术"的习得并不是中性的，而是关乎社会规训的合法性。因为社会规范本身来说就不是中性的，而是不同力量对不同行为规范的界定。莫雷蒂的思考是对启蒙理性的批评。在启蒙理性的合法化背景下，个人与社会的和谐并不是希腊民主式的回归；恰恰相反，它是外在权威、成文规定对个体的规定和限定。

"反成长小说"（anti-Bildungsroman）模式的出现为反抗社会规训提供了新鲜血液。"反成长小说"这个概念一直较为模糊，但它的指向还是较为明确的，它主要指个体以反向对外部世界提出怀疑。它通过呈现一个"失败的"主人公和一段"失败的"成长过程，瓦解外部世界规训的合法性。"反成长小说"讲的不是如何融入社会；恰恰相反，它讲的是反对社会的介入。在反成长的故事里，我们看到个体并没有按照社会标准或他人标准成为一个规定性的标准公民，而是在逐步走向分崩离析，但同时这也是一条离普遍性和社会规训所要求的驯服越来越远的道路。

1.3.2 乌托邦与意识形态作用下的成长

成长小说对个人和社会关系的讨论，主要是将成长小说从个人的私人领域纳入到社会建构中来。从空间上讲，它超越了个体而走向共同体；从时间维度来说，它讨论了"已然"和"未然"的特殊关系。成长小说社会实现的理想状态，就是个人的发展推动社会进步。乌托邦对成长小说来说始终是其不可或缺的部分。这正是为什么歌德在完成《维廉·麦斯特的学习时代》之后，又开始创作《维廉·麦斯特的漫游时代》来讲乌托邦问题。曼认为，"维廉·麦斯特"系列是"始于个体自我发展"，而"终于政治乌托邦"（Bruford：88）。曼的这一理论，实际上可以作为成长小说的一个总体特征来看。成长小说最初的哲学理念，就把个人和社会的双向完善作为最高目标。赫尔德意义上的个人成长，讲的是作为一个"人民"（Volk）的个人的发展，它的目标连接着共同的民族意识（nationalism）。成长与乌托邦的紧密关联，实际上正是启蒙思想的一个层面。

　　而从文体的角度来说，乌托邦的概念在成长小说萌芽阶段就已经开始成形。如前文所述，成长小说借鉴了宗教忏悔录的形式。后者通过自省自己犯的过错，以求达到彼岸的救赎。而成长小说也是通过自省和观照那些错误的经验，以求得进步乃至救赎。只不过相对于宗教忏悔录对天堂的渴望，成长小说期待的救赎在此岸，即这个现世的、以自我而非上帝为皈依的世界。成长小说对自我教育能够达成自我完善的信仰，有着超越现实的理想情怀。可以说，对理想形象和完美世界的追求，早在成长小说诞生之初就已经包含在成长小说的血液之中。

　　成长小说所关心的个人成长与自由，都是假定在一个抽象的概念基础之上的。这里的个人是没有阶级、性别之分的。这种设定也与成长小说诞生之时的历史语境有着密切的联系。成长小说诞生所针对的是中世纪占主导地位的神的秩序，以及被这套等级制度限定下的世俗世界；在后者这里，个人的潜能和努力比不上地位和出身重要。这是一个等级森严的体系，神恩占据着最高权威。而成长小说诞生之时，它面临的是一个新的社会诉求，即启蒙思想下个人自我成就的要求。这时候的个人就不再是等级制度中以出身和地位来评判的，而是一个依靠自身才华和努力，在现实世界里获得一席之地的人，他有着作为"人"的价值和尊严。此时，在这些新的话语中，个人的出身和阶层这些属性就被遮蔽了。这也是赫尔德将个人与"人类"（Menschengeschlecht）联系在一起的背景。

　　成长小说这种"普遍性的个人"的自我定位，自二十世纪以来遭到了质疑。回到赫尔德的论述中，人们会发现他的论述带着鲜明的德意志色彩。在《论人类形成的另一种历史哲学》（*Auch eine Philosophie der Geschichte zur Bildung der Menschheit*）中，赫尔德就用Bildung这个词强调民族特性的塑造和德意志民族可以作为人类的卓越代表。成长小说的这种鲜明的德意志精神诉求，也是二十世纪成长小说批评界在讨论成长小说的适用性，即它在非德语区域是否成立时所遇到的首要问题。即使不针对成长小说的德国性，成长小说所赋予自身的人类共同体情怀也只是一种一厢情愿的想象。雷德菲尔德强调，成长的乌托邦理念并非中性的，而是由群体所划分的。在他看来，成长小说理论传统就是一个不断赋予自身合法性的过程，因而成长小说实际上是一种"幽灵"塑造。成长小说所蕴含的乌托邦精神，实际上也是意识形态的一种表现。而在雷德菲尔德之前，巴赫金也就这个问题进行了讨论。巴赫金意义上的成长小说有两种形态：一种是《巨人传》(*Gargantua and Pantagruel*)的形式，也就是通过狂欢去瓦解官方意识形态的压制；一种是"维廉·麦斯特"系列的形式，巴赫金通过对歌德的理解，将成长看成是一种对社会的积极参与。这两种表面看来相反的形式——一是狂欢、解构式的，一是严肃、建构式的，实际上都指向了一个未来：乌托邦建构。巴赫金通过这两种形式强调，成长小说要从现实的"已然"状态，去实现它的"未然"状态。而巴赫金依靠的这种力量，就是大众——一个由追求自由的个体组成的群体形式。无论是雷德菲尔德悲观的描述，还是巴赫金乐观的向往，成长小说蕴含的乌托邦视域，都是一个群体的社会想象，因此它不是中性的。

事实也是如此。成长小说的文本与理论本身就是建立在特定的意识形态之上的。成长小说首先是德意志文化的产物，它在产生之初就带着鲜明的德意志文化要求。在随后很长的时期内，它也是对资产阶级个人和社会理想的讨论。在无产阶级理论出现后，它又被接纳成无产阶级社会文化建构的重要部分。而到了当代，它则被有色人种、少数族裔或女性这些群体采纳来探求塑造问题。可以说，成长小说在不同情况下代表了某个特殊群体的意识形态。

实际上，西方成长小说走了一条普适性的道路；在这个过程中，它的意识形态特性被置换为乌托邦价值观。在对现行体制的态度上，成长小说一开始调和它的革命性因素和现存体制的关系，试图在二者之间找到一种平衡。

而从十九世纪开始，暴力的、不合作的因素逐渐破坏了这种和谐。文本在统一意识形态和乌托邦要素这一努力上产生了越来越难以弥合的缝隙。主流意识形态逐渐失去了它对文本的有效控制，边缘意识形态开始抢夺文本的话语权。在进入二十世纪之后，成长小说在意识形态和乌托邦之间、主流意识形态和边缘意识形态之间，留下了一块争夺地，见证着不同力量对它的角逐。

可以说，成长小说的政治美学从来都不是以稳定、固定的面貌出现的。二十世纪下半期以降的成长小说批评，力图破除成长小说的意识形态迷雾，揭示被遮蔽的意识形态，寻找隐藏的阶层或社会矛盾，探讨主流意识形态和边缘意识形态如何斗争乃至共存；同时还要澄清它的乌托邦性质，解码乌托邦符码在文本中的变迁。

1.3.3　成长小说的教育维度

曼指出"维廉·麦斯特"系列始于个体发展而终于政治乌托邦，并强调"在这中间站的是教育"（Bruford：88）。而在摩根斯坦对成长小说的最初界定中，他就已经指出："它之所以被称为成长小说，主要是因为它的内容，因为它描写主人公达到某个程度的成熟的塑造过程，而第二点，也使它通过主人公的塑造将对读者的教育推进到别的文类无法达到的层次"（Morgenstein：55–72）。成长小说所蕴含的教育理念实际上有两个层面，一个是文本所蕴含的教育思想，另一个则是读者教育。

早在成长小说的启蒙话语体系中，读者教育就已经受到重视。在德国成长小说诞生之初，它还面临着一个严峻的历史语境：此前，德国小说主要还是借鉴欧洲其他国家如法国、英国和西班牙的小说形式而来的，在艺术价值和社会价值层面都没有什么贡献；这些早期的小说大多内容粗俗且文学性不高，因而也被当时的诗学界看成是难登大雅之堂的低俗读物。而成长小说的兴起就是针对这种历史语境，它因而面临双重任务：一是艺术上的提升，二是思想道德上的提高。在这一语境下，成长小说不是娱乐大众的产品，它的作用是培养有修养的市民。因而，教育的维度就这样被提上了日程。成长小说的社会关怀和批判维度，需要借助读者才能最终实现。

成长小说文本所体现的教育内容应该包括哪些方面？成长小说所强调的教育首先是公民教育，其终极指向则是一个未来视域——社会建构。在当时的教育理论家如约阿希姆·海因里希·坎佩（Joachim Heinrich Campe）看来，教育改革就能推进公民的教育（Bildung）和发展（Ausbildung）。从这里我们可以看到，当时有关成长小说教育维度的讨论，首先提出的就是公民教育。赫尔德关于 Bildung 的论述，试图在个体和共同体之间达到一个平衡；他既肯定每个个体拥有不同的个性，又期望个体的最终指向还是回归到一个同一体。相对于赫尔德对民族精神的强调，洪堡试图用学校的人文主义教育促进国家建构。作为卢梭追随者的洪堡，他的教育观念的起点就是个体（Individum）或个性（Individualität）。他强调教育的目的是充分地发展个人的潜力，个人成长的目标就是成为他自己。在《论人的修养》（"Theorie der Bildung des Menschen"）和《论人类力量发展的法则》（"Über die Gesetze der Entwicklung der menschlichen Kräte"）中，洪堡谈到了个体的教育培养和性格修养是内外因共同作用的结果，个体要接受外界事物的刺激，将其转化成内在的驱动力，从而完善自我。但值得注意的是，洪堡的"个性"一词也存在模棱两可的地方，它既被看成是个体的个性，也被当成是民族特征。实际上，从这一点我们就可以看出洪堡与赫尔德的共同点：他们都提倡推进个体的完善，而且他们也同样强调个体完善的更高目标是推进共同体的进步。在这个意义上，成长小说的写作和阅读就不仅是一种审美的美学需求，更不是个人的消遣，而是被放置在现代国家建构这个高度上了。

除了赫尔德和洪堡，席勒的美学教育也对成长小说产生了影响。席勒的《美育书简》讨论在成长过程中儿童的需求和能力是怎样被塑造和指导的，他将"成长/教育"（Bildung）看成是个体——一个"普遍意义的个体"（universal man）多面发展可能性的摇篮（Jeffers：2-3）。席勒的这种关注很好地体现在成长小说的鼻祖《维廉·麦斯特的学习时代》这部小说中。在这里，歌德关心的对象绝不仅仅是作为自身投影的主人公，他还将读者教育也考虑其中。正是从这个维度，几个世纪以后的亨利·詹姆斯（Henry James）对歌德开创的这种关注依旧给予了高度的认同。詹姆斯认为，歌德开创的那种成长经验，对年轻读者来说尤其具有重要的教育意义，年轻的读者"感到它促使他们为生活赋予了一种意义"（James：947–948）。

与上述思想不同的是卢梭提出的自然教育理念。卢梭的《爱弥儿：论教育》虚构了一个教育的故事，他假想了一个孤儿被一个隐居的教育家教育长大。在这本对教育方案进行细致刻画的小说中，卢梭将其全部的热情和毕生的教育理想都赋予在这个成长中的少年身上。在他讨论自然教育之时，他看到的是一个儿童可以像一棵树一样发展。这是一种有机的教育观，但同时又不同于百科全书派对理想的青睐，他呼吁的是感情和心灵——这是《爱弥儿：论教育》正文提出的有关教育的种种观念，其中有些讨论甚至细致得过于冗长，但这部巨著无疑提出了很多新的见解。例如，他将教育的场所放到私人领域，并帮助欧洲人认识到儿童和青少年不是小的成年人，而是具备特殊需求和身份的存在。在卢梭自然教育理念下成长的爱弥儿，首先培养了真、善、美的人生观和价值观。颇有意思的是，卢梭在该书的附录部分，又增添了对爱弥儿的考验。虽然这部分并未完成，而且在体量上无法与正文相比，但同样是卢梭教育思想和这部小说不可或缺的部分。在这部分，卢梭用情感充沛的笔调，描写了爱弥儿在文明社会所经历的种种灾难。爱弥儿的妻子苏菲失去亲人，为了缓解失亲之痛，爱弥儿和她移居巴黎；苏菲受到巴黎社交风气的腐蚀，外遇并怀孕；爱弥儿离家出走，在流浪过程中经历了种种艰辛；他重拾旧业做过工匠，被海盗俘虏，后又成为阿尔及尔总督的奴隶；最后他经受住了社会对他的考验，成为一个有能力维护自身修养的人。卢梭的这本教育哲学著作，反映了"人性本善，是制度使他们变坏"这一理念。用他的话来说就是，"出于造物主之手的东西，都是好的；而一到了人的手里，就全变坏了"。与当时欧洲占主导地位的进步观不一样的是，卢梭对当时欧洲的教育制度进行了抨击；在他的观念中，只有回到自然中，个体才能保持其善和美，才能成为"真正自由的人"。卢梭这种崇尚自然的教育观念，带有鲜明的反文明倾向，它反对的是欧洲启蒙话语下的市民或公民教育，而市民或公民教育恰恰是始自歌德时代的至高理念，他提倡教育的目的是培养自由发展的个人。卢梭在作为教育小说鼻祖的《爱弥儿：论教育》中提出的教育理念，对后世影响深远，在成长小说领域也产生了巨大的影响。有学者认为，成长小说出现于1800年左右，从宏观来看是受到法国大革命和工业化运动的影响，从微观来看则主要受益于核心家庭尤其是家庭教育（母亲在家教育孩子）的兴起。这种论点无疑是对卢梭理念的重申。但更为重要的是，卢梭对个人主义毫不掩饰的热情预示着浪漫主义时代的来临。在卢梭之后，无数成长小说奉献了浪漫主人公，他们要么对文明有着本能式的抗拒，要么热爱自然。他们的修养之路遵循着这条卢梭称之为自然的路径。

比较上述成长小说教育思想，我们会发现它们内部的复杂性。在赫尔德等人的成长/教育思想中，重点在于要求个体去遵循社会中的行为准则之类，也就是成长小说应该训练公民的人生观和价值观，增强他们的责任意识和整体意识。在他们的设计中，成长小说应该包含一个社会图景，目的之一就是让个体与社会产生互动，明白社会的需求，理解个体能够在集体中所处的位置。而在卢梭的论述中，个人教育和自我修养则占据了绝对重要的位置。个人修养主要是指个人性格的养成，其理想是个体找到他/她独一无二的路径来实现自我。实际上，成长小说的读者会发现，公民教育和个人修养常常不能处于一种有机和谐的关系中；恰恰相反，两者矛盾重重。就是在处理这一矛盾的过程中，成长小说衍生出各种不同的成长形态。

除了上述内容，德行教育是成长/教育思想的另一个重要维度。在摩根斯坦的论述中，道德教育无疑是成长小说鲜明的特征之一（Morgenstein：55-72）。成长小说通过呈现和讨论主人公的得失，来教导个体应该遵循怎样的道德规范来要求自我。这种要求实际上体现了成长小说从宗教忏悔录那里继承而来的自省内容。成长小说将宗教那种依赖神恩才能获得的彼岸救赎，换成了依靠个人自修就能接近的此岸修行。而且，相对于宗教忏悔录，成长小说更多是以美的形式对读者进行潜移默化的审美教育和道德教化。摩根斯坦对成长小说教育维度的强调，也是当时小说诗学需要获得合法性和正当性的需求。以成长小说为代表，小说通过美学和哲学上的升华，引导人向上、向善生长。从宗教框架里解放出来的西方成长小说，将神恩置换为对自我的深刻省视。作为人所面临的灵与肉的冲突、优点和缺点伴随而生的非完美状态，它都毫不回避地予以考察。因而，从成长小说的源头来看，善恶是一个伴随现代性而来的新问题。即使到了十九世纪，成长小说的道德教化变得不是那么显著，关于德行的讨论却依旧是很多成长小说关注的内容。甚至在二十世纪的成长小说文本中，我们依旧能够看到道德教育和自我审视的鲜明面目。例如在赫尔曼·黑塞（Hermann Hesse）的成长小说《德米安：彷徨少年时》（*Demian: The Story of Emil Sinclair's Youth*）中，我们能够看到善恶是否在个体身上共存，而我们又是如何应对这个问题的。

十八世纪作为一个启蒙的时代，它所孕育的成长/教育理念，对个体来说是一种全方位的训练。成长小说作为一种严肃文体，它关注的是现实生活中个人的全面发展和社会的进步。

一个新的问题是：如何展开上述目的的诗学教育呢？这里我们需要回到成长小说本身的性质去看。如前文一直所强调的，成长小说是个人与社会双向关怀的结合，它通过个体的经验来反映社会的整体现实。成长小说作为一种现实主义，这种现实主义与其说是提供与现实世界毫无差别的一种真实，不如说是表现个体如何体验和感受现实，也就是说它强调的是个体感知世界的方式。而读者通过阅读成长小说，学习的是这种感知世界的方式，实际上就是一种模拟训练，是他对世界的反应。

我们可以看到，成长/教育理念无疑是非常理想化的。它的问题在于，将个体看作是社会中被动地需要感召、教育的对象，其目的是要恢复社会秩序，文本中的主人公为等待召唤的读者树立了典型。这种读者教育不仅将中产阶级白人男性的特殊性转化为普遍概念，而且这种自上而下的教育模式也越来越倾向于培养接受社会规训的读者。

而到了二十世纪，这种认为普适性的公民教育能够建构出理想社会的理念已经丧失了它最初的吸引力，读者教育被赋予一种完全不同的革命性的力量。新的成长小说教育思想从以下几个方面对以往的教育观进行了突破。

强调成长小说读者教育的民主力量成为新的趋势。如曼强调的，成长小说所倡导的阐释美好社会的建构，应该是从下至上的，而非自上而下的（Bruford：88）。

民主的概念，引入了读者的主动性。巴赫金从时间的"临盆感"这个表述出发，召唤个体身上的革命性力量。巴赫金的成长小说理论将《巨人传》当作成长小说的先驱之作，他看重的就是大众的狂欢精神蕴含着解构主流意识形态的革命性力量。在巴赫金的论述中，个体站在一个开创性的时刻，历史的巨轮如今以同样的引力召唤着每一个个体，召唤他们去开创自己的时代。这种时间观也更为紧迫，时间具备了一种"临盆感"。而个体则具备了革命性的力量。这种理论号召的读者将不再是等待教育的对象，而是主动的参与者。托德·康锲（Todd Kontje）甚至认为，"阅读既不是重复现实，也不是逃避现实，而是转化（transform）现实；而成长小说就是检测这种转化的文类"（Kontje，1987：144）。

康锲的说法意味着成长小说教育不再将已有的社会规范当成是衡量个体教育成功与否的标准；恰恰相反，它强调的是改变现实。这就引入了成长小说教育维度的另外两个变化，一是提出了批判性读者这个概念，二是强调了成长方向的转向。

成长小说青少年文本中的读者教育，将反成长和反乌托邦结合，从青少年的视角来质疑成人世界的虚伪或权威，从而见证了批判性读者的产生。也就是说，这些文本不再将读者教育看成是自文本到读者的反应式教诲，而更依赖世界观和价值观正在形成的青少年与文本进行的双向互动。

这就是反英雄人物辈出的反成长图景。从批判的角度来说，成长小说对成长的方向做出了改变。反成长小说的诞生，不是要去教育接受社会规训的读者，而恰恰是拉开作为个体的读者与社会的距离，将笔触和同情都给予了质疑权威的"失败者"们，可以说它的读者教育与十八、十九世纪经典成长小说的读者教育不同；前者是反向的，通过否定来期待一种新的读者教育——这就是离心式的反成长教育。

此外，新的成长小说教育讨论引入了身份和族群这些概念。在有色人种、女性成长经验范围内，读者教育也被看成是成长书写的一个无可替代的维度，作者希望通过文本能对同样处于边缘地位的读者个体发生影响。成长小说的读者教育维度，走的是民主的社会建构道路，是非常有意义的。

综上所述，西方成长小说的教育维度大体可以分为三种类型：精英式、美学式和"反"教育式。精英式教育维度是传统的西方成长小说所采取的主导模式，它以培育合格的中产阶级公民为核心；美学式教育维度以崇尚自然和艺术为核心，强调个人的主观情感与对真善美的诉求；"反"教育式教育维度则是以批判视角为主的、强调边缘的或底层的要素，它也是民主式的，目的在于暴露和呈现个体所面临的问题，而非提供解决之道。

成长小说的教育问题从接受角度对文学的社会功能提出了新的要求。无论是在哪个国家和地区，成长小说都有着非常广泛的读者群。不同的读者从文本中所汲取的东西是不一样的。这也说明，成长小说发展至今已经具备了非常丰富的内容，其中不乏相反的、彼此矛盾的部分；但正是这些冲突与不同，才让成长小说在长达几百年的发展历程中，始终保有充沛的"青春"。

成长小说的发生和流变

第二章 | **成长小说的发生和流变**

2.1 经典化过程

德国是成长小说诞生的摇篮。1782年至1786年，歌德着力于撰写他的小说《维廉·麦斯特的戏剧使命》(*The Theatrical Mission of Wilhelm Meister*)。1795—1796年期间，他重新改写了之前的版本，并将其改名为《维廉·麦斯特的学习时代》。这部小说被公认为成长小说鼻祖。受益于这部小说的影响，德国成长小说开始盛行于浪漫主义时代。到了十九世纪，德国成长小说创作一度陷入低潮，随后在现代新浪漫主义时期重新复苏。成长小说可以说是德国小说的典型代表。从接受理论来看，歌德开创了一个此后德国小说创作无法绕开的传统，如黑塞和曼在创作小说尤其是他们一些传记性色彩很强的小说时，就带着成长小说传统这一明确的意识，斯韦尔斯甚至表示，"大部分德国杰出的小说都在形式上或多或少地体现了成长小说文类传统"(Swales, 1978：60)。

成长小说首先是一个德国文类概念，但经过几个世纪的发展，它成为一个世界性的文本现象。从十八世纪到二十世纪，成长小说走过了它从诞生至经典化的路程。

十八世纪成长小说出现并奠定了其哲学基础。追溯早期成长小说的产生，我们会发现它在不同的文化语境中曾被赋予各种不同的指涉，如自然哲学(莱布尼茨)、政治工具(赫尔德)或教育意义(卢梭)。这些讨论都落在了最基础、最普遍的一些问题上。可以说,关于成长的诗学理念超越了具体的国别,构成了西方文化共同体,先后为欧美乃至其他地区的成长小说提供了思想和理论基础,并保证了成长小说具备天然的正统性和合法性。

十九世纪诞生了大量的成长小说文本。此时,西方主要的语言文化区如英国和法国都出现了大量的成长小说文本。而在瑞典、瑞士、奥地利、西班牙、加拿大等国,成长小说也成为热门文类。

促使成长小说广泛传播的重要环节之一是德国成长小说的译介工作。十九世纪,德国成长小说逐渐被译介到其他国家和地区,并产生了重大影响。1824年,歌德的《维廉·麦斯特的学习时代》第一次被翻译成英文。译者托马斯·卡莱尔(Thomas Carlyle)将德文Lehrjahre(学习时代)这个词汇翻译成apprenticeship(学徒时代),强调了他所理解的这部作品所表达的从大量错误痛苦的经验中吸取教训并最终借此获得成熟的这一观念。卡莱尔的译本分别在1842年、1858年、1871年和1893年重印,说明了这部小说在英国的流行程度。作为歌德的崇拜者,卡莱尔还创作了《衣裳哲学》(*Sartor Resartus*)。这本书通常被看成是英语文学中第一本学习歌德学徒小说之作,其影响力也非常深远。歌德的译作促使英国出现了一大批与德国成长小说类似的家族成员,代表作有爱德华·布尔沃–利顿(Edward Bulwer-Lytton)的《被否定者》(*The Disowned*)、《戈多尔芬》(*Godolphin*)、《欧内斯特·马尔特拉弗斯》(*Ernest Maltravers*)和《爱丽丝,或者神秘》(*Alice, or the Mysteries*),乔治·亨利·刘易斯(George Henry Lewes)的《阮索普》(*Ranthorpe*),查尔斯·金斯利(Charles Kingsley)的《奥尔顿·洛克》(*Alton Locke*),等等。卡莱尔强调的错误的迷途最终转化成有效的智慧并促进了成长,使得过去的错误都获得了意义,这一点至关重要。英国维多利亚时代的作家,实际上也遵循了卡莱尔所开创的这条路线。如果梳理这些作家作品之间的影响和关系,就会发现从歌德到二十世纪上半期英国文学的一个小传统——卡莱尔对《维廉·麦斯特的学习时代》的翻译促进了他的小说创作；布尔沃-利顿在他的《欧内斯特·马尔特拉弗斯》中承认了歌德对他的影响；刘易斯申明他的《阮索普》受益于歌德和布尔沃-利顿；1847年刘易斯对夏洛蒂·勃朗特（Charlotte Brontë）《简·爱》的评论，也是英国第一篇关于英国现实主义小说理论的力作；而金斯利的《奥尔顿·洛克》不仅让人联想到卡莱尔对"机器主宰的精神世界"的表述，而且也回应了布尔沃-利顿的《欧内斯特·马尔特拉弗斯》。诚如豪所言，学徒形式主要是由这类英国作家发展的，他们要么去过德国，要么通过阅读熟悉了德国尤其是歌德的文学和思想。显然，上述影响的发生也不是单线条的，而是网状般交错的，展现了非常丰富的互文性。

十九世纪德国成长小说对欧美诸国产生的重大影响，不仅是上述文类方面的传播，而且也包括思想文化方面的渗入。例如在英国，德国的"成长"思想影响了一大批英国的思想家。马修·阿诺德（Matthew Arnold）、约翰·斯图尔特·米尔（John Stuart Mill）、雷蒙德·威廉斯（Raymond Williams）等人将洪堡的"自我塑造"理念引入他们所讨论的"性格培养"方案中，强调个体成长所肩负的社会责任。相较而言，卡莱尔和金斯利的文化观则更是直接受到了歌德及其文本的影响。面对日益工业化的英国，他们将文化定位为一种诗性的精神，以此来对抗工业价值观对个人的倾轧。英国思想界对Bildung概念的接受和调整，说明了在工业化日趋成熟的时期，个人成长和教育的理念已经越来越深地被嵌入到社会制度的框架之中，并逐渐被制度化。同样，在美国，拉尔夫·沃尔多·爱默生（Ralph Waldo Emerson）和亨利·戴维·梭罗（Henry David Thoreau）也接纳了德国的"成长"理念。正如托马斯·杰弗斯（Thomas Jeffers）所言：

　　十八世纪后期的魏玛古典主义者提出了成长（Bildung）的概念，并在接下来的一个世纪被英国卡莱尔、米尔、阿诺德和沃尔特·霍拉肖·佩特（Walter Horatio Pater）等作家，美国爱默生、梭罗和其他超验主义者，即所有浪漫主义者或浪漫主义的继承者所采用。他们创造了一些概念和假设，而当时和此后的小说家都置身于这一环境之中。（Jeffers: 34）

经过十九世纪成长小说的创作高峰，成长小说已经获得了巨大的影响力。到了二十世纪上半期，成长小说理论批评进一步促进了这一文类的经典化。一般来说，二十世纪是一个理论的世纪，对于成长小说而言，这也是一个理论批评盛行的时代。二十世纪的成长小说理论批评，一方面进一步将成长小说的形式和内容系统化了，具体表现在狄尔泰和巴克利的工作上；另一方面则主要是从解构维度，反思和质疑西方成长小说"传统"的问题，这项工作主要是从二十世纪中期开始的。总的来说，这两方面的工作使得成长小说在危机中进一步被更多的人所熟知，从而也促使成长小说批评成为西方文学研究的一门显学。

与此同时，成长小说的文本创作呈现出两种态势。一方面，成长小说的传统得到了继承和发扬，在二十世纪我们依旧能看到那种乐观、积极的成长文本。从加拿大作家露西·莫德·蒙哥玛利（Lucy Maud Montgomery）的《绿山墙的安妮》（*Anne of Green Gables*）到美国作家贝蒂·史密斯（Betty Smith）的《布鲁克林有棵树》（*A Tree Grows in Brooklyn*），强调个人努力奋进而最终获得幸福的故事不仅跨越了不同的国家和地区，而且还跨越了相当长的时期。这个现象证明了成长小说传统范式具有强大的生命力。另一方面，则是成长小说发生了现代主义和后现代主义嬗变。而这一转向的影响力可以说是巨大的，它从形式和内容上对传统的成长小说书写范式进行了解构。正是在这个意义上，批评界才出现了"成长小说已死"这一声音；但同时，改变了形式和内容的成长小说也意味着新的可能性。正是由于后者的出现，成长小说也越来越多元化。目前，成长小说文本书写从欧美文化圈扩展到其他文化圈，进而发展成为一个全球文本现象。

现在我们回顾成长小说的发展史，首先面临的问题就是，成长小说何以如此长时间、大规模地盛行于西方主流文化圈？在相当长的时期内，成长小说已经成为西方小说中最为重要的文类之一，西方文学史上的很多经典文本都是成长小说。造成这种现象的最重要的原因应该在于它的美学政治与意识形态的契合。成长小说及其核心概念"成长"从诞生之日起就是德意志文化意识的产物。正如斯韦尔斯所言，在十八世纪分裂的德国，德意志民族意识的同一性不是依靠地理上的统一，而是这种Bildung人文理念和奠定在这一理念基础上的语言形式以及成长小说这一文类所秉持的内向性所提供的（Swales, 1991: 62）。Bildung这一理念，一方面将个人赋予了崇高的地位，正是在这个意义上，成长小说不失为人文主义精神的继承者。[1] 但它对人的精神的讨论，不是从艺术和美的角度出发的，而是落在了现代国家建构这一维度上。在歌德、洪堡、席勒的理念中，天秤两边分别站着个人与社会，而怎样经由个人抵达社会的总体性始终是他们的中心关注点。实际上，此后成长小说的发展及理论辩驳本身，无论是支持还是反对，都从未偏离早期歌德等人设定的路线。换言之，个人与社会的这一悖论关系，始终是成长小说叙述的建构原则。因为成长小说的词根Bildung这个概念，始终讨论的就是如何从"私人教育"（personal education）走向"公共的个人"（public person）。对成长小说作家及思想家来说，这一文类通过呈现一个完美人格是如何被塑造的，超越了文学鉴赏的范畴，而直接进入民族文化建构这一公共空间。这个文类用一个正在成长的新人形象，表现了现代资产阶级社会的形成以及新兴的资产阶级的文化要求。可以说，成长小说为新兴的资产阶级社会和阶层提供了文化上的认同感和合法性。

1　斯韦尔斯将德国成长小说与伊恩·瓦特（Ian Watt）所阐述的欧洲现代小说的兴起联系在一起，指出了二者在时间上的一致性。详见Swales, Martin. "Irony and the Novel." *Reflection and Action: Essays on the Bildungsroman*. Ed. James Hardin. Columbia, S. C.: University of South Carolina Press, 1991。

　　如果说，德国成长小说文类与意识形态的重合，在于前者在四分五裂的地理环境中提供了一个文化共同体；那么在英国，文类与意识形态的双向实现则落在了工业化这个维度上，强调的是帝国扩张和城市化进程。帕特里夏·奥尔登（Patricia Alden）在其《英国成长小说中的社会移动：吉辛、哈代、本内特与劳伦斯》（*Social Mobility in the English Bildungsroman: Gissing, Hardy, Bennett, and Lawrence*）中指出："在英国这里，成长小说将个人道德、精神和心理上的成熟与这个个体取得的经济和社会进步联系在一起"（Alden：2）。同样，豪强调，"在十九世纪英国工业化的这样一个机械时代，大城市的涌现和交通的进步不可能不对成长小说主人公的经验产生影响"，英国成长小说的主人公更加希望参与到社会中去，"他们必须在社会上找到一些事情做，并且要全心全意地做"，因为他们眼前的这个世界充斥着工业革命、政治改革、宗教怀疑和帝国扩张这类激动人心的大变动（Howe：8，11）。

　　在法国，成长小说的诞生同样与现代民族意识的塑造紧密相关。法国成长小说的产生与英、德情况相似的是，它们都是现代国家、民族形成之际在启蒙思想作用下的产物；成长小说作为现代小说最主要的类型之一，对新兴资产阶级这一阅读群体起到了非常重要的教育作用。

　　在美国，"新生"则以美国梦的形式体现。美国成长小说的兴起与德国的情况接近，文类的崛起不仅象征着一个新阶级的兴起，而且也应和着现代民族国家的建构。美国成长小说直接塑造了一个以新"亚当"为中心的文化共同身份。可以说，美国成长小说文本成为"美国梦"的重要表征形式，文类与国家身份的叙述出现了高度契合。追溯美国成长小说的形成，本杰明·富兰克林（Benjamin Franklin）的《富兰克林自传》（*The Autobiography of Benjamin Franklin*）在其中起了开创性的作用。富兰克林自身的经历——作为一个缺乏经济实力但具有反叛精神的青年，他离开家庭去往别的地方谋取经济上的成功——所体现的一种内在的不满和移动性，正是莫雷蒂在追溯欧洲成长小说形成时强调的现代性之下青年的"象征形式"，为年轻的美国树立了一个表率。富兰克林这本写给他儿子的传记，虽然不是成长小说，但实际上却为无数美国青年以及美国梦精神开创了可行的方向。个人与民族塑造高度结合，表现了美国作为一个走出"旧大陆"的新生儿这样一种历史视域。

正如乔克·卡杜克斯（Joke Kardux）在他的论文中所言，美国第一次出现了广泛意义上的、文学上的美国史的时期，也见证了成长小说的兴盛，这绝对不是偶然的（Kardux：1992）。在他的论述中，乔治·班克罗夫特（George Bancroft）和摩西·泰勒（Moses Tyler）根据有机历史观创作的《美国历史》（*History of the United States*）和《美国文学史》（*History of American Literature*）追溯美国这一年轻民族的诞生，更像是另一种意义上的成长小说。肯尼思·米勒德（Kenneth Millard）在肯定个人成长叙述与美国国家共同意识建构之间的联系时也强调：

> 在美国国家神话的语境中，天真有一个特别的共鸣。……美国是一个反叛的青少年，对其欧洲父母的权威已经不耐烦，急于去塑造建立在不同价值观和优先权基础上的新性格。因此，在成长小说这个文类和（也许是非常独特的）美国关于国家身份的叙述中间发生了汇合；个体新公民通向独立的新形式（new form）的趋向与国家萌芽的走向是相连的。（Millard：5）

无论是在美国、德国，还是在英国、法国，"新生"这个意象进入现代性的内核，成为欧洲现代性的表征，也成就了成长小说以"新人"为核心的气象。实际上，欧洲现代小说的兴起与欧洲成长小说的诞生，无论是在时间上还是在主题和内容上，都是高度重合的。换句话说，很多欧洲早期的现代小说也是成长小说。原因在于，欧洲现代小说在崛起之时都是描写一个资产阶级的年轻人如何在广阔的社会地图中获取经验，通过眼睛去观看这个开放、兴起的新世界，并投身到国家建设的活动中去。

这里尤其需要指出的是，这种早期的重合，不是说德国成长小说已经开始进入英、法等文化版图并对其产生影响，而是说在英、法等现代国家诞生之初，产生了与德国成长小说类似的文本，它们都是讲一个年轻的白人男性如何从懵懂无知走向成熟，而这些文本后来被纳入成长小说的家族，被后世的作家或批评家追溯为成长小说。也就是说，当我们讨论成长小说大范围的扩张时，我们在讨论两个现象。一是不同国家文化存在着自身的文本资源，这促进了它们各自的成长小说传统的成形，这个传统尤其是在早期文本的类别划分中，是一个被追溯为成长小说经典文本的过程。二是德国成长小说这个特定的文类被译介到英国、法国，并对其产生影响。从十九世纪二十年代开始，欧美其他国家的成长小说文本在不同程度上都受到了歌德模式的影响。英、法、美等国的文本范式在保留自身特色的同时，吸纳德国文类的元素，文本范式之间发生了交流与碰撞。细致地考察这种交流和碰撞，我们就会发现成长小说的发展离不开它从多国不同的文化和传统中吸取丰富而多元的资源。尤其是十九世纪成长小说在各处如雨后春笋般出现，更是可以看到多元文化交流有效地促进了成长小说的蓬勃发展。这一时期，大作家的著名文本对本土文化和时代核心问题进行了回应、概括和升华。不同国家和文化中的文本内部以及文化与文化之间也存在着相互指涉、关联、应和与对话，构成了一定的互文性，形成了共同的文本特征和符码。这些因素综合在一起，极大地增强了成长小说作为家族文类的影响力，并最终建构起欧美成长小说的一个"传统"。

成长小说经典化的第二个重要因素是它以现实主义为基准，反映了不同历史时期的时代性问题，展开了一种总体性的宽广视域。通过对典型环境和典型人物的塑造，成长小说的现实主义在反映现实维度方面做出了突出成绩。现实主义精神将成长小说书写的细节转化为真实、具体、生动的对现实生活的观察和思考，这种现实主义精神为作品赋予了血肉，使得现实生活能够以精细和准确的面貌呈现出来。而同时，它的现实主义精神又被一种总体性的视域所规定，使得其文本不是局限在某一局部的特定范畴内，而是对一般性问题进行了高度概括。这种现实主义精神使得成长小说能够拥有长远的价值，经受住历史时间的考验。成长小说的总体性在卢卡奇和巴赫金的笔下，正是如此。巴赫金用长远时间来衡量小说的价值，用未来视域判断小说的经典性，就是对成长小说所做的最好的注解。

但是在后现代理论家看来，这种现实主义恰恰是有问题的。詹明信认为，现实主义在代替浪漫主义的过程中，的确起到了积极的影响；也就是说它摧毁了所谓的神圣的东西，而建立起一种真实观。但是这种真实其实是一种主观上的真实，是被主观塑造的真实，是一种虚幻的伪真实。詹明信指出："我认为把现实主义当作对现实的真实描写是错误的，唯一能恢复对现实的正确认识的方法，是将现实主义看成是一种行为，一次实践，是发现并创造出现实感的一种方法"（詹明信[1]，2005：220）。按照詹明信的理解，真正的现实主义应该是一种颠覆性的力量，它应该破除旧的迷信、浪漫式的想象，应该揭露各种叙事的虚妄性，告诉人们故事中的世界是不真实的，就像塞万提斯（Cervantes）的笔触划破了骑士文学中的"真实"。

如果说成长小说的现实主义是可疑的，那么成长小说的灵魂——浪漫主义精神也应被重新审视。西方成长小说的浪漫主义可以说有几个维度的不同指称。其一是国家浪漫主义的文本形式，它在初期依旧闪耀着人道主义光芒，这在歌德的文本、赫尔德的理论这些案例上都有充分体现。二战期间德国成长小说的政治化问题，则将成长小说作为国家浪漫主义的表征形式之有效性放到了可疑的空间。其二是以十九世纪法国成长小说文本为代表的浪漫主义，这些文本以心灵体验为最高的指标，将广阔的世界通过心灵经验来视觉化。第二种类型正是卢卡奇所谓的"幻灭的浪漫主义"文本，而它将在二十世纪发展出另一种向内转的，以怀疑、否定和幻灭为基调的叙事模式。

1　该引用文献又译为杰姆逊。

　　成长小说的经典化离不开其形式的成熟。从形式上说，成长小说确定了以个体变化为核心的整套叙事结构，以较为稳定的结构保证了长篇小说的构思布局。从文类的发展来说，成长小说借鉴多种文类，将传记、冒险、考验等西方流行的重要元素综合进个体的故事中，成功地促进了西方小说向现代小说推进，因而可以说成长小说具备了相当成熟的形式。尽管成长小说在不同文化和历史语境中都或多或少地加入了一些新的要素，但它作为文类总的来说还是包含了以下几个必要情节：一个出生在乡村或偏僻小镇上的儿童，他/她可能是孤儿或失去了父亲的孩子，抑或是与父辈产生矛盾和代沟的孩子；他/她进入城市，接受教育或进行自修；他/她寻求价值和身份认同；他/她经历社会的考验，通常是通过某种不合宜的爱情；他/她经受精神上的痛苦，并蜕变成成熟的个体。这个固定的结构确保了成长文本形式上的稳定性，并将其与其他小说类型区分开来。

　　实际上，经典化的欧美成长小说在获得盛誉的同时，也留下了很多问题。其中最重要的一个问题在于西方成长小说经典化的过程，是一个巩固"中产阶级""男性""白人"这些限定的过程；这种将特定身份普遍化的做法，在现代主义和后现代主义理论的视野中是可疑的。经典成长小说里的社会，也是一个概念化的社会，阶级、性别、文化的不同等因素很少在它的考虑之列。这些都是西方成长小说亟待解决的问题。

　　上述问题都是理论反思视域下的发现。可以说，理论与文本的相辅相成在成长小说这里体现得淋漓尽致。成长小说能够获得其他文类难以企及的地位，离不开理论对它的塑造。启蒙时期各大思想家对个人启蒙和国家建设的讨论，为成长小说奠定了哲学基础。十九世纪至二十世纪七十年代，成长小说批评主要关注文体、内容和结构的问题。理论家对成长小说形式和主题的讨论、对文本的发展起到了重要的促进作用。典型现象包括狄尔泰和巴克利对成长小说做出了经典定义，将成长小说形式和内容上的基本范式确定下来。二十世纪西方成长小说批评进一步学术化，理论界多次展开对成长小说文类的论争，这促使成长小说成为一个学术讨论的热点，也促进了成长小说文类在危机中的转型。早在1870年，狄尔泰在给施莱尔马赫写传记的时候，就第一次将"成长小说"这个词带进了学术词汇；而得益于他在1907年出版的《体验与诗》，这个词流行开来。1910年，《不列颠百科全书》(*Encyclopedia Britannica*)中第一次出现了Bildungsroman的身影，该词被广泛定义为任何"主题为一个个体的塑造或精神上的教育"的小说。1930年，豪的《维廉·麦斯特和他的英国亲属》(*Wilhelm Meister and His English Kinsmen: Apprentices to Life*)出版，这是英语学术界出现的第一部关于成长小说的专著。二十世纪五十年代，狄尔泰的部分作品被翻译成英文，成长小说的影响力进一步扩大。英语世界中最有影响力的成长小说研究出现在二十世纪七十年代——1974年，巴克利的《青春的季节：从狄更斯到戈尔丁的成长小说》出版，迅速推动了英语学术界对成长小说文类界定的兴趣。1939年，莫里斯·贝茨(Maurice Betz)将Bildungsroman这个概念带入法国学术界："现在是时候承认德国小说家在成长小说即发展小说(novel 'of formation', 'roman de formation')或教育小说(novel 'of education')这一体裁中无可争议的至高无上的地位了，这一文类最著名的原型是《维廉·麦斯特的学习时代》"(Betz: 85)。二十世纪不仅见证了成长小说批评由德语世界向其他语言如英语、法语文化圈的扩散，而且它还是一个理论的世纪，西方各种文艺理论的蓬勃发展和更迭不断带给西方成长小说批评新的理论视域和方法论。可以说，西方成长小说批评在二十世纪走向高潮，尤其是在二战后得到空前的发展；正是在这个意义上，雷德菲尔德将成长小说称为"战后现象"(postwar phenomenon)(Redfield: 40)。

2.2　国别传统与文本特征

成长小说的德国性、欧美范畴和全球视域论争是一个边界不断拓展的过程。一方面，从国别传统梳理成长小说的联系和区别依旧是一个重要的议题；另一方面，全球化和移民的发展使得国界这类概念变得越来越可疑，成长小说也面临打破国别限制的新要求。

2.2.1　德国成长小说

《维廉·麦斯特的学习时代》通常被誉为成长小说的鼻祖。除了歌德的这部作品，德国成长小说早期文本还包括威兰的《阿迦通的故事》、卡尔·莫里茨（Karl Moritz）的《安东·赖泽尔：一部心理小说》（*Anton Reiser: A Psychological Novel*）、荷尔德林的《许佩里翁，或希腊的隐士》、诺瓦利斯的《奥夫特丁根的亨利》。其中，《阿迦通的故事》和《安东·赖泽尔：一部心理小说》都要早于《维廉·麦斯特的学习时代》，但是只有《维廉·麦斯特的学习时代》才开启了一个新的起点，即对现实生活中的现实人物给予重点关注。例如，对比《阿迦通的故事》和《维廉·麦斯特的学习时代》来看，即使前者是一部卓越的描写性格转变和心理历程同时又饱含政治热情的著作，但是它将故事场景放在了古希腊；而后者则不同，它将笔触直接给了商人之子，让其在现实、物质、情欲中讨论德国生活和文化的方方面面，它的包罗万象不仅体现在内容的广度上也体现在其深度上。因而，《维廉·麦斯特的学习时代》将德语小说提升到了此前史诗和戏剧才能达到的高度。

德国成长小说探讨的是德意志公民精神养成和性格培养，歌德的"维廉·麦斯特"系列代表着德国最卓越的一群知识分子对国家民族建构和公民培养所倾注的心血。作为一个曾经参与指导国家建设的人来说，德国和德国人的未来发展方向从未像歌德体会到的那样分裂：

> 一想到德国人民，我不免常常黯然神伤。作为个人，他们个个可贵；作为整体，却又那么可怜。尤其是当我把这个民族同其他民族比较时，悲哀之情更油然而生。我曾经为自己找过各种解释，希望克服这种心情。结果发现寄希望于科学和艺术是最好的办法，因为科学、

> 艺术是属于全世界的，在它面前，民族之间的障碍消失了。但这是十分可怜的安慰，无法同因属于一个伟大强盛令人敬畏的国家而骄傲的心情相比。德国微不足道，但德国人却了不起。德国人应当同犹太人一样，为了世界利益，分散移植到别的国家去，把他们中间的优秀分子选拔出来为世界所用。（路德维希：237–238）

国家和人民、民族和世界、政治和艺术、期望和哀伤，这些因素组合在一起，让歌德也为他的主人公挑选了一个方向。《维廉·麦斯特的学习时代》这部小说反映了歌德早年对戏剧育人的期望。正如这部作品最初的书名是《维廉·麦斯特的戏剧使命》，他原本打算写一个关于戏剧的故事、一本关于教育如何在公民教育中发挥影响的书。而戏剧的美学教育功能最终被歌德否定了，他对戏剧功能的思考被扩大为对人生的思考。在人生的角逐场上，个体需要在关键的几步做出选择。当然这个过程是漫长而痛苦的，歌德并不打算提供一个导向某个特定目的地的方向，他的书写更像是一块试验田。他的主人公在这块土地上与世界迎面相撞，他失望、痛苦过，又积极投身于这个尚未实现的理想之境。歌德将完善人格投影到市民个体身上，讨论他们的教育、工作、伦理等问题。

可以说，德国成长小说诞生之初就带有明显的美学政治特征，它的美学政治与意识形态高度契合。成长小说及其核心概念"成长"从诞生之时起就是德意志文化意识的产物。在赫尔德对"成长"的诗学建构中，德意志这个词始终是其讨论的中心。赫尔德认为，德意志的文学和文化在宗教改革之后进入一个新阶段，德意志精神成为一个最高峰。而民族精神（Volksgeist）更是历史进步的推动力。实际上，早期的成长诗学，无论是在赫尔德还是在洪堡这里，德意志精神甚至被升华至整个人类（Menschheit）完善的高度，这显示出早期成长诗学试图在一个更高的哲学和社会范畴来确立Bildung的合法性。在摩根斯坦对成长小说命名之初，他就将《维廉·麦斯特的学习时代》与《尼伯龙根之歌》（Nibelungenlied）

放在一起来说，认为它们代表着一种德意志精神。而且值得注意的是，摩根斯坦提出成长小说这个概念是在他的演讲稿中，其时，他面对的是拿破仑入侵后民族情绪高涨的听众。民族认同在这里与外来入侵的危机感联系在一起。而无论是赫尔德等人的诗学建构，还是摩根斯坦的文类指称，成长小说的概念都具备了强烈的公共性和政治关怀。对尚处于分裂状态的德国来说，成长的理念所树立的目标是确立新兴的资产阶级精神贵族和文化精英的身份，以此来对抗和改善世袭贵族占统治地位的局面，而它更高的理想则是促进人和社会的双向完善。成长理念的最初形式，立足于德国当时所处历史局面亟须解决的问题，因而可以说，这一文类理念从一开始就是被置于德意志民族性这个精神框架中来展开的。很多学者认为，没有任何其他小说能像成长小说这样揭示德国民族性格中最确定无疑的、最本质的特征（Borcherdt, 1958：175）。

在相当长的时期内，德国成长小说都保持着鲜明的乌托邦气质。歌德的麦斯特在经历了成长的阵痛之后，寻求建设社会的可能性；《维廉·麦斯特的漫游时代》发展了《维廉·麦斯特的学习时代》中的社会责任部分，在前者中，麦斯特的漫游与其说是去经历种种冒险，不如说是去考验各种社会建设的理念。十九世纪上半期，德国社会矛盾重重，这时候乌托邦精神恰恰在成长小说中得以延续。阿达尔贝特·施蒂夫特（Adalbert Stifter）的《晚夏》（*Indian Summer*）讲述主人公理想的成长路径，所有不完美的因素都被排除在外。该作品通过对自然的描写、诗意语言的运用等手法，最大程度上淡化了工业化进程所要求的匆忙感，而提供了一幅审美的乌托邦场景，最终呈现出"诗意现实主义"的效果。《晚夏》和《维廉·麦斯特的漫游时代》的共同议题都是成长观照下的乌托邦梦想，在一个看似理想的世界里，读者需要与充满秩序的无趣做斗争。而乌托邦诉求，则恰恰是成就德国成长小说经典地位的核心要素。

德国成长小说注重对青年阶段的描述，在气质上主要是内倾性的，更倾向于将个人放置于一个孤独的环境中，去考察个人的心理活动与反应。

对内倾性和心理过程的关注，表明了德国成长小说在早期反对类型化人物和程序化情节方面的努力。例如莫里茨的《安东·赖泽尔：一部心理小说》，就将描写的重点放在主人公从宗教情感转向现代个人心理的内在转化上面。这部小说对个人心理转向的演绎，也象征性地点明了德国成长诗学在十八世纪所经历的转变。成长小说的核心概念在于成长，这个概念是从中世纪宗教所持有的圣徒自省及依照上帝的旨意行事这层意思发展而来的。在歌德和洪堡的理念中，Bildung这个词开始带上了鲜明的启蒙色彩，它注重个人心理追求自我的过程，而不是最大限度地接近神的过程。虽然剥掉了有罪意识这一前提，但是它却秉承了前者的那种内向性，而这种内向性直接对德意志民族意识形态的形成起到了关键作用。狄尔泰在阐述成长小说时，就强调了卢梭对成长小说的影响，尤其是卢梭关于教育心理和忏悔心理的部分，并指出成长小说的特点之一就在于它体现了"精神生活的内在文化"（Dilthey：389）。

　　十九世纪见证了德国对这一文类传统的有意识的改进。拿破仑战争结束后，德国由分裂的封建众王国逐渐迈向统一的现代市民国家。经济上资本主义的发展和民主政治的改革带来了社会巨变。在小说层面，众多小说类型共同繁荣，结束了成长小说在十八世纪那种独占鳌头的局面。此时，成长小说依旧是一个重要的文类，也在不断地经典化，但在它的内部也出现了一些改革。例如十九世纪三四十年代，德国文学界出现了一种努力远离歌德所开创的成长小说传统的倾向，而试图将小说创作引导到更具现实性和历史性的方向（McInnes：487-514；Swales，1978：60）。十八世纪的歌德已经开始处理商业和市民的关系，在他笔下，麦斯特弃商从艺并最后成为一名医生；但歌德的主人公依旧被笼罩在理想、神性、完整这些词汇组成的光环中，其形象更多还是抽象的。而到了十九世纪，工业化进程及其引起的矛盾在成长小说的主人公身上进一步加剧，此时主人公所面临的问题更加具体和世俗化。十九世纪上半期，爱德华·默里克（Eduard Mörike）的《画家诺尔顿》（*Nolten the Painter*）等成长小说都体现出工业化进程与个人内心发生矛盾，个人产生抗拒工业化而求退居田园的梦想。而到了十九世纪下半期，这种矛盾不断加剧。《绿衣亨利》在物质要求和审美自由两端进退两难，不得不面临悲惨结局。而威廉·拉伯（Wilhelm Raabe）的《鸟鸣谷档案》（*The Files of Birdsong*）则在怀旧的氛围中，再一次书写了个体对工业化进程所带来的社会变迁所表现出的不适和抗拒。拉伯同他的主人公一样，面对有教养的阶层那种稳定的生活方式，心中既有不舍，但同时又抱着怀疑的态度，希望能够冲破世俗的局限而追求自由的自我。在这个两难的选择中，他们更多的是采取一种犹疑的人生哲学。如果说歌德笔下的市民青年依旧能够保持其高贵、理想主义的精神面貌，那么十九世纪的主人公们则面临着更加具体化、社会化的环境，逐渐走向了庸俗。这也是黑格尔视域中小说作为"现代市民史诗"的窘境（黑格尔，卷二：405）。十九世纪下半期成长小说中的主人公们面对复杂的现实世界，难以再保持他们对高贵的追求。诗意的世界变成了失意的世界，在这里，主人公只能罹患古典理想的思乡病。从拉伯等人的成长文本创作来看，十九世纪末期已经是一个从传统向现代过渡的转折点。正如《鸟鸣谷档案》所显示的，不仅主人公的形象，而且还包括文本书写形式，都发生了改变。《鸟鸣谷档案》在形式上对古典成长小说做出了很多突破，例如它的多元化视角、多层次的叙事立场等，在出版之时这些因素阻碍了读者对《鸟鸣谷档案》的接受，但在几十年后，拉伯却因此被誉为"现代叙事的先驱"（韩水法、黄燎宇，2011）。

一战前，德国的民族主义情绪促使成长小说的地位不断升高。从德意志帝国末期到魏玛共和国，这种趋势一直在加强，直到纳粹时期被绝对意识形态化。在这种政治语境中，成长小说被看成是德国文学的典型文本，它所追求的个人完善被看成是德意志民族精神的一种体现，并以此来对比"堕落"的英、法成长文本。很多作家和思想家都竭力维护成长小说的特殊地位，认为它非常有效地代表了德国精神，而后者无疑是卓越的代名词。曼就是此观念的坚定拥护者，他曾多次宣称成长小说的德国特性。

这些对成长小说"德国性"的维护，都是民族主义情绪高涨的产物。如果说在赫尔德时期，成长和修养也针对德国人，强调德国文化传统，但他们是从普遍性的意义上来谈论公民培养的，而二十世纪初期则是在民族主义情绪中强调日耳曼民族的优越性。

二战后，德国在创伤中迎来了成长小说创作的转向。在民主德国，"社会主义成长小说"在二十世纪五六十年代产生了众多文本。这些文本的共同点都在于描述主人公对新的社会主义国家的认同。

而在联邦德国，成长小说则经历了艰难的转型。两次世界大战前后德国成长小说的创作，实际上已经难以继续保持形式和内容上的一致。二战后近三十年的时期内，成长书写主要面对的是美学政治与意识形态之间的关系。形式上的创新和变革成为主流，而在内容上，则是对历史的反思和批判。

曼是明确表明要接替《维廉·麦斯特的学习时代》传统的作家，但他的《魔山》距离歌德的文本已经很远。可以说，在这个时期，他只能在戏仿和反讽中暗含其个人修养的可能性。他的《大骗子克鲁尔的自白》（Confessions of Felix Krull）戏仿成长小说的体例，以主人公自述的形式来讲述一个玩世不恭者凭借骗术和演技经历了生活中的种种冒险，并最终锒铛入狱、悲惨终局的故事。这部未完成的小说被作者称为《维廉·麦斯特的学习时代》的继承者，但它实际上针对的是一种新的时代气象。正如他的《魔山》是一部试图通过描写疾病和死亡来认识人和国家的作品，《大骗子克鲁尔的自白》也只能用病态去呈现一个时代的特征。

相较而言，君特·格拉斯（Günter Grass）的《铁皮鼓》（The Tin Drum）更接近格里美尔斯豪森（Grimmelshausen）的《痴儿西木传》（Simplicius Simplicissimus）的传统。该小说以一个拒绝长大的孩子奥斯卡为中心人物，故事随着奥斯卡在德国的漫游而展开，对德国的战争梦魇进行了批判和审视。在这个故事中，主人公的设定带有强烈的象征意义。奥斯卡在三岁时故意摔下楼梯，从此便开始了他不愿长大的旅程。但他出生时就具备成年人的智商。他既是一个孩子，又是一个成年人，以后者的狡黠眼光看待世界。该作品一经发表便获得了巨大的成功。它对纳粹历史的反思和回应，并不像当时流行的那样采取受害者的立场来批判，而是通过将历史与市民生活的各个方面进行交叉式描写，来讨论这段历史为何会发生。格拉斯本人作为纳粹分子的经历在《剥洋葱：君特·格拉斯回忆录》（*Peeling the Onion*）中披露出来，这种身份和经历在德语文学界乃至全世界都引起了很大的震动，让人们感到愤怒的不是他曾经参加纳粹的那段短暂经历，而是他处理这段经历的方式不够光明磊落。一直以来，就像他的《铁皮鼓》所呈现的姿态一样，格拉斯是一名盛名在身的反法西斯作家（加顿艾什，2014）。这种现象展现了历史与现实的吊诡之处。在作为历史的参与者和反思者之间，格拉斯对历史的追述，也许正像他的个人历史那样充满反讽。奥斯卡的独特性几乎难以复制；他的诙谐伴随着辛辣，而在这一切的背后，则是彻底的怀疑和否定。对于对发展和变化有特殊要求的成长小说来讲，身体上拒绝长大、心灵上已无发展，这样的成长如何不是对成长的背离？正如奥斯卡的流浪儿身份，失去了传统根基的成长小说就像一个幽灵一样飘荡在战后的德国文学界。

当然，二战后联邦德国的成长小说除了反传统的倾向之外，也有相对平和、接近传统成长小说书写模式的作品。例如，赫尔曼·伦茨（Hermann Lenz）的《其他岁月》（*Other Days*）就以主人公在混乱的外部世界寻求自我平衡为主线，体现了个体依靠内在精神以抵抗外部世界尤其是战争对自我的破坏。这种模式也反映了流亡作家的心态。

实际上，经历了二十世纪六十年代的政治化大潮，人们又开始渴求另一种更加私人的视角。因而，从七十年代开始，个人经验又回到了文学创作的中心，"新主体性"（new subjectivism）文学兴起，并持续至八十年代，构成了联邦德国文学创作的主潮。在这一环境下，成长小说再次获得了作家们的青睐。这一时期成长小说的主要特征之一即作家们纳入了大量他们亲历的历史经验。以瓦尔特·肯波夫斯基（Walter Kempowski）的《泰特尔柳塞尔·沃尔夫商店》(*Tadellöser & Wolff*)为例，该作品通过一个少年之口，讲述了德国1939年至1945年间的历史，但是这个故事的讲述方式始终是私人视角的。同样，艾利亚斯·卡内蒂（Elias Cenetti）的《获救之舌》(*The Tongue Set Free*)、《耳中火炬》(*The Torch in the Ear*)和《眼睛游戏》(*The Play of the Eyes*)分别叙述了1905年至1921年、1921年至1931年、1931年至1937年主人公童年、少年和青年阶段的故事，也充满了个人主义式的抒情色彩，作品对主人公成长路上遇见的人和事的呈现带着个人细致观察的印记。与政治化叙事下的宏大视角不同，这些成长书写再一次将日常生活带到读者面前，使微小的日常生活也变得意义非凡，充满了史诗色彩。

私人视角和主体经验的引入也让此时的成长小说拓展到更为私密的部分。胡贝特·菲希特（Hubert Fichte）的《青春期回顾》(*Essay on Puberty*)就对自我进行了非常大胆的暴露，该作品剖析了大量隐秘的私人事件和内心想法。而作者通过这种方式表明对自我坚定的维护和肯定，并在此意义上用以对抗社会权威和规范。

非常值得注意的是，即使是在联邦德国，共产主义和工人阶级这些话题也依旧是社会的热点，是当时知识界关注和书写的重要对象。其中，最卓越的代表作是彼得·魏斯（Peter Weiss）的《反抗的美学》(*The Aesthetics of Resistance*)。魏斯本人身份特殊。他出生于德国，父亲是一名犹太裔工厂主，1938年德国占领苏台德地区后，他的家人逃亡瑞典，而魏斯本人则去了瑞士。1939年，他又移民到了瑞典的斯德哥尔摩，并于1945年加入瑞典籍。他同时也是一名共产党员，文学史将其列为联邦德国文学最杰出的代表之一。这些都使魏斯在创作中所持的态度与德国本土作家有别；可以说，他主要是以国际主义的视野来看待德国的社会运动和历史的。早期他的《辞别双亲》(*Farewell to My Parents*)和《消失点》(*Vanishing Point*)书写了他个人童年和少年时期的经历。而他的《反抗的美学》则气势恢宏，被看作是史诗一般的作品。小说中的主人公出生于1917年，出身于革命工人家庭，也是一名在柏林工作的无名工人和共产主义战士；希特勒上台后，他作为德国共产党某支部的支部委员转入地下工作，秘密开展反法西斯活动；后流亡西班牙参加反对佛朗哥的内战，再辗转法国抵达瑞典，最终成为一名成熟的无产阶级作家。该小说采用了先锋派手法，涵盖绘画、哲学等多方面的内容，以主人公的心理变化为主线，但弱化了情节，以一部综合了多种写作手法而成的巨作呈现了1918年至1945年间的历史，讨论了文学与政治之间的关系，尤其是对美学的政治功能进行了深刻的剖析。由于魏斯自身的身份以及这部小说独特的内容和主题，《反抗的美学》也经常被当作社会主义现实主义的典范来分析（Kohlmann,2015）。上述作品共同构成了魏斯以个人经验为基础、形式独特且深具现实主义精神的成长小说。

另外一个例子是马克斯·冯·德·格吕恩（Max von der Grün）和他的文学创作。格吕恩生于一个工人家庭，他当过矿工和火车司机，他的小说主要描写当时联邦德国工人的处境。他的《当初情况究竟怎样？在第三帝国度过的童年和青年时代》（*How I Like the Wolves: Growing Up in Nazi Germany*）则是一部自传体小说，该作品追溯了1926年至1945年主人公在纳粹统治下的成长经历。在这里，作者的个人经历与"真实"的历史经验被置于同等的地位。

与此同时，性别议题也加入了这一大家庭。如同标题所示，卡琳·施特鲁克（Karin Struck）的《阶级爱》（*Class Love*）展现的恰恰就是阶级和性别交叉的问题。故事的主人公出身于工人家庭，曾在工厂做过女工，后来通过上大学而成为一名知识女性。她先后爱上了工人H和作家Z，但二人皆因身份上的隔阂而无法给予她幸福。正如主人公的爱情所揭示的，她的教育让她成为工人阶级的外人，然而她的出身又让她与知识阶层格格不入。这种两难的社会属性让她面临"没有故乡、没有阶级"的处境，而出路似乎只有"自杀"。作为一部自传色彩浓厚的小说，施特鲁克在广泛的社会背景下讨论了女性成长所面对的艰难。在写法上，她融合日记、书信、回忆、梦境等多种方式，发出了"求救的呼喊"。

　　施特鲁克通过多方位的视角去看待女性成长所面临的问题，反映了二十世纪七十年代联邦德国小说界的多元价值取向。其中最重要的环节就是重新审视性别的社会意义，这实际也反映了小说尤其是女性（主义）成长小说与社会运动之间的密切关系。六十年代欧美女性主义运动风起云涌，这在德国也引发了女性追求平等的浪潮；七十年代德国爆发了一系列女性主义运动，其诉求不仅在于男女权利平等，而且还落在了对女性特征的肯定上，即不是去消除男女差异，而是在承认男女权利平等的基础上合理地看待女性有别于男性的部分。在这一背景下，大量反映女性成长的小说如雨后春笋般出现。除了上述施特鲁克的作品以外，尚有韦雷娜·斯特凡（Verena Stefan）的《蜕皮》（Shedding）和伊丽莎白·普勒森（Elisabeth Plessen）的《向贵族通报》（Message to the Aristocracy）等大量优秀的小说关注和呈现女性的身份焦虑。《蜕皮》是一部女权主义印记鲜明的作品，也是一本对同性恋主题直言不讳的小说，在这里女性成长书写变得大胆而丰富。《向贵族通报》的主人公是一名记者，故事始于她接到其父亡故的消息，通过回忆引出了她在父权笼罩下成长的故事。童年的故事占据了重要的位置，这里不仅是小主人公接受其父严格的贵族式家庭教育而留下心理创伤的地方，而且还是最靠近历史的地方。作为历史的参与者，其父无法回答大屠杀发生的原因，只能回到贵族教育以试图维系价值体系。这部小说走出私人范畴，而从更为广泛的层面去讨论历史和现实；正如这个父女框架所设立的，该小说从个人成长的角度呈现了战后一代对历史的反思。

　　实际上，普勒森在该小说中展示的模式基本都是战后成长起来的作家（不限于女性作家）所共有的文本特征：父辈的死亡；父辈作为政治权威和历史阴影的象征；年轻一代参加学生运动且无法在父辈那里获得关于历史的满意答案，个体成长和历史负担之间的矛盾。文本之外，这些作者有着很多共同点，例如他们大多从事作家、记者、编辑、教师这类以语言和文字为手段的工作，并具备明显的受害者意识，认为自己是历史、政治和家庭权威的受害者。

　　二十世纪八十年代，联邦德国政治氛围进一步松动，后现代思潮涌动，文学实践更加多元化。博托·施特劳斯（Botho Strauss）的《年轻人》（*The Young Man*）就是这样杂糅环境下的产物。该小说借鉴了成长小说的模式，追溯主人公内在和外在的发展变化，但其写作手法借鉴了诸多后现代要素，精巧复杂的叙述打破了时间和空间的单一结构，呈现出虚构与真实、历史与现实的多元共生景象。该小说开篇就讲主人公投身于戏剧而失败，让人联想到歌德笔下维廉·麦斯特如何在艺术与生活的交锋中寻找自我。但相较于他那幸运的前辈，施特劳斯的主人公最后却走向了自我放弃和精神幻灭。

　　直到今天，德国成长小说依旧关注历史记忆这一主题。对个人成长经历的追述伴随着对历史的审视和挖掘，可以说是德国当代成长小说的主要模式之一。马丁·瓦尔泽（Martin Walser）的《迸涌的流泉》（*A Gushing Fountain*）继承了传统成长小说的形式，作者称这部小说是关于主人公如何找到自我的。它同样以作者个人成长经历为原型，以主人公约翰在童年、少年和青年阶段所遇到的重要事件为线索，覆盖了1932年到1945年这个时间段，讨论了第三帝国下一个男孩儿的成长之路。这部小说带有强烈的自传色彩，甚至小说的诸多要素都与瓦尔泽本人的经历一致。瓦尔泽与格拉斯实际上是同一代人，作为"四七社"的激进代表，他们经历了即将结束的纳粹时代，战争对他们来说既是在场又是他者。在瓦尔泽笔下，历史不是代表一种既定的客观事实，而是被书写和回忆建构的某种形式：

　　　　不过只要某事是这样，它就不是将会是怎样的事。倘若某事已经过去，某人就不再是遭遇过此事的人。我们现在说此事曾经有过，可当它以前有的时候，我们不曾知道，这就是它。现在我们说，它曾是这样或那样，尽管当时，当它曾是的时候，我们对我们现在说的事一无所知。（瓦尔泽：3）

> 人们以为重新找到的以往，其实只是当下的一种氛围或者一种情绪，以往为此提供的更是题材而不是精神，人们就会热衷于这样的幻觉。那些最最热心地收集以往的人，大多面临这样的危险，把他们自己创造出来的东西当作他们寻找的东西。我们不能承认，除了当下别无其他。因为当下同样也几乎不存在。而将来是个语法上的虚构。（瓦尔泽：253-254）

背负着历史负担的年轻一代，该如何自处呢？这不仅仅是战后一两代人需要面对和处理的问题。对于德国当代成长小说而言，走向未来与面对过去产生了复杂的交集。

2.2.2 英国成长小说

在英国，最早诞生的几部现代小说就已经是歌德意义上的成长小说，如《弃儿汤姆·琼斯的历史》（*The History of Tom Jones, a Foundling*）。十八世纪英国现代小说的崛起、流浪汉小说传统都为成长小说的诞生提供了营养。但总的来说，英国成长小说作为与歌德开创的德国成长小说文类具有同等意义的一种小说形态出现，还要等到十九世纪早期。

十九世纪二十年代，歌德的《维廉·麦斯特的学习时代》被译介到英国。在此影响下，英国出现了成长小说创作热情。卡莱尔、布尔沃-利顿、刘易斯和金斯利等的代表作，勾画了英国工业化时代个人成长的困境。

十九世纪中期，英国出现了更多在后来被誉为经典作品的成长小说。这些代表作有狄更斯的《大卫·科波菲尔》《远大前程》，威廉·梅克比斯·萨克雷（William Makepeace Thackeray）的《潘登尼斯》（*The History of Pendennis*），乔治·艾略特（George Eliot）的《弗洛斯河上的磨坊》（*The Mill on the Floss*），乔治·梅瑞狄斯（George Meredith）的《理查德·费瑞弗尔的磨难》和《哈利·里奇蒙历险记》（*The Adventures of Harry Richmond*），勃朗特的《简·爱》。英国成长小说能在十九世纪维多利亚时代达到高潮，最新的影响因素是浪漫主义；后者对个体的重视，包括对童年的青睐、对自然的发现以及一些主体性的策略，无疑为成长小说文类增添了新的内容。浪漫主义的精神与现实主义的文体紧密结合，将个体生命娓娓动人的部分与更为广阔的社会描绘融会贯通，此时的成长小说更多是以积极浪漫主义姿态继承着德国传统体现的成长智慧原则。甚至到了二十世纪，我们也能看到威廉·萨默塞特·毛姆（William Somerset Maugham）的《人性的枷锁》对这条原则的继承。这种智慧原则在二十世纪成长小说作家的笔下得以消解。除了上述《人性的枷锁》还保留着以上智慧原则对于个人成长塑造的支撑，对于大部分成长小说而言，主人公都无法接受"智慧"的感召，个人的黑暗经历最终导向的是一个悲惨结局。在这里，成长小说文本遵循着"无用"（uselessness）原则，颠覆了个人能从过去的经验中吸取经验并最终走向成功这一信仰，并用这一"无用"原则揭示出当下生活的悲剧性。从十九世纪末托马斯·哈代（Thomas Hardy）的《无名的裘德》（*Jude the Obscure*）到二十世纪弗吉尼亚·伍尔夫（Virginia Woolf）的《远航》（*A Voyage Out*）、爱德华·摩根·福斯特（Edward Morgan Forster）的《最长的旅程》（*The Longest Journey*）以及戴维·赫伯特·劳伦斯（David Herbert Lawrence）的《儿子与情人》（*Sons and Lovers*），都呈现了这一转变。

典型的英国成长小说提供这样一个故事：孤儿经过千辛万苦，终于回归小家庭，同时也在社会层面找到了认同。这种情节设定和人物类型偏好，呈现出英国成长小说的一些独特性。相对于德国成长小说，英国成长小说有其自身的特点，也就是内倾性与外倾性的区别，即哈尔丁所说的，英国成长小说较之于前者，更关注社会移动性和阶级矛盾（Hardin：xxiv）。哈尔丁以奥尔登和豪的研究为例来进一步阐明这种现象。杰弗斯在他的《学徒：从歌德到桑塔亚娜的成长小说》（*Apprenticeships: The Bildungsroman from Goethe to Santayana*）里，将德国成长小说与英美成长小说做了对比，认为德国成长小说主要是内倾性的，更倾向于将个人放置于一个孤独的环境中去考察他的心理活动与反应；而英国成长小说则倾向于关注外部社会对个人成长的影响；美国成长小说则居于德、英之间（Jeffers：3-4，35）。他的这种划分，尤其是他所依据的德国成长小说文本限于曼的作品，如《魔山》，因而这种德、英、美成长小说之间的对比有简单化的倾向。但总的来说，德国成长小说的确更倾向于描写个人的塑造；而英国成长小说则注重将个人的成长放置于社会关系中去讨论，它追溯一个人的成长史，尤其是主人公的家庭环境包括亲属关系，并将这种社会关系作为描写的重点。正是在这个意义上，英国成长小说颇具家庭小说的特征。巴克利通过《青春的季节》归纳出成长小说的几条核心，其中第一点就是"主人公经常是一个孤儿，或者至少是一个没有父亲的孩子"（Buckley：19）。孤儿的设置也是英国成长小说尤其是十九世纪成长文本所偏爱的。正如弗朗索瓦·若斯特（François Jost）指出的，大部分十九世纪下半期的英国成长小说都是以一个弱小的孩子或还未进入青春期的少男少女作为主人公。大卫·科波菲尔不同于维廉·麦斯特，前者渴望的是牛奶，后者需要的是酒（Jost，1983：136）。这种设定的特点是它不是强调代际矛盾，而是将个体放入社会关系和制度结构中去考察公民教育的路径。在此过程中，婴儿长大成人涉及亲属关系，与此同时，这个婴儿长大以后渴望建立自己的小家庭，以重新拥有圆满人生。将失父/孤儿作为成长的起点这种设置，可以说从反面证明了上述英国成长小说所具有的家庭特征。从狄更斯的《大卫·科波菲尔》开始（这部小说对于英国成长小说的意义，就相当于歌德的《维廉·麦斯特的学习时代》对于德国成长小说的意义），从家庭关系出发去考察主人公的成长，就成了一个传统。也是在这个意义上，莫雷蒂能用马克思主义从主人公的成长来分析英国社会文化的特征；即它所要求的成长，不是希望个人成长为能够改变社会的人，而是希望个人回归天真的儿童时代，孤儿经过千辛万苦，终于回归小家庭（以建立婚姻的小家庭为象征），同时也在社会层面找到了认同。也就是说，这个成长的过程是保守性的，向童年时代亦即向后看的。

英国成长小说的另外一个特色就是，作为艺术家的主人公的成长书写占了相当大的比例，例如著名作品《大卫·科波菲尔》《马丁·伊登》《儿子与情人》《一个青年艺术家的画像》等。

二十世纪英国成长小说也迎来了现代主义转向。《一个青年艺术家的画像》的写法和人物形象已经与传统的模式相去甚远。正像这部作品所展示的那样，现代主义介入成长小说带来的不仅是形式上的巨变，而且还包括内容尤其是主体性的根本性转折。

二十世纪上半期的社会巨变带来一系列创伤性记忆，成长小说的变革势在必行。这种变革的结果，其一是上述的现代主义成长小说转向，其二则发生在现实主义形式的内部。值得注意的是，现实主义成长小说这个范式并没有随着现代主义的冲击而消失，而是与后者并行不悖，参与着成长小说对创伤记忆的书写。这方面代表性的文本有戴维·洛奇（David Lodge）的《走出防空洞》（*Out of the Shelter*）。

二十世纪下半期，尤其是从八十年代开始，英国成长小说也越来越多元化。促进这些变化的要素就包括移民作家对英国成长小说创作所做的拓展。克里斯·穆拉迪（Chris Mullard）的《黑色英国》（*Black Britain*）和哈尼夫·库雷西（Hanif Kureishi）的《郊区佛爷》（*The Buddha of Suburbia*）等一批代表作，对移民与身份、文化和历史等关系进行了文学式的呈现。当前，移民主体出现了更加主动地融入英国社会的趋势。

2.2.3 法国成长小说

法国早期的小说如阿兰–勒内·勒萨日（Alain-René Lesage）的《吉尔·布拉斯》（*The Adventures of Gil Blas of Santillane*）和安东尼–弗朗索瓦·普雷沃·德克齐尔（Antoine-François Prévost d'Exiles）的《指挥官的青春史》（*History of the Commander's Youth*）都可以看作是成长小说的先驱。《吉尔·布拉斯》是一部典型的流浪汉小说，它讲述了主人公的漫游经历，在此期间，主人公由懵懂无知变得成熟智慧。这样一条通过漫游而获得对世界的了解的路径，启发了成长小说的漫游情节发展模式。与此同时，通过主人公上当受骗而展开对世界之恶的评判，也很明显地体现在此后的法国成长小说文本中。但是像《吉尔·布拉斯》这样的文本，还是将人物脸谱化了；它既没有深入人物内心，也没有细致地交代人物性格变化的逻辑。

作为一个成熟的文类的诞生，法国成长小说的出现还是要等到卢梭的《爱弥儿：论教育》。这部作品被看作是世界教育小说的鼻祖，而教育小说正是成长小说的三大分支之一。所谓教育小说，概括而言，就是集中讨论主人公长大成人过程中的教育问题，作品反映了相关的教育理念。

在《爱弥儿：论教育》这里，卢梭讲了这样一个故事：天真的主人公进入一个堕落腐化的世界。卢梭用一个虚构的孩子作为他的研究对象，细致入微地讲述了他怎样将这个孩子教育成一个完整的个体。这部小说之所以被誉为教育小说的典范，主要还是因为卢梭将儿童和青少年阶段作为特殊的人生阶段独立出来，而不仅是将其看成是未成年的小大人，并且在此基础上针对教育议题进行哲学思辨以及方法论上的探讨。在卢梭的自然教育理念下培养长大的主人公爱弥儿获得了完满的人生。自然的概念，在这里意味着个人有机地生长。这里就产生了一个对立 —— 天真的个人与堕落的社会，而作者的本意，就是要使个人 "保持原有的天真和单纯"（Palmeri：163）。实际上，这一点就是法国成长小说的特点之一，即作者们倾向于讨论一个天真单纯的年轻人进入一个追求金钱、名利和物质的世界，外部世界对于他来说，具有强烈的诱惑力和危险性。十九世纪司汤达（Stendhal）的《红与黑》（*The Red and the Black*）和居斯塔夫·福楼拜（Gustave Flaubert）的《情感教育》都讲述了这一主题。乃至到了二十世纪，我们还能看到一个天真、弱小的主人公与外部邪恶世界的对立。这在罗曼·罗兰（Romain Rolland）的《约翰·克利斯朵夫》（*Jean-Christophe*）和阿尔丰斯·都德（Alphonse Daudet）的《小东西》（*The Little Thing*）

中都有体现。《约翰·克利斯朵夫》以个人反抗式英雄对抗当时社会和艺术界的谎言。克利斯朵夫的天真、激烈、横冲直撞带着于连身上那种冲破罗网的力量。在《小东西》中，尽管作者用温婉感伤的笔调描写了亲情的可贵与亲人无私的帮助，但是依旧没有离开柔弱善良的主人公落入邪恶的社会而备受磨难这条主线。

法国成长小说的另一个特点，在于它鲜明的革命性和批判性。如果说，德国成长小说的内倾性将社会批评放在次要的位置上，以致在很大程度上剥夺了成长小说隐含的革命性，使得革命从思想和文本意义上被避免掉了，而英国的成长小说给出的是一幅稳定的中产阶级社会图景，它不要求作为以小说中主人公为象征的个人对社会进行改变，而只要他重获以原有生活、社会关系为基准的幸福日子，现代性已经由早先于其他国家的工业革命所保证了；那么，法国成长小说则气势磅礴地将矛头指向了物欲横流的外部世界。[1]

作为对《论人类不平等的起源与基础》（*Discourse on the Origin and Basis of Inequality Among Men*）的补充，当卢梭写作《爱弥儿：论教育》的时候，他就碰到了这一悖论：一方面他指责社会的腐化、堕落，一方面又试图表明他相信人性本善，不接受人的原罪观念。如果说社会的腐化和堕落是由组成社会的个人所带来的，那么个人又何以能说原本是善良的呢？如果承认人性本善观念，那么社会的腐化和堕落又从何而来？我们看到，从卢梭开始，为了解决这个问题，就出现了一个多数人的社会与少数天真的个人的对立（Palmeri：160，166）。在巴尔扎克（Honoré de Balzac）和司汤达笔下，吕西安和于连就继承了这种悖论性。作者一方面讲述外省青年进城所受到的诱惑及他们为了进入一个原本不属于他们的阶层所做的各种堕落行为，另一方面又指出这个青年的道路看似有罪，但实际上在他之

---

1 莫雷蒂用马克思主义批评方法，对德国和英国的成长小说的非革命性进行了历史性的解读，但同时，他对法国成长小说的革命性也是不以为意的。

前，已有无数前人走过同样的道路却获得了合法性。如果说爱弥儿对社会的幻灭来得还比较突然，个人成长与社会规范的分裂更多还是依赖作者自身对世界的概念，例如卢梭本人与众不同的性格特征；那么到了十九世纪，个人与外部世界的分裂则直接指向了资本主义世界的分裂。可以说，《红与黑》等作品为成长小说撕开了资本主义世界的一道裂口，它呈现的主人公更多的是失败者的形象，这个成长的主体在物欲横流的世界中走向毁灭，个体的形象已经不像卢梭笔下的爱弥儿那样是一个真善美的代表，而是一个充满争议性的亦正亦邪的形象。以于连为代表的十九世纪法国成长小说的主人公们，是富有激情的反叛者，他们甚至主动追求失败或死亡，为自己辩护。他们对社会规则和制度嗤之以鼻，不掩饰自我欲望，对自我有着强烈的认同感。

相对而言，法国成长小说善于描写这种优点和缺点集于一身的主人公。从于连到克利斯朵夫，他们都有着复杂的性格，他们的魅力在于不顾外界眼光，一心一意自我成就，但同时这种诉求也带着自我毁灭的倾向。在《红与黑》中，于连慷慨陈词地鞭笞了上流社会的虚伪，这一行为很大程度上导致了他的悲惨结局。在《约翰·克利斯朵夫》中，主人公的性格充满了矛盾和不协调，他与世界格格不入。但是无论是在于连还是克利斯朵夫身上，我们都能看到那种感人至深的天真，以及那种天真带来的力量感：

圣者克利斯朵夫渡过了河。他在逆流中走了整整的一夜。现在他结实的身体象一块岩石一般矗立在水面上，左肩上扛着一个娇弱而沉重的孩子。圣者克利斯朵夫倚在一株拔起的松树上；松树屈曲了，他的脊骨也屈曲了。那些看着他出发的人都说他渡不过的。他们长时间的嘲弄他，笑他。随后，黑夜来了。他们厌倦了。此刻克利斯朵夫已经走得那么远，再也听不见留在岸上的人的叫喊。在激流澎湃中，他只听见孩子的平静的声音，——他用小手抓着巨人额上的一绺头发，嘴里老喊着："走罢!"——他便走着，伛着背，眼睛向着前面，老望着黑洞洞的对岸，峭壁慢慢的显出白色来了。

早祷的钟声突然响了，无数的钟声一下子都惊醒了。天又黎明！黑沉沉的危崖后面，看不见的太阳在金色的天空升起。快要倒下来的克利斯朵夫终于到了彼岸。于是他对孩子说：

"咱们到了！唉，你多重啊！孩子，你究竟是谁呢？"

孩子回答说：

"我是即将来到的日子。"（罗兰：1574）

《约翰·克利斯朵夫》以此结尾，个人英雄的自我成就走完了艰难的历程，为世界文坛留下了辉煌的一笔。成长之于精神上无尽的追求这一点继续作用于欧洲成长小说。

在二十世纪，法国女性成长小说也受到了欢迎。典型的文本有如西多妮-加布里埃尔·科莱特（Sidonie-Gabrielle Colette）的"克洛婷"系列。该系列包括《克洛婷在学校》（*Claudine at School*）、《克洛婷在巴黎》（*Claudine in Paris*）、《克洛婷成家》（*Claudine Married*）、《克洛婷出走》（*Claudine and Annie*）等作品，描写了女主人公克洛婷长大及至进入婚姻生活的历程。在这里，我们能看到一个颇具现代意识的大胆女性这一形象，例如女主人公敢于追求比自己年长的男性；与此同时，作者又对女性的身份和位置应该何去何从产生了怀疑。正如小说揭示的那样，克洛婷对成年男性的追求与其说是个性解放，不如说是她对纸醉金迷的物质世界的投诚——女性凭借婚姻进入半上流社会却并未真正获得幸福。因而，克洛婷系列是对年轻女性在生活中所遇到的诱惑以及随之而来的清醒这一过程的描绘。

2.2.4　美国成长小说

美国成长小说一般追溯至十九世纪，早期被当作是美国成长小说典范的有马克·吐温（Mark Twain）的《汤姆·索亚历险记》（*The Adventures of Tom Sawyer*）和《哈克贝利·费恩历险记》（*The Adventures of Huckleberry*

Finn）等作品。这两部小说都以孩童的视角，对当时的美国社会进行了一番描绘，尤其是少年的历险，被当成是对新生美国的拟人表述。严格来说，《汤姆·索亚历险记》和《哈克贝利·费恩历险记》都不能算是真正的成长小说，它们展示了成长的过程，但都将时间局限在相当短的一个时期内，因而更应该归为儿童文学范畴。但这种有意的误读也许恰恰说明了至少在十九世纪，美国与儿童精神的同构性，亦即将美国比喻成一个天真的儿童，追求真善美和个性。在这个意义上，我们就不难理解，为什么富兰克林的《富兰克林自传》也经常会被当成是一部成长小说。这部在思想史和文化史上都具有划时代意义的自传，叙述了作者本人，即美国总统富兰克林从贫寒之家只身前往美国，历经种种困难后走向成功的历程。该自传呈现的积极进取的个人性格被当成了美国精神的杰出代表，富兰克林的成功也点燃了无数人的"美国梦"。可以看出，这部真实的个人传记与十九世纪马克·吐温在《哈克贝利·费恩历险记》中展现的精神有着内在的传承，亦即将少年精神赋予了新生的美利坚合众国。

如同成长小说在其他国家如德国所呈现的那样，它通常也被当成是一个现代资本主义国家兴起的文学表征；具体到美国成长小说，则落在了"美国梦"这一具体的意向上。虽然"美国梦"在不同历史阶段皆有不同的侧重，如早期的开拓精神、工业革命时期的实用精神等，但总的来说，它们都强调自由、对财富的追求和个人成功，也就是提供一个"个人勤奋努力就能获得成功"的理念。在R. W. B. 刘易斯（R. W. B. Lewis）1955年出版的一部非常有影响力的著作中，他对十九世纪美国文学和成长小说有以下描述：

> 美国神话将生活和历史看成是刚开始的。它描述世界时将它看成是在新鲜驱动下的再次启程，是人类获得的神赐般的第二次机会……据说美国一直处于成长阶段；但也许更恰当的说法应该是，美国在各个不同的场域，或此或彼，有成长——只要这个美国亚当的隐含神化是作家意识的一个原则性构成。（Lewis: 129）

新世界的开启和新生儿的成长被联系在一起，在其中，我们能看到政治、文化对文学的创造性再利用。实际上，美国的成长小说再一次验证了成长小说一直以来秉承的美学政治内涵。天真的儿童被他眼前开阔的世界所吸引，而后者则在等待着他去征服；在这征途上发生的一切，都变得趣味盎然且意味深长。"天真"这个关键词串联了美国成长小说和"美国梦"的话语建构。与"天真"的美国人相对应的是"成熟"的欧洲人，前者更像是新大陆的一个"亚当"——一个在政治、文化和思想上走出"旧大陆"这决定性一步的新人。

而从另一个侧面来说，这又何尝不是政治美学的一次成功尝试。刘易斯的这段评论发生在二十世纪五十年代，而其论述得到了多人的响应，其中就包括亨利·纳什·史密斯（Henry Nash Smith）、莱斯利·费德勒（Leslie Fiedler）和伊哈卜·哈桑（Ihab Hassan）等。以刘易斯为代表的这些五十年代至六十年代初的成长小说批评家，对十九世纪美国成长小说所做的这一回顾式评价意味深长。一方面，五十年代的美国见证了主流意识形态向冷战思维的转变；另一方面，过去那种天真的"少年"精神变得可疑，而这种迹象在一战以后就已经开始显现。

一战之后，美国成长小说中的青少年形象变得更加复杂，这个个体不再是过去那种天真积极的形象，而是带着经验的重担，面临着幻灭、失败和经验之间的冲突。F. S.菲茨杰拉德（F. S. Fitzgerald）的《人间天堂》（*This Side of Paradise*）可以作为一个典型案例来说明上述转变。该小说包含作者大量的亲身经历，讲述了主人公艾莫里从童年到大学的成长故事。艾莫里出身于富贵家庭，面容清秀，聪明而又多愁善感，梦想爬上社会顶层。在普林斯顿大学读书期间，他梦想成为学生会的领导者而遭遇失败，他所受的贵族式教育一方面使得他坚持自我主义，而他的诗人气质又让他具备浪漫爱幻想的性格，最终学校的经历让他对中产阶级的教育观产生了怀疑。他的恋爱也同样不顺心。正当此时，一战爆发，他加入了军队。战争期间，其母亲亡故。战后，他从事金融投资又遭遇失败。人生的起起伏伏教育了主人公，但他却无法走出自我，无论在哪里都无法融入外部那个集体，而始终是一个边缘人。艰难的成长不限于中产阶级家庭出身的孩子。

托马斯·沃尔夫（Thomas Wolfe）的《天使望故乡》（*Look Homeward, Angel*）也是一部自传色彩浓厚的小说。故事的主人公尤金出生于美国南方的一个小城，他性格文静、腼腆，喜爱读书，经常被爱好金钱的母亲指使着为她的小生意跑腿。母亲疯狂敛财的行为让其不堪其扰，而父亲则喜好雄辩、饮酒、纵欲。这个家庭孩子众多，彼此之间却难以理解，每个人似乎都面临困境。尤金离家上了大学，陷入恋情又失恋，有过一次远游的经历，并在旅行和漫游中迅速长大。父亲病故后，尤金继承了部分遗产，然后离开家庭去哈佛深造，走向新生活。

这两部小说都是根据作者的自身经历写作的，反映了作者们在那个时代所面临的彷徨和困惑。围绕他们的一面是战争——第一次世界大战，另一面则是美国追求金钱和成功的浮华气息。这些复杂的经验构成了主人公们成长的底色：彷徨失措而又难以找到出路和方向。尤其是在菲茨杰拉德的故事中，喃喃自语式的自我对话在故事的后半部占据了越来越重的笔墨，显示出主人公与外界无法交流和沟通的艰难处境。相比于哈克贝利·费恩那种天真自由的自我状态，那种面对困难和外部世界的虚化、狡诈、欺骗却依旧能做到游刃有余的强健少年形象，艾莫里和尤金则更敏感、柔弱，不再那么天真勇敢。

到了二十世纪中期，早期的"天真"概念出现了反讽式的裂变。五十年代，J. D. 塞林格（J. D. Salinger）的《麦田里的守望者》（*The Catcher in the Rye*）贡献了最为典型的"反成长小说"文本。该小说借鉴了意识流的手法，以主人公霍尔顿离开学校到纽约游荡的三天时间为基点，讨论他的出身及成长经历。霍尔顿是一名十六岁的中学生，对学校的一切厌烦透顶，并认为成年人是虚伪、肮脏的伪君子。霍尔顿的成长是反成长式的，也就是他背对成年人和成熟，向往天真和童年。他的理想就是做一名"麦田里的守望者"：

有那么一群小孩子在一大块麦田里做游戏。几千几万个小孩子，附近没有一个人——没有一个大人，我是说——除了我。我呢，就站在那混账的悬崖边。我的职务是在那儿守望，要是有哪个孩子往悬崖边奔来，我就把他捉住——我是说孩子们都在狂奔，也不知道自己是在往哪儿跑，我得从什么地方出来，把他们捉住。我整天就干这件事。(塞林格：161)

在这个后来被无数人背诵、奉为经典的段落里，塞林格借他的主人公霍尔顿之口，对成长小说的青春意象做了崭新的阐释。青春不再意味着对世界的参与并进一步征服，也不再对成年人可以独立自主的状态抱有向往；青春意味着反叛和迷惘。霍尔顿式的反成长瓦解了进步论的未来视域，但这个个体也发现自己无处可去。在这部小说中，霍尔顿回家后生了一场大病，又被送到一家疗养院里。出院后将被送到哪所学校，是不是想好好用功学习，霍尔顿对这一切也毫无兴趣。这个开放式的结尾也留下了无尽的讨论空间。

《麦田里的守望者》从问世以来，激起了无数读者的共鸣，这些共鸣跨越了时间和空间的限制，将该小说推向了经典的圣坛。《麦田里的守望者》不仅是对成长小说的改写，在文学、文化和思想史上也是一部具有重要意义的作品。从《麦田里的守望者》这里，美国"反成长小说"一跃成为世界成长小说的重要类型。可以说，美国成长小说对世界成长小说的最大贡献之一，在于它的"反成长小说"文本系列。上文讨论过的《天使，望故乡》已经提供了成年人世界的批判；那么到了五十年代的《麦田里的守望者》这里，反成长叙事成熟了。它提供了战后美国"天真"观念的反讽情节——一方面，坚守"天真"的人只能在路上或者精神病院里，成全另一种纯洁，对成人世界骂骂咧咧的霍尔顿，只能在守护那些尚未长大的孩子身上投影自己对天真的保留；而另一方面，霍尔顿式的反成长恰恰也说明了坚守青春的"天真"之决心。霍尔顿的老师告诉他："一个不成熟男子的标志是他愿意为某种事业英勇地死去,一个成熟男子的标志是他愿意为某种事业卑贱地活着"(塞林格:175)。这句话可以说是《麦田里的守望者》另一个点题式的注解,霍尔顿对此绝不会认同,他固守的青春的价值与此背道而驰。如果扩展开去,我们会发现,西方反成长叙事探讨的虽然是青春的"失败",但它却永远是关乎"青春"而非成年的议题。

这种反成长的叛逆性质,对主流意识形态来说是一种挑战。正如米勒德指出的,"对美国文学而言,塞林格的小说(这里指《麦田里的守望者》)不如天真观念来得重要"(Millard:13)。这个判断可以作为理解美国成长小说总体特征的另一个注解。

在美国,主流意识形态始终对成长和文学的相互作用保持警惕心理。尤其是二战以后,在美国青少年教育问题成为政府和社会的关注点这种情况下,成长小说应该写怎样的故事、突出怎样的人物性格,哪一类成长小说可以作为青少年读本来引导其教育,这些都成为超越文学书写和阅读的重要议题。当时美国面对的环境,一方面是义务教育逐渐普及,青少年教育水平大幅提高,青少年在校教育时间拉长;而另一方面则是青少年犯罪等问题日渐突出。因此,教育问题变得相当紧迫。在这一背景下,文学创作和阅读也就需要重新检验了。

积极进取、乐观向上的成长小说书写一直占有一席之地。这种看似传统的故事形式,因其正面的人物形象、细致而周全的成长过程刻画和昂扬乐观的精神气质,与主流意识形态所需要的公民教育完美契合。美国官方乐于将这类成长小说作为青少年阅读的推荐书目,甚至将其引入教材,无疑推动了这种故事类型的流行。

在当下盛行的"青少年文学"(young adult literature)中,就有一大批以上述故事形式出现的成长小说。成长、文学和教育有机地结合在一起,构成了当代重要的现象。[1]

1　关于这一点,在本书第四章4.5节"青少年文化与成长小说"中有较为详细的论述。

如果细致分析当代以青少年为主人公和阅读对象的文本，我们可能会惊讶地发现，它们实际上并没有人们想象的那样反叛和反传统，而是在相当程度上容纳了对历史和社会的互动。在论述当代美国成长小说时，米勒德指出它继承了它对历史尤其是其起点的关怀：

> 当代青少年小说有一个特征：它们都努力将个体置于历史语境中或者个体开始像他们习惯的那样去认识自身的起点。……在这个意义上，当代成长小说是关于美国历史知识阐述的一种小说，而这种历史知识本身又成为主人公成长的一个重要部分。（Millard：10）

成长小说所讨论的个体和社会的双向检验，在二十世纪继续存在，这一现象也说明了社会现实的多层需求并不是仅用后现代主义或者先锋性等概念所能概括或总领的。儿童和青少年教育的问题在不同阶段、不同社会，对文学提出了不同的要求，文学包括成长小说也相应地提供多样文本，来回应这些需求。

不仅仅是在儿童和青少年教育领域，主流价值观依旧是衡量和指导当前美国各个群体和阶层的合格公民教育的指标，其中就包括对移民群体的要求。在相当长的时期内，美国的民族–国家建构话语，被白人中心主义占据着主导地位。十九世纪中后期，美国移民潮促使"美国化"运动（Americanization）出现，提倡移民习得"美国品质"，以融入美利坚民族（American nation）。实际上，这一点一直是美国以移民为主体的成长小说需要面对的问题，也就是说美国文化强调和欣赏新移民尽快地学习美国性格，成为一名"美国人"，因而融合更多是异质或少数文化向美国主流文化的投诚。理想化的融入并不总是一帆风顺。一体化的价值观与异质文化发生了冲突，但白人至上的文化霸权使得非白人群体的成长必须趋同；这样，个体的成长就变成了白人中心价值观的一部分，而无法保留其独特性。骆里山（Lisa Lowe）在其《移民场景》（*Immigrant Acts: On Asian*

American Cultural Politics）中指出，美国成长小说提供了单向的趋同路径，也就是要求个体放弃自身的独特性才能获得合法的主体身份。二十世纪，随着民权运动高潮迭起，这种同化论的倾向遭到了少数族裔群体的批评和反抗。面对这一状况，文化多元诉求被提出，霍勒斯·卡伦（Horace Kallen）的"文化多元主义"（cultural pluralism）就是其代表。理论和现实运动的发展促使美国不断地向多元化发展。

当然，并不是说移民与主流价值观总是相互冲突甚至是对立的。在以移民为主人公的成长小说中，也有很多优秀的作品讲述这些移民个体如何通过个人努力而获得理想的生活。这部分文本在人物刻画和价值形态上，都非常符合"美国梦"的特点，而后者正是美国成长小说非常鲜明的特色之一。例如，史密斯的《布鲁克林有棵树》就讲述了一个德裔移民二代摆脱贫困而进入大学的成长故事。小说的主人公是一名爱尔兰德裔的美国移民第二代，她出生在一个普通的清贫之家，但生活的艰难并没有击倒这个孩子，在不屈不挠的奋斗中，主人公始终坚强地向上生活。正如书名所提示的那样，主人公的成长就像一棵树苗经历风雨而长成大树。这部小说以作者本人的经验为参照，不是强调移民对美国主流价值观的怀疑和否定，而是书写自强不息、拼搏奋进这类放之四海而皆准的价值取向，肯定个体创造自我的能力。而此书也多次入选美国中学课本，成为青少年必读书目之一。

上述内容主要强调美国成长小说与主流意识形态契合的方面；而实际上，它还有另外一面，即边缘、异质的内容。美国成长小说非常多元，尤其是对身份、种族和少数族裔的关注，使得它的文本具有更多的异质性和张力空间。美国成长小说倾向于将个人成长的起点，与种族、性别、阶级意识联系起来。也就是说，作者为主人公设定的出身，是作为男人还是女人、白人还是非白人、上层阶级还是下层阶级，就已经为主人公的成长划定了不同的路线。例如，《飘》（*Gone with the Wind*）、《怕飞》（*Fear of Flying*）关注女性成长经验；《马丁·伊登》（*Martin Eden*）把视角投向了下层人；《阿利达之书》（*The Book of Khalid*）、《黑男孩》（*Black Boy*）、《杀死一只知更鸟》（*To Kill a Mockingbird*）、《保佑我，阿尔缇玛》（*Bless Me, Ultima*）、《追风筝的人》（*The Kite Runner*）则把主人公置于种族成长经验之中。此外，关注同性恋成长经验的文本也绝不仅仅限于《橘子不是唯一的水果》（*Oranges Are Not the Only Fruit*）。

二十世纪，美国成长小说有了突飞猛进的发展，而一跃成为成长小说文本创作的主要阵地，其决定性的因素还是因为它允许多元共生。这里所说的多元也包含很多层次，如上述讨论的主流与边缘形式的共生，不仅指二者可以共时存在，而且还在于二者之间有双向的互动和吸纳，主流的成长话语对边缘异质的因素进行了吸收，而边缘异质的因素又以某种形式参与和建构其合法性。而讨论这些要素的交互影响到底是怎样进行的，也是我们当前成长小说研究的主要课题之一。当然，多元也包括性别、移民、身份等话题可以以先锋形式或/和市场形式呈现，这同样是一个需要细致考察的问题。

较之欧洲成长小说，美国成长小说有更多文本聚焦于工人阶层的男性。尤其是二十世纪三四十年代，美国出现了一系列反映工人阶级成长历程的普罗文学成长小说。时年三十四岁的杰克·康罗伊（Jack Conroy）以他自身的经历为蓝本出版了《被剥夺继承权的人》（*The Disinherited*）一书，来描写主人公——一名普通工人艰难的成长经历。此书一经出版就引起了美国各界不同的评论。美国左翼派作家和评论家都给予了小说很高的评价，但较为保守的声音则质疑小说形式上的缺点。梅里德尔·勒·苏厄尔（Meridel Le Sueur）的《女孩》（*The Girl*）则将工人身份加入了性别的要素。作者成长于一个热衷于社会政治活动的家庭，她从小熟知的就是农民和工人阶层，到1925年，她已经是一名美国共产党员，无产阶级的生活一直是她写作的重要主题。《女孩》描写了主人公如何从一名天真的小镇女孩变成一名银行抢劫参与者的经历，反映了社会底层的女性所面临的种种生存危机与挣扎。该作品实际上完成于1939年，但由于作品内容和作者身份与麦卡锡主义相悖，直到七十年代她的名声逐渐恢复，《女孩》才得以出版。令人惊讶的是，《女孩》的写作一开始也没有让某些人满意，后者批评她的抒情风格压制了主题思想应该具有的政治性。这就带来了一个语言的问题，作者自己对此回应：

> 我现在质疑我早期作品中的抒情性，好像它们在掩盖布尔乔亚生活的恐怖、缺失和糟糕的污秽……此前，我为自己辩护说，我们不应该将美丽的、诗意的语言只留给统治阶级用，工人们应该有，而且他们的确也拥有美丽的语言。（Adams: 75）

此外，对阶层的讨论经常还伴随着移民、种族这类话题，如卡洛斯·布洛桑（Carlos Bulosan）的《美国在心中：一部个人史》（*America Is in the Heart: A Personal History*）就结合了移民和工人身份。这本书具有很强的自传性，非常真实地反映了作者所处年代菲律宾移民融入美国社会所遭遇的一系列挫折及其努力。上述三部作品非常典型地说明了美国工人阶层的漂泊无根状态，以及性别、移民身份所带来的偏见与歧视，用个体的遭遇展现全面而丰富的社会、历史内容，具有很强的社会批判性。

美国成长小说还有一个特征，即对青少年给予了高度关注。大量美国成长小说都善于集中描写青少年这一阶段。美国成长小说的活力，显示出作为少年精神的一面依旧在发挥其影响。

2.2.5 俄罗斯成长小说

俄罗斯成长小说的发展因其地理位置及一定的意识形态特殊性，与欧洲成长小说走了一条不同的路径。但是在重估俄罗斯历史的学者来看，俄罗斯成长小说及其现代小说的发展与后者的启蒙思想有着紧密的联系。十八世纪中期兴起、在十九世纪中期走向高潮的俄罗斯现代小说，为现代俄罗斯民族意识（主要是十九世纪）与欧洲启蒙思想架起了桥梁，并直接作用于前者的建构过程。在连接俄罗斯(成长)小说、民族意识建构与西方启蒙思想的关系中,德国思想家赫尔德被认为起了关键作用。如赫尔德直接影响了阿波罗·格里戈里耶夫(Apollon Grigoryev),而后者又为费奥多尔·米哈伊洛维奇·陀思妥耶夫斯基(Fyodor Mikhaylovich Dostoevsky)的成长小说创作奠定了思想基础。因而可以看出,追踪俄罗斯成长小说的发展史,实际上就是理解俄罗斯思想史上以Bildung为核心的文化观。正是在这个意义上,莉娜·施泰纳(Lina Steiner)在她的《在人道的名义下:俄罗斯文化中的成长小说》(*For Humanity's Sake: The Bildungsroman in Russian Culture*)——第一本研究俄罗斯成长小说的英文专著中,一方面借用德国思想家赫尔德的"文化"观念(approach to "culture")[1],一方面类比英国思想家阿诺德、米尔、威廉斯对"成长"概念的接受,将"成长"看成是广义上的"文化"(culture),对俄罗斯成长小说与俄罗斯民族意识之间的关系进行了阐释(Steiner:4)。

俄罗斯成长小说在十九世纪兴盛。伊万·亚历山德罗维奇·冈察洛夫(Ivan Aleksandrovich Goncharov)的《平凡的故事》(*A Common Story*)和《奥勃洛莫夫》(*Oblomov*),列夫·托尔斯泰(Leo Tolstoy)的《童年》(*Childhood*)、《少年》(*Boyhood*)、《青年》(*Youth*)三部曲,谢尔盖·季莫菲耶维奇·阿克萨科夫(Sergey Timofeyevich Aksakov)的《孙子巴格罗夫的童年》(*Childhood Years of Bagrov Grandson*)、《学生时代》(*A Russian Schoolboy*)和陀思妥耶夫斯基的《少年》(*The Adolescent*),可以代表这一阶段俄罗斯成长小说创作的最高成就。

俄罗斯成长小说的最大成就,主要还是在于它强烈的人道主义关怀。陀思妥耶夫斯基有意识地将成长小说创作成具有俄罗斯性格的作品。在他看来,俄罗斯的特殊性就在于一种"同情心",用他自己的话说,就是

---

1 施泰纳指出,赫尔德的culture/Kultur一词与成长(Bildung)、民族(nation)同义,后者提出的文化意义上的成长概念Bildung直接被洪堡所继承并在整个欧洲流行开来。

"普遍的责任感"（universal responsiveness）。这个特质与施泰纳强调的以陀思妥耶夫斯基所说的"同情心"和"普遍的责任感"有相通之处，但总的来说还是俄罗斯民族文化的产物，而不是从欧洲启蒙出发的精神。

较之于其他国家的成长小说，俄罗斯成长小说更关注主人公的童年经历，而这些经历与作者本人的亲身体验有着高度的一致性。偏好回忆自己的童年并对其进行书写，这是世界上很多作家所共有的，但这在俄罗斯作家身上尤其明显。这造成了两个现象。第一，从文体上说，俄罗斯成长小说接近个人回忆录，而语言文字风格也带着回忆的色彩，显得自然、亲切，而又具有淡淡的哀愁。他们也较少描绘突发性事件尤其是戏剧性情节，而更多的是对日常生活本来面貌的平实刻画。这种文风的形成也与作者们的身份息息相关。冈察洛夫和阿克萨科夫都出身于安逸富裕的贵族阶层，所以这种诗意的文风也是一种生活态度和审美趣味。第二，篇幅上一般都是鸿篇巨制，喜欢采用三部曲的形式。除了上述托尔斯泰的三部曲，阿克萨科夫的《孙子巴格罗夫的童年》和《学生时代》也是"家庭纪事"三部曲中的后两部。

这些特征到了二十世纪依然存在。伊万·蒲宁（Ivan Bunin）的《阿尔谢尼耶夫的青春年华》（*The Life of Arseniev: Youth*）就具有代表性。蒲宁原计划要写完主人公的一生，最后停留在了主人公的青年时代，正好造就了二十世纪俄罗斯成长小说的一部典范。在这部小说中，乡绅阶层出身的主人公经历了家庭日渐式微的困局，以及其兄弟加入社会主义运动的情况，但这些都未被当成主要情节和重点对象来呈现，甚至主人公的恋爱、学习和职业道路选择也没有被着重刻画，小说以散文式的语言，结合了诗歌、哲理的论述而交织成一首对往事的挽歌，大段大段的抒情描写揭开了主人公的心灵成长史。这些都是对十九世纪成长小说传统的继承。

除了蒲宁的《阿尔谢尼耶夫的青春年华》，二十世纪上半期俄罗斯成长小说的代表作还有马克西姆·高尔基（Maxim Gorky）的"自传体三部曲"《童年》(*My Childhood*)、《在人间》(*In the World*) 和《我的大学》(*My Universities*)。同样作为自传性质的成长小说,高尔基与蒲宁等人不同的是,他将视角投向了底层人民。高尔基的三部曲少了蒲宁那种抒情色彩,而以明晰的现实主义对客观世界进行了细致的描绘,并从社会教育层面推进主人公长大成人的过程。

二十世纪上半期,俄罗斯成长小说的主要贡献是奉献了一大批可以称为社会主义成长小说的作品。社会主义成长小说是二十世纪俄罗斯文学的重要组成部分,也是世界成长小说尤其是社会主义成长小说的重要文本。最典型的文本是尼古拉·阿列克谢耶维奇·奥斯特洛夫斯基(Nikolay Alexeevich Ostrovsky) 的《钢铁是怎样炼成的》(*How the Steel Was Tempered*)。这也是一部以作者亲身经历为基础而写成的小说,但是作者本人直到去世前才承认书中的人物与他自己有着高度相似的经历。他长期拒绝读者们将小说中的人物看成是他自己,这一点在小说的叙述声音中也有所体现。不同于蒲宁和高尔基以第一人称来展开故事,奥斯特洛夫斯基采用了第三人称。相比于第一人称的视角,第三人称的全知视角可以在更广阔的视野上提供更多超出"我"之视野的经验。而用此种方法,作者可以一边讲述个体的故事,一边引入社会历史事件,并在叙事的进程中,将个体的个人成长与社会的历史进程结合在一起来呈现。正如《钢铁是怎样炼成的》所示,社会主义成长小说在二十世纪上半期开始努力建构一种新的美学政治。

2.3　文类危机与批评论争

成长小说这一概念及文类所拥有的含混性和复杂性,让成长小说理论界定从诞生开始就面临着诸多问题和挑战。这里涉及德意志意识形态、概念的适用性、本质主义误区等问题。

二十世纪中期,成长小说理论开始发生转向;但是在此之前,卢卡奇的小说理论实际上已经预示了此后转向的发生。在卢卡奇对成长小说的论述中，他从整体性上提出了对欧洲小说尤其是欧洲现实主义小说的质疑；同时，他提出成长小说作为欧洲现实主义小说的代表文类之一，也出现了一些新的文本特征，这些新的特征包括主人公失去作为社会典型的代表意义，失去此前成长小说所包含的社会移动性和外省教育双向流动的、有机的情节，以及缺乏过去经典现实主义所呈现的历史深度。不少评论家指出，卢卡奇的这种判断更多的是简略化的断定，而且他所总结的这些特征更适用于欧洲大陆的文本，而非英国的文本。但是参照1850年之后欧洲成长小说的发展来看，卢卡奇的判断的确应和了现实主义小说被自然主义因素所取代的这一现象，以及后维多利亚时代小说出现的异化和幻灭主题。

二十世纪上半期，即一战和二战前后，德国成长小说研究出了一系列成果。从成长小说的角度追溯德意志民族性格的源头，并为其寻找历史合法性成为此时德国成长小说研究的重点。德国成长小说的源头被追溯至十七世纪甚至更早，《阿加通的故事》《痴儿西木传》乃至更早的《帕西法尔》(Parzival)，都被当成是德国成长小说的早期文本，以证明德国成长小说传统源远流长。

两次世界大战完全改变了西方成长小说的基本版图和批评界对它的看法。在美国，成长小说研究开始兴起。代表性的作品有哈桑的《美国文学中的青少年观念》("The Idea of Adolescence in American Fiction")和莫迪凯·马库斯(Mordecai Marcus)的《什么是成长小说？》("What Is an Initiation Story?")等。从二十世纪五十年代直到六十年代，美国成长小说研究讨论的主要还是青少年文学与文化主题，[1]这与青少年文学在美国的崛起息息相关。这里所说的青少年文学一开始是个宽泛的概念，也就是以

1　对青少年文学与文化的发现，还可以参考Friedberg, Barton. "The Cult of Adolescence in American Fiction." *Nassau Review*, 1964: 26-35; Johnson, James. "The Adolescent Hero: A Trend in Modern Fiction." *Twentieth Century Literature* 5, 1959: 3-11; Kiell, Norman. *The Adolescent Through Fiction: A Psychological Approach*. New York: International University Press, 1959。

青少年为读者的文本；而到了六十年代末期，作为专门文类的"青少年文学"出现了。

在欧洲，学者们则对成长小说提出了质疑。1957年，库尔特·梅（Kurt May）发表了一篇题为《〈维廉·麦斯特的学习时代〉，一部成长小说？》（"*Wilhelm Meister's Apprenticeship, a Bildungsroman?*"）的论文，将这部成长小说的奠基之作赶出了这个文类家族（May：1–37）。1961年，弗里茨·马提尼（Fritz Martini）在一项档案研究中发现，成长小说/Bildungsroman这个词并非狄尔泰的原创，而应该归属为一位不知名的德国学者——摩根斯坦。[1]人们发现，由于摩根斯坦这个词的本义还是在于道德教化，故而它没有像狄尔泰的定义那样受到关注。这个发现引起了更深层的反思：为什么这个在十九世纪早期就已经出现的概念，要等到二十世纪才奠定其地位？这个问题的提出，让人去反思、清理和质疑这一已经"约定俗成"的德国文类传统。

在风云变幻的二十世纪六十年代，肃清成长小说的民族主义意识形态成为最为迫切的任务。六十年代，德国学术界停用了汉斯·海因里希·博尔歇特（Hans Heinrich Borcherdt）1941年给成长小说下的一个百科全书式的定义。博尔歇特将成长小说看成是"德国文学的一种特殊形式"。在德国，对成长小说的批评已经不只是文学内部的讨论，而且是一种政治的、文化的批判。这些批判也可以大体分为温和的和激烈的两种态度。前一种是在承认成长小说的前提下，对其定义、形式和内容等具体环节进行讨论。其中就包括越来越多的经典成长小说文本被重新定义，越来

1　马提尼原文发表于 *Deutsche Vierteljahrsschrift für Literaturwissenschaft und Geistesgeschichte* 35 (1)，1961：44–63；德文转引见 Martini, Fritz. Der Bildungsroman: "Zur Geshichte des Wortes und der Theorie." *Zur Geschichte des deutschen Bildungsromans*. Ed. R. Selbmann. Darmstadt: Wissenschaftliche Buchgesellschaft, 1988；英文转引见 Martini, Fritz. "Bildungsroman – Term and Theory." *Reflection and Action: Essays on the Bildungsroman*. Ed. James Hardin. Columbia, S. C.: University of South Carolina Press, 1991。

越多的作品被排除在这个文类之外。后一种则是从根本上质疑成长小说的合法性。这时期开启的反思和批评的声音一直在持续推进。

二十世纪七十年代，德国学界对成长小说的研究从宏观的意识形态反思走向了更加具体的方向。此时的重点是梳理成长小说的文本和理论传统。雅各布斯提出成长小说有四个核心特征：其一，文本追踪单个个体与外部世界互动和回应中的发展；其二，个体发展的动力和方向，都应该来自个体本身；其三，小说的结局必须是乐观的；其四，主人公的发展还必须在没有普遍有效性的纯粹古怪模式和仅仅是示范性的规范模式之间取得平衡。同时，通过梳理成长小说的理论和文本历史，他还指出理想的成长小说只出现在十八世纪，十九世纪以降的成长小说只能是对十八世纪古典文本的戏仿，因而成长小说依旧是"一种尚未实现的文体"（eine unerfüllte Gattung）（Jacobs：271）。

二十世纪七十年代到九十年代，德语和英语成长小说批评界出现了一大批理论著作，主要包括泽尔布曼的《德国成长小说》（*The German Bildungsroman*）和他编著的《德国成长小说史》（*On the History of the German Bildungsroman*），布拉福德的《德国自我教育传统：从洪堡到托马斯·曼的"成长"》（*The German Tradition of Self-Cultivation: "Bildung" from Humboldt to Thomas Mann*），斯韦尔斯的《从威兰到黑塞的德国成长小说》（*The German Bildungsroman from Wieland to Hesse*）、莫雷蒂的《世界之路：欧洲文化中的成长小说》（*The Way of the World: The Bildungsroman in European Culture*）、贝多的《人性的小说：从威兰到黑塞的成长小说研究》（*The Fiction of Humanity: Studies in the Bildungsroman from Wieland to Hesse*）和迈尔斯的《流浪汉的漫游到忏悔记：德国成长小说中的英雄形象变迁》（"The Picaro's Journey to the Confessional: The Changing Image of the Hero in the German Bildungsroman"）。

从理论角度来看，则主要出现了以下几条主线：结构主义的影响鼓励学者走出归纳和分类的方法，而更多转向在整个欧洲的视域下寻找相似性；詹明信的《政治无意识：作为社会象征行为的叙事》（*The Political Unconscious: Narrative as a Socially Symbolic Act*）带给了文类批评新的辩证的、历史的视野，打破了此前较为僵化的结构；女性主义的崛起，给理论和文本都注入了新的血液。学术界开始重新界定成长小说的美学与意识形态、修辞与现实等之间的关系（Boes，2006：233-234）。

由于新理论的介入，欧陆学界关于成长小说的论争在二十世纪八九十年代得以进一步深入。就文类本身的形式而言，新的讨论涉及成长小说是否存在这个层次。此次讨论涉及的范围和深度，都将成长小说理论的发展推向了一个新的高度。他们讨论的主要议题不仅包括成长小说的体裁和本质特征，如怎样划分成长小说，究竟哪些原则、情节、母题决定作品是否属于成长小说，而且还包括成长小说这一提法本身是否还有存在的必要。

这个时期对成长小说的重新梳理主要从以下几个方面展开。

首先是重新审视成长小说的定义。自1906年开始，德语界对成长小说的定义进行了重新审视。六十年代马提尼指出，在摩根斯坦最初给成长小说下定义之时，界定的困难尚且很明显，而到当时评论者依旧没有办法去解决这个问题（Martini, 1991：24）。与其他文类概念在历史和文化语境中流变遇到的情况类似，成长小说的概念界定困难重重。狄尔泰所规定的几项特征被质疑，尤其是他所说的"快乐结局"遇到了最大挑战。原先的乐观主义被普遍的悲观主义所取代，更多的成长小说理论探讨倾向于用开放式的结尾来代替传统的和谐美满结局。成长小说是否需要主人公进入成熟，是否需要一个和谐的结局，成长小说在德国文学史上的定位如何，以及哪些作品从属于这个文类传统——这些问题都被提了出来。更多学者倾向于接受变化发展的过程而非结局才是衡量一部作品是否属于成长小说的重要标准。梅利塔·格哈德（Melitta Gerhard）对成长小说做了一次细致的区分，把它分为两类：发展小说和教育小说，前者主要描写一个人成长变化的过程，而后者则更注重主人公接受教育的过程。格哈德进一步指出，发展小说是一个更大的文类，成长小说是它的分支；成长小说是一个"历史性的"（historic）文类，而发展小说则是"去历史性的"（ahistorical）。格哈德这一区分可以看成是对成长小说的德国传统和非德国传统论争的回应。所谓"德国传统"，指的是出现过将这一文类缩小至德语文学，尤其是自1796年（《维廉·麦斯特的学习时代》出版年）到十九世纪中期的文本的论断。而"非德国传统"则指其他语言文化区域以大量文本形式参与到成长小说这个文类大家庭中来。二十世纪末期的大讨论，实际上是成长小说这一概念长期被套用和概念界定本身发展的结果。如果说成长小说这一概念在诞生之初，是一个典型的德国理念，但十九世纪这个概念就被广泛地当作"教化"（cultivate）来使用（如英国阿诺德、威廉斯等人的阐释）。同时，成长小说文本创作与概念之间也不一致。没有任何证据表明，十八世纪作家如歌德本人在创作他们的成长小说作品时，就具有"成长小说"这一观念意识；而这种自觉的文类意识，甚至在十九世纪早期的作家身上也难以看到。成长小说的命名是被理论所追溯的，而不是一开始就被作家们充分意识到并依据这一概念来创作的。但更为根本的是，成长小说概念所依据的Bildung这一人文理念本身就是一个历史性的产物，甚至可以从它勾勒出西方思想史发展的历史性变迁。

关于成长小说概念的论争，很多学者也意识到，过去甚至当下这种对概念的处理存在着本质主义的危险，如贝多就认为狄尔泰的成长小说定义具有本质主义危险（Beddow：5-6）。本质主义认为事物存在着一个确定的本质，追求这唯一的准确性便成为争论的焦点。就成长小说而言，这个问题直到现在也依旧存在。

"实际上，我们对什么因素才能构成一部成长小说或哪些小说属于这个文类尚未能达成共识"（Sammons, 1981：240-242），"什么是成长小说，德语文学或世界文学大体上有多少成长小说，这些依旧尚在讨论中，而且很有可能是无法解决的问题"（Saine：119）——上述看法在成长小说批评界不乏赞同之声。实际上，对成长小说必备特征的争论和如何判断某部具体文本是否属于成长小说，依旧是西方成长小说批评的论争内容。[1]

其次是重新审视成长小说作为德国文学传统的合法性。这个问题涉及成长小说的传播和流变问题，即争论成长小说是否是德国特有的文类，以及如何定位其他国家和地区的类似文本。对此，批评界大致有两种声音：一种认为成长小说完全是德国特有的文类，按照这一理论，其他国家和地区的类似文本不是真正的成长小说，这种观点的代表人物有斯韦尔斯；另一种则肯定成长小说既在德国也在其他国家存在，拥护这种意见的有巴克利、彼得鲁·高本（Petru Golban）等人。

更为深刻的是，批评界对是否存在德国成长小说传统本身进行了反思和讨论。萨蒙斯认为，成长小说实际只在德国文学史上短暂地出现过，"十九世纪没有成长小说这个文类，因为歌德之后的主要作家都无法想象一个适合'成长'的社会背景"，那种认为成长小说是德国最好和最传统的文类这一看法乃是二十世纪初的发明，二十世纪初成长小说经典化的过程篡改了历史，把一个业已存在的"幽灵流派"变成了主流流派（Sammons, 1981: 240–242）。在另一篇文章中，萨蒙斯继续对德国成长小说已经存在两个世纪的这一看法提出挑战；他重申，德国成长小说诞生于十八世纪晚期，在歌德与浪漫主义时代盛行，而在当时的新浪漫主义潮流中有所复苏（Sammons, 1991: 32）。而二十世纪五十年代就已经开始的对歌德《维廉·麦斯特的学习时代》的质疑，也一直在持续讨论中。如托马斯·赛内（Thomas Saine）认为，《维廉·麦斯特的学习时代》

1　持类似看法的诸如 Gohlman, Susan. *Starting Over: The Task of the Protagonist in the Contemporary Bildungsroman*. New York/London: Garland Publishing, 1990; Steinecke, Hartmut. "The Novel and the Individual: The Significance of Goethe's Wilhelm Meister in the Debate about the Bildungsroman." *Reflection and Action: Essays on the Bildungsroman*. Ed. James Hardin. Columbia, S. C.: University of South Carolina Press, 1991。

是一本关于成长的小说，但它与学术界定的成长小说概念还是有所出入（Saine：118–141）。

从解构成长小说的启蒙式传统出发，批评家认为十八世纪晚期，亦即德国浪漫主义时期所产生的成长小说很多都被认为不是启蒙的，而是反启蒙的。如萨蒙斯就将这部分作品看作是"反成长小说"（Sammons，1991：32）。他们进一步指出，十九世纪只有一部作品被认为是歌德式的成长小说，即施蒂夫特的《晚夏》。其他作品都与歌德和洪堡概念中的乐观主义精神相去甚远。

1990年，戈尔曼研究了一系列文本，这些文本大部分写作于二十世纪七十年代。经过研究，她认为大家对成长小说的论争主要从主题内容和结构要素出发，而忽略了这个文类的核心应该是歌德意义上的对个人与社会关系的探讨。她梳理了成长小说概念界定的两种历史用法，一种是建立在歌德Bildung理念上的成长小说，这个类型不仅适用于德国成长文本，也适用于欧洲其他地区的成长叙事文本；另一种则是局限于十九世纪德国的成长小说。戈尔曼的分析中引人注目的一点是她对现代主义成长小说的定位。她将二战后的文本与歌德时代的文本联系起来，认为现代的主人公面临着两个阶段的"学习时代"：一是个体将社会价值内化，也就是古典成长小说所采取的路径，即将外部规则纳入性格发展范畴，以认同社会规范来调整自我发展；一是异化之后个人的解决方案和调整，这是个体在规训之后个人意识的再次觉醒，它以质疑外部规范为起点，而最终获得一种新的自我。戈尔曼这一论述的难点在于，需要进一步解释个体在规训之后如何又走向了异化的道路。

再次，从比较的方向展开，厘清成长小说在不同的语言文化中的情况。当成长小说的特有德语词汇Bildungsroman传播到德国以外的地区，成长小说的定义就开始面临越来越多的争议。如在英国，成长小说一方面仅被看作是十九世纪英国小说巅峰时期的辉煌案例，而另一方面又被误用为涵盖一切讨论成长事件的小说。这一点也表现在英国成长小说的命名上，既有人支持直接沿用Bildungsroman这个德语词汇，也有人倾向于使用诸如novel of formation这样的英语译文。[1]二十世纪哈尔丁在主编《自省和行动：成长小说论文集》（*Reflection and Action: Essays on the Bildungsroman*）时，就将德国成长小说和英国成长小说做了对比，并暗示后者对Bildungsroman的使用是不精确的，它抽离了这个文类的历史语境，偏离了原本德语概念中"成长/Bildung"的真意（Hardin：xi）。在同书中，萨蒙斯强调成长小说这个概念已经被滥用，并呼吁回到该词的德国本源，还成长小说一个明确的定义。但相较于哈尔丁，萨蒙斯区分了成长小说这个词和用法之间的差别，他主要是讨论该词的泛用，并没有提出要回到非此即彼的定义。1983年若斯特在讨论成长小说的变体时，将成长小说限定在德国，而认为其他国家的文本都有别于德国文类，如英国的文本应该称为"教育小说"（Erziehungsroman）或"基础教育小说"（novel of elementary education）（Jost，1983：125–146）。他的这一态度一直延续至二十世纪六十年代。1969年若斯特发表文章，力证法国没有成长小说（Jost，1969：97–115）。他1983年的文章甚至将他在六十年代承认的英国成长小说也排除出了成长小说的家族（Jost，1983：125–146）。

相对于上述较为保守的观点，不少批评家尤其是德国以外的论者，对成长小说的跨语言、跨文化性质持肯定意见。如玛丽安娜·赫希（Marianne Hirsch）就强调成长小说应该是一个欧洲文类；她提出，德国、英国和法国的成长小说在主题和形式上都具备很多共性（Hirsch：294）。

最后，从解构的角度颠覆成长小说的经典化过程，指出成长小说乃是理论构建起来的意识形态"幽灵"。这从一个新的层面挑战了成长小说的合法性。二十世纪上半期，德国成长小说理论界致力于证明德意志民族的独特性。成长小说作为典型文本，被当成检验德意志性格的意识形态美学。这一努力经过两次世界大战的冲击遭到了空前的质疑。成长小说的意

1、支持使用Bildungsroman的如巴克利，而倾向于采纳译名的则有赫希等。

识形态和美学关系重新成为一个新的话题。雷德菲尔德将成长小说与成长小说理论的意识形态结合起来,指出成长小说本身就是一个美学意识形态的"幽灵"。

在众多的批评声音中,"成长小说已死"一度成为热门提法。这是对现代主义冲击下成长小说转型的讨论。正如莫雷蒂所言,如果历史可以成就文化形式,它也可以让其成为不可能,这就是战争对成长小说所做的(Moretti: 229–230)。实际上,两次世界大战不仅改变了世界的政治和经济格局,世界文化也遭到了巨大的冲击。在这种整体趋势之下,批评家谈论"成长小说已死"这样的议题,不仅仅是对于文学内部形式和内容的变迁而谈的;在这种文学讨论背后,则是帝国崩溃之下文化何去何从的问题。从成长小说的角度来说,它的崛起不仅是欧美现代性的结果,同时也是帝国扩张的文学象征。在帝国版图瓦解之时,它朝着两个主要的方向衍生出后帝国的图景:其一是后殖民,其二则是共产主义/社会主义范式。后殖民和共产主义/社会主义范式都是帝国崩溃下世界版图重设这一要求在文学上的反映,是资本主义及其文化破裂后的替代物。无论是后殖民还是共产主义/社会主义成长小说范式,它们都借鉴了欧美传统成长小说的文类形式,发扬了后者的美学政治。当然,对西方传统成长小说范式的模拟,也离不开对它的改写。这就使得三者之间的关系甚为微妙。从世界成长小说发展的总趋势来看,以上两种模式中的后殖民成长书写在主流欧美国家内部和第三世界都已成大势。加之性别等议题的加入,世界成长小说也更加多元化。

成长小说批评也采取了更加多元和开阔的视野来应对这些潮流。成长小说文本传统和批评史,在"变化"日益加快和常态化的趋势下,也一再被否定又再生。成长小说呼吁的社会关怀视角,在经历了"向内转"之后,又回到了大众的视野。针对性别、移民等问题的凸显,成长小说批评与相关理论相结合,更加关心社会现实问题。

2.4 转型和重生

到二十世纪批评界发出"成长小说已死"的论断时,成长小说理论和文本已经发展了相当长的一段历史。如果说理论批评界对成长小说持悲观看法,那么创作界则是另一番景象。理论和文本创作脱节的问题不只出现在成长小说领域,实际上,这种现象在很多其他文类上也都能看到。在成长小说领域,理论批评与文本创作处于一种动态的关系链中。理论批评可以为成长小说创作提供丰富的思想资源,而且前者可以说至关重要,它从理论上为成长小说正名,能够提高成长小说的地位。但即使在歌德本人的实践中,文本依旧带有轻微的反讽。《维廉·麦斯特的学习时代》也不是完全符合成长理念的文本。十九世纪成长小说文本创作达到高峰,但其理论发展滞后。到二十世纪,理论一方面通过对文本的回溯和批评,树立了成长小说的经典形象,另一方面又宣称这一文类已经走向末日;与之相对的,则是文本创作的再次崛起。

要理解成长小说的危机和重生,我们遇到的首要问题就是如何评判现代主义成长小说。现代主义对成长小说而言,意味着人物、主题、时空形式等一系列基本概念的解体和重置。评论界对现代主义带来的成长小说之巨变,大体上有两种声音。一种是将成长小说回溯至欧洲现代性的起点,指出到了二十世纪初期,欧洲现代性自身的问题,亦即欧陆帝国所主导的现代性模式已经无法再为成长小说提供有机生长的可能性,因而成长小说的现代主义出现,就表明了以欧洲现代性为表征的成长小说模式已经走到尽头。代表性的批评作品即莫雷蒂的《世界之路:欧洲文化中的成长小说》。另一种意见则认为,现代主义带给成长小说新的契机,即便是过去那种以成功为指标的成长形态不复存在,现代主义以降以失败的成长为主线的形式恰恰从另一个维度说明了成长小说的有效性,亦即读者从失败的主角身上看到了个体需要认识到自我的局限,而这种接受层面的教育也未尝不是一种行之有效的美学教育。持这一观点的学者有卡斯尔等人。如何定位现代主义成长小说,这里针对的不仅是这种亚小说类别,而且涉及怎样看待经典成长小说建立的那套范式,因而这是一个非常复杂的、有争议的文学议题。

从成长小说所呈现的帝国版图来看,二十世纪两次世界大战终结了帝国的辉煌,这样一个宏大的背景让我们去理解欧洲成长小说的"失败"式主人公所面临的世界。除了现代主义成长小说,还有很多其他文本,后者虽然没有采取现代主义的形式,但同样在回应时代巨变这一主题。它们在以缓慢的方式,呈现欧洲成长小说所出现的变化。以匈牙利作家马洛伊·山多尔(Márai Sándor)的《一个市民的自白》为例,我们能够看到成长小说在内容上的转变。这是一部致敬"维廉·麦斯特"系列之作,小说中的主人公足迹遍布当年歌德所到之处。从形式上看,这部小说采取了现实主义的手法,但是它的中心人物已经发生了巨大的变化。同样是一个中产阶级子弟,可是这个主人公却不像麦斯特那样不为钱所困,而是在穷困中挣扎求生。他也不像麦斯特那样在广阔的世界里游刃有余,而是仓皇而行。他在精神上和物质上都处于一种欠缺的状态。作者试图用这种形象去反映欧洲大陆的光环已经一去不复返。

而从形式上看,二十世纪初期成长小说有着开创性的地位。此后,成长小说的书写在摸索中前进;尤其是到了二十世纪下半期,各种理论和运动的冲击给成长小说的创作带来了很多新的要素。向死而生——这似乎也可以作为成长小说的注解。成长小说的诞生和发展都是在社会动荡、转型的过程中出现的。十八世纪现代社会诞生,成长小说随之产生了。在十九世纪大革命之后的法国,成长小说蓬勃发展开来。正是因为社会的剧烈动荡,成长小说在面向社会性问题的维度上深入了一层,剧烈的社会变革为主人公提供了更加复杂、充满冲突的环境,也给予主体更加丰富的发展空间。即使是在终结观已经成为一个突出现象的今天,成长小说也在危机中重新焕发出生命。在"成长小说已死"的论断之后,我们还是能看到作家(作者)们不断地在为这个文类补充新的血液,只不过大部分的成长书写都采取了与十八、十九世纪成长文本不同的方式。尤其是二十世纪后半期以降，西方成长小说在地缘上一再拓展，在主题上一再深化，呈现出多元子文本类型共存的局面。当代成长小说书写已经成为一个世界性现象，它不仅活跃于德国、英国、法国和美国这样原本就有着成长小说书写传统的国家，而且还盛行于与上述国家有着亲缘关系的奥地利、加拿大、瑞典、西班牙、匈牙利、比利时等地；此外，它还在受欧美文化影响的第三世界如非洲，甚至亚洲不同国家和地区流行开来。可以说，不同的成长小说文本范式的持续出现，对这一西方传统文类做出了新的尝试。

社会生活的节奏在加快，越来越多的声音可以发出来，越来越多的视角被挖掘出来，这些都使得二十世纪尤其是其下半期成长小说在形式上和内容上都出现了很多新的变化。尤其是性别、种族、移民这些问题加入进来，改写了成长小说书写的白人男性中心主义。它变得多元，主要倾向于对"边缘"叙事的青睐。对主体的消解总在不同程度上意味着对"中心"的排斥和对"总体性"的质疑。从成长小说的角度而言，西方现代性关于自足、完整、统一的主体的破除，伴随而来的是其他异质的、非中心的、碎片化的、亚文化的、"他者"经验的引入。成长小说书写的重点出现了偏移，从传统的白人男性中心主义转移到边缘人群、有色族裔、女性成长经验方向上来。随着这些新要素进入成长小说领域，这个文类焕发出新的生机，构成了当前的多元形态。正如有论者指出：

在过去的几年里，二十世纪成长小说研究越来越多地将关注转向了后殖民和少数民族写作。因此，一个明显的结果就是现代主义时期断言成长小说文类已经衰落是一种短视的幻觉。在现实中，关于塑造的小说在后殖民时代、少数民族、多元文化和移民文学中繁荣发展。（Boes, 2006: 239）

　　性别概念引入成长小说领域，对成长小说范式的更新起到了积极的促进作用。女性成长小说的兴起，首先就从语言和形式上进行探索，来呈现女性在成长过程中遇见的问题，讨论女性成长的现实。新的文本用激进的、波希米亚式的酷儿和女性主义因素进一步冲击中产阶级男性稳定的发展观。女性成长书写需要面对的问题，是特殊性和普遍性的问题。女性成长与男性成长有哪些不同？女性成长书写有自己一套不同于男性叙事的语言和逻辑吗？女性成长书写要去挑战男权中心吗？女性成长书写只是解构性的吗？女性成长与男性成长具备哪些共同特征、面对哪些共同问题？这些对普遍性的思考，需要如何纳入到女性成长书写里去呢？这些问题都需要做进一步的讨论。

　　从空间层面来说，成长小说的地缘概念突破了国界限制，而更呈现出对跨国、跨区域的流动的关注。移民不仅是地缘空间上的移动，而且往往伴随着种族之间的迁移和互动，移民带来的身份认同是成长小说的书写之重。

　　对于德、英、法、美这类成长小说传统原本就很丰富的西方国家，移民的加剧给它们带来了更多的新鲜血液。移民群体的成长故事围绕着中心与边缘的议题展开，也就是围绕主流社会对移民群体的接纳而展开。全球化带来了移民的常态化，如何适应和融入当地社会而同时又保留自身的特殊性，这对移民来说是个至关重要的身份问题。因而，接纳或抗拒的移民成长范式也是目前非常流行的文本式样。美国作为一个多民族文化混生的社会，它为成长书写提供了一个平台；在这里，各移民作家倾向于从自身经验出发将移民成长体验描述出来，因此我们可以看到主人公作为亚裔美国人、非洲裔美国人等提供的新的成长体验。在英国，移民或移民第二代的成长故事也为英国当代成长小说带来了更多的异域文化气息。库雷西的《郊区佛爷》非常有效地传达了移民或移民第二代所面临的身份困扰。主人公克里姆·阿米尔在英国和印度、城市和郊区之间摇摆，试图去寻找自身的位置。这些文本不仅讨论个体的成长困惑，而且还审视欧美这样自称包容和开放的国家在多大程度上接纳作为"异己"的他者，甚至当国家这样的边界也已经变得可疑，它们还需要寻找霍米·巴巴（Homi Bhabha）意义上的"第三空间"的可能性。尤其值得讨论的是作者通过小说如何展开对"他者"的想象，以及如何去定义这种想象的意义。

而对于非洲这样的地区来说，由于它长期受欧美文化的影响，其成长书写大多是后殖民视角的，而较少出现完全本土的成长书写。非洲成长小说获得突飞猛进的发展，最重要的因素还是受到了原宗主国文化的影响。很多非洲作家都接受过欧美教育，拥有长期的欧美旅居史，他们自身的成长经验被带入写作的时候，就发生了现实经验与文本现象的互动，有时当然也有改写和碰撞。从文体上说，他们也借鉴了成长小说的文本范式。因而，大部分非洲地区的成长小说都带有很强的后殖民主义特征。非洲成长书写大都落在"失败的"成长形态上。作为当前以"失败"为主流的成长书写范式中间的一环，非洲的文本为这个反成长家族增添了新的内容。随着这类文本增多，一个重要的问题开始摆在批评者面前，即非洲成长文本与欧美成长小说对"失败"的叙述是否有所区别？如果有，那么它们之间的区别又在哪些地方？

相对于非洲成长小说而言，亚洲成长小说较为独立。它们在文本形式上借鉴了欧美成长小说的式样，但所书写的成长故事则主要立足于当地的文化和时代精神。

从成长小说文本的实践来看，性别、移民、种族、边缘群体这些话题往往是叠加出现的，很多成长小说涉及其中两个以上的议题。牙买加·琴凯德（Jamaica Kincaid）的《露西》（Lucy）这类作品处理的不仅是性别问题，而且还包括少数族裔身份认同和后殖民视角。后现代主义的介入，也破除了身份的本质主义误区，因而无论是性别还是移民问题，都意味主体看待世界和自身的眼光变得不一样了。

成长小说的地缘现象还包括它从德国这样的第一梯队国家向奥地利这样的第二梯队国家产生影响。实际上，奥地利、瑞典、西班牙、加拿大、匈牙利、比利时等国家也不乏优秀的成长小说，代表作有约翰·奥古斯特·斯特林堡（Johan August Strindberg）的《女仆的儿子》（The Son of a Servant），山多尔的《一个市民的自白》，弗朗茨·英纳霍弗尔（Franz Innerhofer）的《美好岁月》（Beautiful Days）、《阴暗面》（Shadow Side）和《宏大的词语》（The Great Words），雨果·克劳斯（Hugo Claus）的《比利时的哀愁》（The Sorrow of Belgium）等。这些国家与第一梯队国家在文化和语言等方面都保持着亲缘关系，因而它们的成长小说都有着类家族特征。以英纳霍弗尔为例，我们能看到成长小说传统在当代的延续。英纳霍弗尔的三部曲描写了主人公弗兰茨·霍尔艰难的成长故事。如同作者亲身的经历一样，小说中的主人公霍尔也是一名私生子，从六岁开始就在生父的农场里像"奴隶"一样干活。在这里，父子之间的矛盾极其尖锐：霍尔挨父亲的打之前要请求，"父亲，请您狠狠地打"；之后还要表达对挨打的感激之情，"父亲，感谢您的打"。霍尔十几岁时离开农场去工厂当工人，并逐渐爱上了读书。在努力进入大学之后，霍尔在大城市经历梦想与现实的碰撞，最终发现自己与这些知识分子并非同一类人。英纳霍弗尔的系列小说既继承了十九世纪成长小说的批判视角，揭露了乡村生活丑陋、悲惨的一面，又具备现代精神来呈现个体的血泪创伤。城市和大学教育并未能许诺主人公一个美好的未来，但他却始终不屈不挠、敢于反抗，在逆境中找到自我的道路和价值，表明了成长小说所追求的自我教育、自我发展在当下仍具有意义。

实际上，像英纳霍弗尔这样关注社会中下层个体的成长经验在二十世纪颇为主流。这不仅是成长小说所蕴含的人道主义关怀的结果，也是社会主义、共产主义等社会运动带来的影响。二十世纪上半期，以工人阶层个体为主人公的成长小说出现在美国、瑞典这样的资本主义国家。在美国，一批左翼作家出版了一系列作品，聚焦于工人阶层在个体成长过程中遇到的困境，如失业、贫穷等问题。代表性的作品有康罗伊的《被剥夺继承权的人》、布洛桑的《美国在心中》和苏厄尔的《女孩》等。在瑞典，有艾温德·雍松（Eyvind Johnson）的《乌洛夫的故事》（*The Novel about Olof*）。该小说为四部曲。第一部《那是1914年》（*The Year Was 1914*）描写主人公乌洛夫艰辛的童年经历。乌洛夫迫于贫穷而不得不离开亲生父母而寄居在叔婶家里，虽然后者给予了主人公温暖，但却无法抹去他寄人篱下的哀愁。第二部《这里有你的生活》（*Here Is Your Life!*）讲述主人公在丧父之后当工人的经历，此时他面临着染上职业病肺结核的危险，眼见的是工友腐烂而无指望的生活方式，只能通过学习而自救。第三部《切莫回头》（*Don't Look Back!*）则聚焦于他在电影院工作并恋爱的故事。席卷西方的经济危机不但让他失业，而且还让他失去了心爱的姑娘。最后一部《青春的结束》（*Postlude to Youth*）呈现了他历经磨难后最终醒悟，并积极参加工会、走上创作的历程。《乌洛夫的故事》既有作者的亲身经历，又不囿于其出身，全面地反映了瑞典的社会变迁以及民主运动的状况。

像《乌洛夫的故事》这样反映巨大的社会历史变迁的写法，依旧是二十世纪成长小说的主要范式之一。相对于现代主义成长小说和后现代主义成长小说那种退回到内心或者将主体和事件平面化的处理，采用现实主义写作手法的成长小说展示了社会的历史性变迁，具有史诗般的气魄。

现实主义写作范式也在不断地更新。例如美国作家保罗·奥斯特（Paul Auster）于1989年发表的《月宫》，就对当代成长写作应该如何介入现实主义进行了尝试。奥斯特借用《月亮和六便士》（*The Moon and Six-pence*）中月亮的形象，试图呈现一首现代版的理想与现实的碰撞之歌。在这里，奥斯特从时间和空间层面上，都对美国成长小说的建构模式提出了挑战。在时间层面，他重新解读了历史；在空间层面，他重新定义了美国西部和疆土扩张的书写神话。

从成长范式来说，乐观主义的成长书写依旧可见，并受到主流意识形态的欢迎，尤其是在与儿童文学、青少年教育更为相关或交叉的领域保持着生命力。社会变化速度加快，儿童和青少年教育需要面对的情况也越来越复杂，这些都要求成长教育的文学读本在适应时代新需求的同时，也能兼顾国家和社会对公民教育的主流诉求。因此，过去那种以天真、进步为基调的成长小说受到欢迎，也就在情理之中了。

但从总体上说，以反英雄式的主人公"失败的"成长为核心的反成长范式引领了世界成长小说发展的主流趋势。当前成长小说被认为是处于变动中的、全球化的文本现象，它关注破碎式的、反叛性的成长叙事。换言之，反成长与反启蒙代替成长和启蒙成为主流范式，"失败的"成长取代了"成功的"成长故事；文本更具离心倾向，而非向心驱动，其教育意义解构了社会规训的合法性，提供的反而是去社会的典型案例。

第三章 | 经典理论批评示例

3.1 巴赫金的成长小说理论：过渡阶段的尝试

二十世纪三四十年代，巴赫金在讨论成长小说时强调，成长的最重要特征还是"塑造过程"（formation process）。巴赫金的成长小说以其鲜明的启蒙精神，第一次明确了个人成长的革命性作用。亦即主人公的成长以积极的姿态参与历史，作为个体的主人公是站在一个历史交叉、时代交替的地带；在这里，个体的个人意志体现了个体作为社会的基本构成因子所具有的使命感。

作为一个二十世纪初期的理论家，巴赫金从多个角度讨论了众多不同的文本、话语和文学现象。其中成长小说作为其理论的重要维度之一，也呈现出多个维度的视角。巴赫金成长小说理论主要从三个方面展开：一个是成长小说的文体与现代性的关系；一个是更为宽泛的成长思想；一个则是他的解构环节。一般情况下，大家主要从第一个方面来探讨他的成长小说理论。第二个方面相对来说容易被忽略。而其第三个理论向度，亦即解构的部分，则因为后现代理论家对它的重新阐释而获得了关注。

3.1.1 成长小说作为现代小说的兴起

巴赫金对成长小说文体的讨论，主要是在《长篇小说话语》

（"Discourse in the Novel"）、《教育小说及其在现实主义历史中的意义》（"The Bildungsroman and Its Significance in the History of Realism"）、《小说的时间形式和时空体形式》（"Forms of Time and of the Chronotope in the Novel"）、《长篇小说话语的发端》（"From the Prehistory of Novelistic Discourse"）、《史诗与小说》（"Epic and Novel"）及《拉伯雷的创作与中世纪和文艺复兴时期的民间文化》（"The Works of Francoise Rabelais and the Popular Culture of the Middle Ages and Renaissance"）等文中体现出来的。

巴赫金首先将成长小说放在西方现代小说诞生的大图景中，对小说文体进行了梳理和概括。在《史诗与小说》中，巴赫金以成长小说为代表，阐述了西方现代小说的文体特征：

> 在这方面，十八世纪伴随新型小说的创造而出现的一系列论述，具有特殊的意义……综观反映一个重要阶段中（《汤姆·琼斯》《阿迦通的故事》《威廉·麦斯特》）小说成长的这些论说，有代表性的是以下几条对小说的要求：（1）小说不应该具有文学中其他体裁所具有的那种意义上的"诗意"；（2）小说的主人公不应是史诗或悲剧意义上的"英雄"人物，他应该把正面和反面、低下和崇高、庄严和诙谐融于一身；（3）主人公不应作为定型不变的人来表现，而应该是成长中的变化中的人，是受到生活教育的人；（4）小说在现代世界中应起的作用，要像长篇史诗在古代社会中的作用（这个思想由布兰肯堡非常明确地提了出来，后来又经黑格尔重申）。（巴赫金，卷三：512）

从巴赫金的这些论述中，我们看到，这些特征不仅体现于成长小说，同时也对其他的现代小说有效。巴赫金的这一点观察不但与众多评论家一致，而且也符合西方小说诞生时的文体现象。正是在这个意义上，成长小说的成长主题、人物形象和文体特征等多方面，都可以扩散为现代小说的一般性原则。时间观从传奇故事采用的混沌或循环的时间观转向线性的时间观，空间从漫游小说中那种非真实的空间转向更具现实感的空间，人物从传奇和史诗的英雄人物变成世俗社会中的普通个体——这些要素的转向不仅适用于成长小说，同时也适用于更为广泛意义上的西方现代小说。这不但说明了成长小说在西方小说史上为何具有如此重要的地位，而且还解释了为什么现代小说诞生初期的很多文本诸如《绿衣亨利》、"维廉·麦斯特"系列和《鲁滨孙漂流记》也是成长小说。

当然，作为一个文类，成长小说也有其自身的独特性。在巴赫金的论述中，他用比较的方式阐释了成长小说的优越性。巴赫金按照主人公建构原则，将长篇小说分为四大类：漫游小说、考验小说、传记（自传）小说和教育小说（巴赫金，卷三：215）。这里的教育小说就是我们讨论的成长小说。巴赫金对这些体裁进行了历史梳理，并将它们放在一个比较的视域中来谈每种文类的特性。他归纳了这些文类的特征。漫游小说的突出点就是空间的变化。考验小说突出人的心理刻画，但是考验并不会改变主人公的性格，因而主人公的性格是静止的，他的成长并不存在。同时考验的情节尽管从背离平常生活的地方开始，而最终也回归正常的生活，这里也没有提供任何新的社会生活。时间上则以传奇或神话时间来组织，脱离了历史中真实的时间观。在个人与客观世界的关系上，外部世界以一种背景、环境的形式呈现，它只是考验个体，并不真正对个体产生影响，而且个体也不对外部世界产生影响。传记小说的时间观引入了真实、现实的时间，但是在它对个体的描述中，事件本身的性质和人物的价值判断始终占据中心地位；在这里，时间已经不仅是一个背景，而且进入个体的内部，巴赫金将传记小说的时间称为"萌芽状态的历史时间"（225）。从比较的角度来看，巴赫金无疑是将成长小说作为最成熟的小说类型来推崇的。

巴赫金同时还强调，这些文类主题并不是完全独立存在的，一个文本虽然以某一主题为主，但实际上也综合了以上多种主题（215）。巴赫金的这一观察无疑是准确的，尤其是对成长小说而言。成长小说本身就综合了在它之前的这些文类的特点，例如它也有漫游的情节、考验的主题和传记的叙述（183）。

　　巴赫金对成长小说文类所做的划分，正好也体现了上述所说的文类对比、借鉴、融合和影响的复杂性。巴赫金称他讨论的成长小说为roman vospitaniya。在这里，vospitaniya这个词更接近"教育"（education，schooling）的意思，所以可以译为"教育小说"。我们对比之前讨论过的Bildungsroman的三种子类型，巴赫金这里讲的是Erziehungsroman，也就是英文中对应的pedagogical novel。但在实际的讨论中，他所说的成长小说文本不仅包含传统上就被认为是成长小说的作品，如格里美尔斯豪森的《痴儿西木传》、威兰的《阿伽通的故事》、歌德的"维廉·麦斯特"系列、卢梭的《爱弥儿：论教育》、狄更斯的《大卫·科波菲尔》，而且他还将成长小说的文类起源追溯到了一般不认为是属于成长小说范畴的作品，如色诺芬（Xenophon）的《居鲁士的教育》（*The Education of Cyrus*）、沃尔夫拉姆·冯·埃申巴赫（Wolfram von Eschenbach）的《帕西法尔》和弗朗索瓦·拉伯雷（Francois Rabelais）的《巨人传》。出现这一情况，一方面说明"文类"概念的区分，并不局限于"传统"的界定，文类也是在变化发展的，而且"传统"本身不是稳定的、排他性的，它也是一个动态的历史建构。另一方面，从巴赫金的视角出发，他对小说文体的讨论，从起源这个角度把成长小说放进西方小说诞生的大图景中进行了一种发生学式的梳理。

　　在将拉伯雷的《巨人传》放入成长小说这个传统时，巴赫金为他概念中的"成长小说"加入了人间性的概念。巴赫金将时空体作为阐释成长小说文体的关键环节，在这一点上，他把成长小说与史诗进行了对比。相对于史诗中时间体的非人间性，巴赫金将民间因素纳入促进成长小说诞生的一环，他认为真实的、现世的时空概念，是衡量成长小说作为现代小说诞生的标准之一。他的这一看法无疑与卢卡奇等是非常一致的。巴赫金对《巨人传》的肯定，源于他认为以民间创作为基础的拉伯雷小说，呈现出一种非常接近现代成长概念的时空体，这一点被解释为拉伯雷首次将时间和空间作为衡量成长的建构因素。"成长的范畴，而且是现实中的时空上的成长范畴，是拉伯雷世界最基本的范畴之一"（363）。拉伯雷的《巨人传》将成长的时空体从中世纪那种垂直上升的彼岸世界拉回到现实生活中的横向关怀中来。巴赫金也认识到，基于民间基础的《巨人传》，依旧保留着一个非现代的因素——循环。"在这一时间的所有事件上，都留着循环的印记，也就是循环往复的印记。这一时间的前进倾向，受到了循环性的限制。所以这里的生长发展，也不成其为真正的成长"（408）。

当然巴赫金也指出，真正的成长小说应该是十八世纪的产物，这个文类集中描写个体的动态生成，这种成长发生在真实的历史时间里，呈现了新人的成长。"他与世界一同成长，他自身反映着世界本身的历史成长。他已不在一个时代的内部，而处在两个时代的交叉处，处在一个时代向另一个时代的转折点上。这一转折寓于他身上，通过他完成的。他不得不成为前所未有的新型的人"（232-233）。巴赫金以歌德的"维廉·麦斯特"系列为主要对象，赞扬了歌德在反映现实世界和历史的"具体化""直观化"和"整体化"这些方面所取得的"惊人的新颖和鲜明"（261-262）。

3.1.2　成长小说思想对启蒙精神的重建

巴赫金成长思想的建立，主要体现在《论行为哲学》（"Toward a Philosophy of the Act"）、《弗洛伊德批判纲要》（"Freudianism: A Marxist Critique"）等文中。巴赫金对成长思想的关注是他的整个理论中非常重要的一点。它的产生与巴赫金反对当时庸俗的生物学有关。巴赫金对成长思想的阐释，表现出他对启蒙主义思想的继承。

首先，他谈到了人的主体性地位。个人被看成是理性的主体，他经由自由选择而建立了主体性。巴赫金认识到人的主体性地位："生物——首先是人——在世界上享有特权地位：随着生命的出现，世界舞台上便出现了一些新的力——目的、有序性、自由"（巴赫金，卷二：532）。针对目的、有序性和自由的悖论关系，巴赫金并没有忽视这组关系的复杂性，而是提出了一种目的性的方案来解决其中的冲突，即"人类的创造具有自身内在的规律性，它应成为人性的创造（合乎公众的目的），但它又应与自然界一样，是必然的、合乎逻辑的、具有真理性的"（巴赫金，卷三：253）。正是在肯定人的基础上，巴赫金对拉伯雷巨人所表现出来的生命力大加赞赏。

其次，他将人的成长放在了具体的时间和空间之中。一方面，个人的成长应该在具体的而不是抽象的时间中去衡量。巴赫金的这种线性时间观很明显是启蒙思想的产物之一，他对未来而非过去的强调也说明了他是将成长小说放在与史诗对比的框架中来看的。"完善人的思想在这里彻底摆脱了上升的垂直运动。这里取胜的是在现实时空中向前运动的新的水平线。人的完善不是靠个人向上攀登到等级最高层来实现，而是在人类发展过程中实现的"（巴赫金，卷六：473），"生命会继续向前，不会被死亡绊住脚，不会陷入彼世的深渊；生命整个都要保存下来，留在这个时间和空间中，沐浴这里的阳光"（巴赫金，卷三：391）。

再次，他继续肯定了乌托邦之于成长的有效性。乌托邦愿景对成长小说来说一直是至关重要的一环，巴赫金深谙这一点，他对成长的乌托邦从未来视域给予了肯定。他说：

> 要知道对所有这些形式来说，整个问题最终还是归结到现实的未来上，也就是归结到现在没有但却应该有的未来上。从实质上说，这些形式是力图把应有的和真正的东西变为现实的东西，给它们以存在，把它们纳入时间之中，把它们当作的确存在而且真实的东西去对抗眼前的现实；这眼前的现实虽然也是存在着的东西，可又是不好的不真实的东西。……人们所期望的未来，以其全部力量深刻地强化了这里的物质现实的形象，首先强化了活生生的血肉之躯的人的形象，因为人靠着未来而成长，变得比现代人强壮无比。（巴赫金，卷三：344）

未来以其未完成性和应有的道德关怀，对成长小说指向的个人成熟和社会完满做出了保证。从这个角度出发，成长小说在社会作用方面，如巴赫金所期待的那样达到了史诗曾经达到的高度。

这里其实涉及另外一个非常有趣的现象，就是巴赫金对他当时所处时代的成长文本的忽略，反而通过成长小说发生学的角度重新回到了那个发现人、肯定人的欣欣向荣的时代，他的成长思想以恢宏、庄严的风格讨论了长远时间中人的存在问题。如他所言，"不是个别人沿着超时间的垂直线登上最高层，而是整个人类沿着历史时间的水平线向前运动成为一切价值评估的主要标准。单个人做完自己的事情以后同肉体一道衰老、死亡，但是由死者孕育而生的人民和人类的肉体是永远能得到补充并坚定地沿着历史日臻完善的道路前进的"（巴赫金，卷六：470）。这种视角和选择或许可以理解为巴赫金面对他所处时代的危机所发出的一种呼吁。他直接反对的是当时流行的心理学和哲学。在对弗洛伊德的精神分析理论进行系统解说和批判时，巴赫金指出，弗洛伊德的理论将人解释为纯生物学的，反对亚里士多德提出的人的社会性，是一种抽象的生物体。他概括了弗洛伊德理论的基本主题："在弗洛伊德那里，基本主题的展开总是伴随着对意识的批驳。因而，人身上起重要作用的不是决定其历史地位和作用的各自所属的那个阶级、民族和历史时代，而只是他的性和年龄。……人的意识的确立不在于其历史生活条件，而在于生物条件，主要是性欲"（巴赫金，卷一：378）。针对这一主题，他强烈地反对弗洛伊德理论表现出来的对社会性的剥离，认为它们是一种对社会责任的逃避，是一种社会处于崩溃状态时人们逃向肉体的避难所："人身上的非社会性东西和非历史性东西被抽象出来，并通过超社会、超历史的尺度和标准来解释。看来似乎这些时代的人们想逃避不适而又冷漠的历史氛围，躲进动物生活的机体温暖之中。……自十九世纪末叶以来，类似的曲调又重新清晰地在欧洲思想中响了起来。抽象的生物体再度成为二十世纪资产阶级哲学研究的主要对象"（380）。不仅是弗洛伊德，亨利·柏格森（Henri Bergson）、格奥尔格·齐美尔（Georg Simmel）、马克斯·舍勒（Max Scheler）、汉斯·杜里舒（Hans Driesch）、奥斯瓦尔德·斯宾格勒（Oswald Spengler）也都在巴赫金批评的名单上。他将当代哲学的基本特征总结为，"哲学体系的中心是生物学意义的生命""不相信意识""企图用主观心理学或生物学之范畴来替换客观社会经济学的范畴"，而这些倾向"是资产阶级世界瓦解和衰落的征兆"（381，384）。针对这种"消极性"和"庸俗化"，巴赫金的成长思想重提启蒙，他对积极的主体性保留着期待，因而可以看成是他在思考整体人类出路时不得不选择的一种希望。

在巴赫金启蒙式的成长理念下，他加入了对当时所处时代的危机的反映，引入了具体性、身体、参与、责任等概念，发扬了他独特的人本思想。

第一点是他对具体的身体的引入。如果说，启蒙现代性视域中的成长讲的是个体在理性指导下获得主体性的过程，并未将身体纳入其讨论环节，那么巴赫金则重点突出了身体。他肯定了拉伯雷在《巨人传》里所呈现的身体的非崇高的姿态，将拉伯雷笔下那些夸张的吃喝、排泄、狂欢当成是一种难能可贵的生命力，当成了个体感知世界并形成其主体性的核心要素。

第二点是他肯定了身体站位的特殊性。巴赫金强调个体的特殊性，强调只有"我"而非他人的身体占据了一个时空位置，并向死而生。"只有从我所处的唯一位置出发，我才能成为能动的，也应当成为能动的"（60）。他再次强调，"我以唯一而不可重复的方式参与存在，我在唯一的存在中占据着唯一的、不可重复的、不可替代的、他人无法进入［？］的位置"（41）。

第三点则是，他将个体与外部世界的关系看成是一种互动的应答关系（answerability）。早在《论行为哲学》中，巴赫金就提出了"事件""应分""行为""参与性"等概念。巴赫金指出，"生命只有联系具体的责任才能够理解。生命哲学只能是一种道德哲学。要理解生命，必须把它视为事件，而不可视为实有的存在。摆脱了责任的生命不可能有哲理，因为它从根本上就是偶然的和没有根基的"（56）。巴赫金在这里探讨了几个特别重要的概念，例如将人的存在视为事件。这里包含了一种辩证法。他对启蒙主义所提出的先验的人持保留意见，认为人是偶然的、没有根基的，而不是实有的、稳定的存在。他的这种阐释，与后现代理论无疑产生了暗合。其后巴赫金的理论经由后结构主义被西方理论界发现，不得不说巴赫金即使在最为宏观的启蒙式的讨论中，也介入了他对时代危机的思考和应对。但是作为一个人本主义思想家，他并没有像现代主义乃至后现代主义理论家那样完全破除了主体性；相反，他对主体的渴望，以一种肯定的形式展现出来。道德责任一直是巴赫金拥护的希望之一。他在讨论成长小说文体时，就强调了个人的自修不是走向个体的道德完美状态，而更应该包含通过行动去参与，从而创造出一个积极的、负责的、有道德的主体。因此，在他看来，歌德所书写的麦斯特的完整的成长，包含了"学习时代"和"漫游时代"两个部分。他指出：

> 粗略地说，歌德的作品（这在《浮士德》第二部和《漫游年代》中特别明显）和这一类型其他代表人物的作品，就是这样提出问题的。人为了生活在这个庞大而陌生的世界里，就应该教育自己或改造自己；他应该把握这个世界，把它变为自己的世界。（巴赫金，卷三：434）

第四点是，巴赫金在自我建构上引入了他人与自我关系这个重要的维度。这是一种对启蒙的自我修正。如果说卢梭在自我解说时也引入了他人的概念，但他的这种自我是原子式的，似乎是独立的、自我完整的；而在巴赫金的解说中，个人的建构需要他人的积极参与。自我和他人是一种双向互动。巴赫金的观点已经接近现代主义对主体性的解释。

巴赫金的成长思想重新阐释了启蒙，他针对二十世纪初期社会文化现象所做的批判，恰好从侧面说明了现代主义开始对社会文化产生重大影响，当然其中就包括对依托启蒙建立起来的成长小说这一文类的挑战。在成长小说理论领域，巴赫金也许是最后一个启蒙式的思想家。

3.1.3 成长小说作为开放性的长篇小说：话语、多声部和对话

在对小说尤其是长篇小说的分析中，巴赫金建立了自己独特的话语理论体系，"对话""杂语""复调"这些都成为理解巴赫金的重要关键词。也正是从这个视角出发，后结构主义发现了巴赫金，并将其经典化了。巴赫金的话语理论实际上也包含对成长小说的讨论，但是由于他把笔墨主要放在了陀思妥耶夫斯基身上，从而对成长小说的讨论没有深入下去。正因为如此，人们容易忽略巴赫金的成长小说理论实际上还包含这个维度。

巴赫金将多语、杂语和多声部归为现代长篇小说的几个重要特征——"长篇小说作为一个整体，是一个多语体、杂语类和多声部的现象"（巴赫金，卷三：39）。巴赫金所讨论的这一套话语体系揭示了话语和世界所形成的一种独特的关系，这种关系几乎未被巴赫金之前的理论家所注意到。对话是巴赫金话语系统的基础。他通过复杂的、多层次的话语间的对话和斗争，呈现了长篇小说话语作为向心力和离心力产生的紧张感。

在《长篇小说话语》中，巴赫金分析了长篇话语的形式和特征，其中尤其谈到了他人话语与自我话语的关系。他指出，他人话语和自我话语是一种双向的、动态的斗争过程；他人话语诱发了自我话语，使得后者反抗前者，但前者也同样是多种声音在斗争。"同他人话语及其影响作斗争的过程，在个人的思想形成史上，具有重大的意义。产生于他人话语，或受到他人话语对话式诱发的自己的话语和自己的声音，迟早总会起来挣脱这个他人话语的桎梏。这个过程又因下述缘故而更加复杂了：在个人意识中，多种不同的他人声音为了扩大各自的影响而相互斗争"（135）。他继而阐述，"在这个基础上，产生出深刻的双声性和双语性的小说形象；这些形象体现了同曾经左右作者的有内在说服力的那个他人话语的斗争"，

"'考验小说'的基础，往往就是同有内在说服力的他人话语作斗争，通过客体化摆脱开他人话语这样一个主观过程。另一个能说明上述思想的例子，就是'教育小说'。不过在这里，思想的选择成长的过程是作为小说主题展开的"（135–136）。巴赫金在这里实际上阐述了外在的声音作为一种权威话语对成长小说的影响。

在早期的成长小说如《维廉·麦斯特的学习时代》中，一个父辈式的导师的出现，就说明了他人话语作为一种权威话语对个体建构所起的影响作用。导师的出现并不是歌德作品中才出现的个案，而是十八世纪西方成长小说采取的通用形式，他人话语作为一种社会规范和权威，对个体的成长起到了点睛的作用。而在十九世纪的批判现实主义成长小说文本中，他人的权威与主人公自我的声音产生了更加激烈的斗争。到二十世纪，成长小说在对他人权威话语的解构这一点上走上了另一个极端。

总的来说，巴赫金的成长小说理论是一个多层次的系统，他本人对成长小说的赞誉和期待，不仅是在危机时代对启蒙精神的渴盼，更是他对小说形式对社会做出更为深刻、多元、积极、有效的回应的期待。以成长小说为代表，个人对社会负责，起到积极的参与作用，并建构起正面的自我。当然，他也意识到这个自我不应该是抽象的、稳定的自我，而应该是具体的、正在成长的自我。巴赫金的成长小说理论，与他的其他理论如狂欢化理论、复调形成了一个对话的空间，成为其理论总体的一个重要方面。只有理解了他的成长小说理论，我们才能完整地把握巴赫金的小说观，才能理解后现代语境中他的理论意义所在。

巴赫金的成长小说理论也有其自身的局限。这一局限在现代主义和后现代主义解构启蒙现代性的框架中表现得很清楚。成长小说的主体性、外在性和内向性，乌托邦的有效性等问题，在巴赫金之后出现了巨大的转折，新的文本和社会文化语境向后辈理论家提出了新的要求，也提供了巨大的阐释空间。

3.2　从莫雷蒂到斯特维奇：重构成长小说的现代性表征

从莫雷蒂开始，也就是从二十世纪八十年代开始，西方成长小说批评领域越来越关注"失败"的反成长。卡斯尔认为，"成长小说的历史就是一个文类处于危机中的历史"（Castle，2006：30）。埃斯蒂称，"公开和持续反对发展模式似乎支配了十九世纪的历史和小说形式，这些小说往往呈现年轻的主人公很早就死去、在时间上停滞、避免职业和性的封闭式结局、拒绝社会适应或者在以艺术家为主人公的成长小说的形式下保持他们的长青灵魂"（Esty，2012：3）。莫雷蒂的《世界之路：欧洲文化中的成长小说》涵盖了德国、法国和英国的文本。莫雷蒂用马克思主义批评方法，同样将自己的立足点放在了历史的角度；他对欧洲成长小说的分析，主要是将作为现代性文本的德、英、法代表性著作，放在了现代性与历史大变革的语境中。莫雷蒂将成长小说阐释为欧洲现代性的"象征形式"。他挑选了"青春"这个词，从现代性的角度来分析"青春"与移动性、易变性之间的关系。他并不赞同成长小说的特征是去描绘主人公不断成长的过程，而是强调青春的转型意义。他强调，一种新的希望寄托于一种新的内在性，这种内在性的主要构成部分是个人的思想、感受和抱负。他借助尤里·洛特曼（Juri Lotman）的符号学，同时也回应卢卡奇对成长小说和"幻灭的浪漫主义"（romance of disillusionment）所做的区分，指出了成长小说的两种情节模式：一是以"类型"（classification）为原则，一是以"转型"（transformation）为原则。前者基于成熟、幸福、稳定的身份和秩序而反对现代性；后者则青睐青春、自由、变化和过程，被现代性所吸引。而成长小说是这两种模式的结合。莫雷蒂认为，个人与社会的冲突构成了成长小说的建构原则。依据这一原则，他将西方成长小说的发展分为四个阶段。第一阶段为工业社会出现之前，这时期的成长小说不存在个人与社会的冲突，个人只需要遵循传统，成长为像他父亲那样的人。第二阶段被他称为一种"修正的成长小说"（restoration Bildungsroman），以司汤达的作品为代表，见证的是个人与社会之间不可调和的矛盾。第三阶段以巴尔扎克的作品为代表，此时社会移动性和对成功的渴求成为最基本的诉求，道德解体，个人自律在这个世界中变得不再可能。第四阶段为英国的成长小说，其中尤以《弃儿汤姆·琼斯的历史》《大卫·科波菲尔》《简·爱》和《远大前程》为代表。这些作品不同于欧洲大陆的成长小说文本将重点放在青少年阶段，而是花重墨描写主人公的童年。而且英国成长小说不呈现个人与社会的矛盾；在这些作品中，个人与社会都是稳定的，它们更多地借助反面人物的出现来推动情节的发展。反面人物代表着移动性，而主人公的任务就是要回到正常生活中去。总的来说，英国成长小说的构成是以秩序的失序和恢复为中心的，主人公的青少年阶段被视为容易受到世界腐化和诱惑的否定性时期，他的成长就是要抵制变化和诱惑，小说结尾通常以个人和社会重新回归有序而结束。从表面来看，莫雷蒂对成长小说的定义让人联想到巴克利的定义；但是莫雷蒂的重点不在于后者以来的主题式分类法，而更青睐于文化研究的视角。他说：

> 在投入所谓的"双重革命"的梦想和梦魇中，欧洲投身进入现代性，却并不具备现代性的文化。因此，如果青春达到了它的象征性的中心地位，成长小说的"伟大叙事"得以实现，也是因为欧洲必须找到一种意义，而这种意义与其说与青春相关，不如说与现代性相关。……可以说，青春是现代性的"本质"，其标志是从将来而非过去中寻找意义。(Moretti: 5)

青春作为一种文化象征的意义在于：它以青春特有的粗粝得以让叙事象征性地再现现代性的变动不居和革命性的摧枯拉朽，但同时它又要约束和遏制这种易变性和不稳定，因为青春总是要结束的。

莫雷蒂从青春与成长小说的象征性入手，来理解十九世纪的风云变化和社会动荡。他在论著中给出了一个独到的见解，即欧洲成长小说的转折并非发生在从现实主义转向现代主义的这一时期，而是在司汤达发表《红与黑》的这一时间点。从此，欧洲成长小说过去所依赖的个人和社会的和谐发展已经难以想象，这个文类开始转向呈现巨大的社会变动与个体在其间的困境。

值得注意的是，莫雷蒂在2000年《世界之路：欧洲文化中的成长小说》再版时，又在原版的基础上添加了新的内容——介绍来自四个不同国家的七部作品，并指出两次世界战争改变了成长小说的版图，青春被缩短、意义变得神秘费解，二十世纪早期成长小说的形式从历时的、进化式的范式让位给更加碎片化、共时的模式。

如果说莫雷蒂以青春和现代性的关系入手，为西方经典成长小说唱了一出挽歌，那么卡斯尔则以相反的态度来看待两次世界大战对这个文类版图产生的影响。卡斯尔将西方成长小说的发展史分为三个阶段，分别为十八世纪以精神修养为中心的古典主义时期、以资产阶级争名夺利为重点的十九世纪，以及十九世纪末二十世纪初的反成长书写。反成长书写从哈代的《无名的裘德》到伍尔夫的《远航》和乔伊斯的《一个青年艺术家的画像》，都以描写失败的弱者为中心。卡斯尔以西奥多·阿多诺（Theodor Adorno）的启蒙辩证法为理论框架，对现代主义成长小说做出了独特的见解。他否认"失败的成长"意味着成长小说的终结；恰恰相反，他认为现代主义成长小说才是这个文类的"批判性胜利"。十九世纪末以降所呈现的"失败的成长"应该理解为"对自我教育（成长）的制度化的成功抵抗"，具体来说，是"作为对启蒙美学精神成长概念所做的治疗和修正的现代性项目中的一部分"，而这种启蒙式成长在十九世纪被合理化和官僚化了（Castle, 2006: 1）。在卡斯尔的分析中，十九世纪的"成长"是一种"社会化实用主义成长"（socially pragmatic Bildung），也就是被理性化和资产阶级化的成长教育观；而十九世纪末期开始的这种现代主义式的成长观，则试图恢复自我发展过程中的美学教育和个人自由的价值（1）。因而，通过对比可以发现，现代主义反成长小说描写个人的失败，这是对十九世纪个人梦想破灭这一序曲的继承；但与此同时，它又批判性地抛弃了十九世纪那种功利主义教育观，而以"失败"来挑战制度化对个人的规训。

埃斯蒂则采取了资本主义的帝国主义扩张及后殖民主义这一视角，来探讨成长小说面临的颠覆性的叙事权威的崩溃。沿着莫雷蒂提出的现代性与成长小说作为现代性的象征形式这一范式，埃斯蒂指出，现代主义小说的主人公无法完成经典成长小说所提供的"发展"与"完结"之间的辩证和谐，现代主义的主人公面临的是一个超越预知的未来，现代主义成长小说文本叙述的是"发展情节的寓言性功能的瓦解"，是"关于停滞、退步和过度发展（hyperdevelopment）的故事"（Esty，2012：15，25）。其中，"停滞"和"退步"讲的是主体状态，而"过度发展"则指以进步观为核心的欧洲现代性以及这一框架中主体状态全球性的扩张。在埃斯蒂的阐释中，现代主义成长小说提供了一组新的悖论形式。它完全解构了过去线性的时间观，面对西方社会外部巨变提供的恰恰不是发展变化着的主体形象，而是无尽迤逦的青春，主体在永无止境的叙述里无法走向一个终结。以乔伊斯的《一个青年艺术家的画像》为例。埃斯蒂将这部小说称为"元成长小说"（metabildungsroman），它提供了一个永远处在"成为"（becoming）中的主体形象，而这种主体形象也意味着成长从未发生（146–147，158）。在这里，青春的意义被重新解读和定位——现代主义成长小说通过把青春期从成长的绑定中分离出来，为"青春创造了一个自主性的价值并为反抗线性情节清理出空间"（25）。埃斯蒂是以肯定的眼光来看待现代主义和后殖民语境中的成长小说文本的："现代主义小说中反常的青春……继续告诉我们关于一个尚未实现的人性的故事"（214）。他认为这一向度是在欧洲现代性之外开辟了新的可能性，并将其称为"另类现代性"（alternative modernities）。

不论是莫雷蒂，还是卡斯尔或埃斯蒂，他们都将"失败"限定在某一范围之内。用卡斯尔自己的话来说就是：

主人公与社会权威(通常是真实的或象征性的父亲)的冲突,最终将会导致他在社会领域和职业选择上对权威的肯定。到二十世纪初,古典成长小说的主要功能是叙述这种肯定的辩证和谐。如果这个过程失败了,就像通常在法国成长小说中出现的那样,那么这既不意味着社会在某种程度上没有尽到它的责任,也不意味着辩证法没有体现出个人与社会整体的理想关系。相反,这样的失败会提醒主人公(和读者),社会成熟包括了解自己的极限和接受自己在事物顺序中的位置。(Castle,2006: 8-9)

在这一逻辑下,"失败"的叙述仅仅只是从另一个侧面加强了歌德式的社会化模式。强大的社会规训与不断被挤压的个人自由形成紧张的矛盾几乎难以化解,如何阐释成长的"失败"变成了一个超越小说研究的命题。

斯特维奇同样从十九世纪的成长小说开始说起。他同样认为,"失败"不仅应该是世界大战阴影下现代主义成长小说乃至后殖民主义成长小说的核心内涵,更应该追溯到十九世纪的现实主义时期。但同他的前辈们不同的是,他将"失败"的成长叙事追溯到了《维廉·麦斯特的学习时代》出版之后的几十年,也就是十八世纪晚期,并重新清理了这条成长小说的发展路径,即发轫于十八世纪,发展于十九、二十世纪。同时他指出,过去所认为的《维廉·麦斯特的学习时代》所代表的成长小说传统,只是断断续续的,这本曾被公认为是成长小说鼻祖的小说并不能支配此后成长小说的发展模式(Stević: 12)。从这里我们可以看出,斯特维奇几乎对过去成长小说理论批评所建立的合法性进行了全面的质疑,甚至将其全部推倒,重新来理解这一文类作为现代性的代表所具备的内容。

3.3　雷德菲尔德:批评的批评

1996年,雷德菲尔德出版《幽灵形成:美学意识形态与成长小说》

（*Phantom Formations: Aesthetic Ideology and the Bildungsroman*），讨论成长小说成为显学背后一系列的意识形态和制度建构。第二年，美国现代语言协会（Modern Language Association）就将其奖项颁给了该书，这无疑证明了雷德菲尔德在书中力证的一个观点——文学批评机构是如何被成长小说这个可能并不存在的文类所吸引的。在该书中，雷德菲尔德提出了很多新的构想。这些观点主要是从解构的角度反思成长小说的合法性，重构成长小说文本传统与理论批评之间的关系。

对于西方成长小说传统，雷德菲尔德从四个方面进行了质疑。其一，重新确定成长小说的定义和传统。雷德菲尔德认为成长小说并不是一开始就是一个文学类型，而是一个"美学的文类"（genre of aesthetics）（Redfield：65）。他认为，"成长小说"这个术语在二十世纪之前几乎不被人知晓；而我们现在所接受的成长小说传统，例如它在十八、十九世纪的文本现象，都是理论批评追溯的。这一观察符合一个事实，即成长小说的定义首次被人熟知，是在二十世纪初期狄尔泰的作品中。因此，雷德菲尔德将成长小说定位为一种"战后现象"（40），强调的是二十世纪中期以来成长小说理论批评勃兴，而从理论的角度"建构"了成长小说的文本传统。与此同时，文本现象与理论建构之间还存在着巨大的鸿沟。雷德菲尔德强调，如果要找出真正符合理论批评所定义的成长小说文类规范，很少作品能够符合这一文类的要求。因而过去对成长小说所做的定义是有问题的，雷德菲尔德也注意到了批评界关于这一概念的论争，这种论辩在他看来也无法解决定义所面临的问题：

> 成长小说似乎是文学研究的泥潭之一；在这个泥潭中，增加严谨性只会产生更多的混乱。一方面，可以确定的是，这一文类在学术的镜头下迅速萎缩，就像仙境中的人物一样可能完全消失。即使是"维廉·麦斯特"系列也拒绝归入它所启发的定义……但另一方面，德国主义者似乎更加相信这种"批判性小说"的真实

性，因为他们检查过它并发现它在本体论上是缺乏的。（Redfield：
41）

其二，将成长小说看成是意识形态的"幽灵"。雷德菲尔德从成长小
说的源头——德意志意识形态与成长小说塑造之间的关系出发，反思成
长小说文本的乌托邦因素与意识形态之间的亲密关系，指出成长小说所蕴
含的乌托邦精神实际上也是意识形态的一种表现。小说的意蕴根本在于它
的美学政治。在这里，雷德菲尔德分析了美学和政治的关系，并阐释为政
治实践中受挫的部分都交予了美学去实现。

其三，成长小说理论批评的自身建构性。在雷德菲尔德看来，成长小
说的理论传统就是一个不断赋予自身合法性的过程。

其四，反对将成长小说看成是一致性的文本传统，而认为成长小说文
本的创作是非连贯的、异质的。通过强调非连贯，他从时间上破除了文本
的互文性；而力证其异质性，则说明文本在不同文化和作者身份等多种因
素促成的语境中，其差异性大于相似性。

雷德菲尔德是站在一个后现代主义者的立场去回顾成长小说的传统
的。在过去，成长小说批评理所当然地被看成是关于成长小说文本的批
评，前者建立在后者的基础上；但是雷德菲尔德将批评和文本区分开来，
提出了成长小说理论的自我建构，这是对成长小说批评的进一步推动。雷
德菲尔德回应了成长小说批评界关于成长小说是否历史地存在还是作为批
评话语而建构的思考。例如，斯韦尔斯认为成长小说既是历史存在的，又
有着批评建构的一面（Swales，1991：48）。

在十九世纪乃至二十世纪上半期的成长小说批评中，意识形态还是一
个被遮蔽的现象。成长小说书写及其所呈现的故事形态，都以个体这一载
体而出现，个体的发展既是其手段，也是其目的，这就让人容易忽略意识
形态对它的建构。即使文本里面出现了工业理性和功利性的社会要求，例
如主人公放弃早年的文艺嗜好而变成一个对社会有用的人，但也因为文本

始终以个体为中心的模式以及作者自传性情感色彩对文本的投入，都容易让人产生一个误解，即这种放弃是个人理性的自主选择的结果。实际上，成长小说的公民教育始终是社会规训的一个环节。正如福柯的理论所揭示的那样，意识形态所进行的权力规训，不再是简单地通过否定性的手段如压制、排斥和消灭去实现的，而更多的是通过肯定性的方式如激励和改造去实现的。成长小说在个体的自愿性和社会的强制规训中间选取了一条道路，就像很多评论家指出的那样，外部的规训必须经过个体的同意，也就是内在化的形式，才能真正说这一成长实现的就是这条中间道路。到了二十世纪，随着西方各种理论的涌现和发展，成长小说批评也对其多有借鉴，更多的批评家不仅意识到文本与意识形态之间的强关系，而且也注意到了意识形态对成长小说批评本身的建构，以及对后者所设下的局限。

雷德菲尔德对成长小说的美学政治、意识形态和文类批评之间关系的定位，启发了更多的学者关注这个文类的霸权形式及其建构方式。例如，后殖民视角的成长小说研究者继续发展他的理论，去思考欧美主导的强文化与其他弱文化框架下成长的矛盾以及成长小说文类的适用性。

此外，他的创见也吸引了学者们去关注文类与话语之间的关系。例如威廉·沃斯坎普（Wilhelm Voßkamp）就持类似的观点，认为成长小说经典的出现建立在成长小说概念的话语上，即成长小说实际上是一种话语实践。用他的原话来说就是，"种类的统一只能通过关于它的交流来实现"（die Einheit der Gattung Konnte erst in der Kommunikation über sie erreicht werden）（Voßkamp：22）。成长小说的经典化历程离不开三种话语实践，即资产阶级话语实践、帝国主义话语实践和男权主义话语实践。只有到了二十世纪，当上述宏大话语面临问题的时候，成长小说的概念才遭遇了前所未有的危机。

但是，这里的困境在于，即使是以解构主义的方式去反思和质疑成长小说理论，解构主义本身还是属于成长小说理论的一环，也就是从属于其质疑和评判的对象。

成长小说的多元视角

4.1　现代主义与成长小说

二十世纪上半期，一系列社会事件带来了西方社会巨变，西方文化出现转向，以启蒙为依托的现代性面临前所未有的危机。而被誉为现代性文本象征的成长小说，也受到了巨大的冲击。

要理解这种冲击，我们可以回顾十九世纪最后两个十年到二十世纪初文学史上出现的重要作品。弗朗茨·卡夫卡（Franz Kafka）在1914年出版的《变形记》（*The Metamorphosis*）嘲弄中产阶级男性主人公成长发展的常规途径，用荒诞书写了一个异化的主人公形象。马塞尔·普鲁斯特（Marcel Proust）的《追忆似水年华》（*Remembrance of Things Past*）则通过回忆来串起情节发展，时空交错颠倒。曼的《魔山》描写了主人公在光怪陆离的疗养院逐渐迷失自我。奥斯卡·王尔德（Oscar Wilde）的《道林·格雷的画像》（*The Picture of Dorian Gray*）则用双面的形象挑战了时间的进化论和年龄的发展路线。这些作品，从各个角度改变了过去成长小说所提供的个人传记书写方式。

在现代主义浪潮的冲击下，成长小说的合法性遭到了质疑。现代性经验，如共时层面上"顿悟"（epiphany）、"漩涡"（vortex）和"震惊"（shock）对小说的介入，历时层面上意识流的出现，都对传统成长小说的

"成长"书写要素提出了新的挑战。现代主义视野中的成长小说经典作品，如乔伊斯的《一个青年艺术家的画像》、曼的《魔山》、约瑟夫·康拉德（Joseph Conrad）的《吉姆爷》（*Lord Jim*）、伍尔夫的《远航》和威廉·戈尔丁（William Golding）的《自由坠落》（*Free Fall*），都提供了不同以往的主人公形象。它们反抗过去那种以情节为主要原则的写法，转而用更具诗意的、神秘的、主题性的、偶然的、画质感的、挽歌式的因素重新架构书写。

这种转向是彻底的。可以说，它从根本上改变了成长小说对主体性的着力之处。如果说古典成长小说建构的主体性是理性建构起来的、理想化的，那么十九世纪开始的西方成长小说则走上了一条经验化的道路。从"理念"到"经验"，意味着真理的相对化，对现实世界制度的批判力度逐渐加重，这正是自二十世纪起怀疑和否定变成主流的原因。一系列社会事件改变了西方社会对现实的感知，种种创伤经验带来了主体的怀疑和破裂。现代主义浪潮下产生的成长小说文本从根本上改变了过去成长小说关于青春、身份、自由和成功的界定与想象。

西方现代主义成长小说，呈现出一系列不同于传统成长小说的特征。这些特征可以归纳为以下几点。

第一，主体性的消亡几乎是预设的、先验式的。从十九世纪的现实主义成长小说尤其是法国的成长小说开始，个人与社会的分裂就已经成为显而易见的文本特征；但此时个体的"失败"和消亡依旧是通过一个漫长的过程来展开的，其中主人公的挣扎包括其心理活动都得到了详细的描绘。但是到了现代主义成长小说时期，主人公的死亡、消失却几乎是预设的、先验式的，也是突发性的，似乎他们从一开始就与走向成熟这一结局决裂开来。

第二，向内转加强。如果说传统的成长小说主要以漫游来展开情节，那么在现代和后现代成长小说文本中，向内转的个人沉思取代了漫游，成为新的个性塑造力量。在漫游的设置上，传统的成长小说主要是借鉴了骑士小说等中世纪文类的资源，以个人的漫游形式呈现资本主义在地理扩张时期的文学政治和公共性格体验。而进入现代主义时期，地理上的开发已经完成，没有新土地、新空间再次呼唤着资本主义新人去开发，直到十九世纪还存在的地理世界的漫游在二十世纪失去了原先的土壤，精神和文化上的资源取代了地理空间上的处女地。可以说，到了现代主义时期，西方的整个历史已经为成长、思考着的个体提供了足够多的材料来促进个体的认知，因而现代主义成长小说中的主人公也随之转向了更为深邃、丰富的内在世界，对西方文化进行反刍。个人独特的内在感受表现出来的新鲜经验，弱化了原先个体对先辈和他人经验的依赖，而以一种新的方式去解析这些经验。个人的感受被放大了，具备了独立的质感来呈现个体面对的种种困境和危机。弗洛伊德的心理分析、福柯对权力和身体政治学的考察等后现代思想的兴起，反映了新时代的个体塑造所面临的新环境。心理的幽暗和婉转变成了查验成长的必经之路，而其代价就是失去了成长小说之前所青睐的整体性视域。这个新的个体所经历的是本体论的孤独。在他/她眼前展开的，是混乱而琐碎的世界；而更糟糕的是，他/她似乎已经与这个巨大且混乱的外部世界失去了最后的联系。

第三，重视形式尤其是情节的破碎成为显著的模式。从童年到青少年再到成熟的这条路径不再是构成现代主义成长小说结构的标配，相反，情节的破碎、断裂、空白、重复都成为解读现代主义成长小说情节的新的关键词。对读者而言，阅读成长小说的既有视野和期盼遭到了空前的瓦解，阅读过程需要对文本投入相当多的精力，而这也丝毫不能保证读者能够预测故事将如何结束。这一变化，从表面上看似乎意味着"成长"的"失败"，也就是过去所依赖的主人公走向婚姻、职业的稳定这一结构的瓦解，也就意味着成长小说这一文类在现代主义冲击下走向了"消亡"；但是，恰恰是情节的混乱和破碎强调并加强了青春作为成长小说乃至现代性的核心因素。也就是说，情节的破碎与青春的不可控性成为一枚硬币的两面。从这个角度来说，现代主义成长小说通过强调青春的变动和不安，把它从最终变成中年的这一图景中解放出来，彰显了"青春"的独特位置。可以说，现代主义成长小说真正发扬了成长小说文类的青春这一核心力量。

而从小说形式来说，当情节不再作为成长叙事的驱动力，取而代之的是事件的运用。各种围绕主人公成长所发生的大小事件构成了叙事的内驱力，而这些事件经由巧妙的构思，形成了作品的整体结构。这种网状式的整体结构不再是线性式的情节模式，前者更加丰富地呈现出成长过程中会出现的各种"岔路"、考验、经历，使得成长的路径也变得错综复杂，也使得成长小说的书写和阅读变得更加困难。现代主义成长小说在叙事策略和方法上做出了巨大的贡献，也为后现代主义更加破碎的成长叙事铺平了道路。

第四，特殊的时间化处理。在传统的西方成长小说中，空间的移动为主人公的活动和变化提供了舞台，变化是由外部环境所触动而进入个体。而在现代和后现代成长小说中，这一外在的空间向度被内在世界所取代，过去成长小说那种建立在现实主义基础之上的对外部世界的反映式书写，让位于主观对外部世界的认知由主观感受化来表现。结果就是，成长小说所依赖的现实外部时间这一参照物变成了小说建立起来的内部时间，微观的时间流逝取代了宏观的时间感，因果律和经验在进步观中的有效性被消解，而更多地采用非线性的叙事，历时性的时间体验通常被化为共时出现的若干片段和画面所填充。内在的丰富性呈现出更多的可能性和变化契机，对偶然性的、特殊的、感性的细节的捕捉更为充分。内心独白、意识流动之间的时空跳跃、非语境化等手法成为新的时尚。

第五，超现实的语境设置。如果说十八、十九世纪的西方成长小说对现实主义的推进达到了顶峰，那么到了现代主义时期，成长小说面临的第一个困难就是如何去承接之前的现实主义维度。如果说《人性的枷锁》尚在现实主义领域开拓，那么它也是西方成长小说在二十世纪对现实主义的最后回响。现代主义与现实主义是两种截然不同的原则；对成长小说来说，现实主义原则是其根基，而这一根基时至二十世纪上半期就已经遭到了最大的破坏。西方成长小说与二十世纪上半期西方整体的社会文化思潮同步，此时也发起了一场从内容转向形式的革命，其中最重要的一点即是对现实主义的扬弃。它放弃了反映论的真实观，而注重对个人情感色彩和符号象征系统的表现，因而主人公置身的社会历史背景在最大程度上被超现实化设置了。读者难以从细节描写中推断故事发生的具体地点和时间，面对的更像是一个梦幻式的时空；在这里，时间和空间错杂，更多的象征和隐喻被引入，呈现出一种心理的现实。

第六，完全解构了二十世纪之前成长小说作为教育小说的伦理和社会意义。即使是像十九世纪法国成长小说那样以描写主人公的"失败"为核心，它依旧关心道德教育问题。而到了现代主义成长小说这里，过去那种以教育为核心的内容遭到了最大限度的破坏。以《魔山》为例，曼的疗养院也提供了"导师"和"教育"，但是它却充满了反讽和暧昧。主人公面临的不是一个"向上"的成长，而始终被神秘、晦涩以及各种象征所包围，停顿在"未完成"状态。《魔山》的主人公不接受社会所谓的成功标准，他始终只是在一个开放式的、不确定的场域中，背对着他的读者。

第七，对成长美学的重视超越了成长的政治属性。无论是在形式上还是在内容上，现代主义成长小说都超越了过去成长叙事现实主义对模拟现实、刻画现实以及批评现实的维度；它与外部世界拉开了距离，呈现出一个主观意识所观察到的支离破碎的世界。这个世界有着一定的现实依据，但绝不仅仅是对现实的镜像描绘。它的超越，在于诉诸个体心理，并用先锋的形式来表现人的异化和痛苦。它的形式自成一体，拒绝了对外部世界进行细致的刻画。它更多是对美学的追求而非展现某种政治诉求。

第八，交叉主题的出现，提供了多视角的成长探析。奥丽芙·旭莱纳（Olive Schreiner）的《一个非洲庄园的故事》（The Story of an African Farm）奇特地混合了女性主义和反女性主义、帝国主义和反帝国主义以及种族主义和反种族主义（参见Kucich，2002；McClintock，1995；McCracken，2000）。加拿大作家莎拉·珍妮特·邓肯（Sara Jeannette Duncan）的《当

代女儿》（*A Daughter of To-Day*）和澳大利亚作家亨利·汉德尔·理查森
（Henry Handel Richardson）的《通往智慧之路》（*The Getting of Wisdom*）
等作品也是集中反映女性主义和殖民主义这两个主题的典范。

　　成长小说的现代转折面临的是关于受困的故事，充满了紧张、矛盾甚
至精神疾病。正如论者所言：

> 　　呈现在现代作家面前的实际上只有两种选择：要么迈出最后一
> 步，进入完全崩溃、精神错乱的世界，……在那里一切现实都有问
> 题；要么迈出不太激进的一步，把整个小说带到自嘲这个可以拯救的
> 平台——换言之，去创作反成长小说，戏仿这类小说的两个分支，
> 流浪汉小说和忏悔小说。第二种途径在二十世纪成长小说中最常见。
> （Miles：980–992；谢建文、卫茂平：130）

　　现代主义成长小说体现了对当代人类生存状态尤其是精神领域的高
度关注；在这里，成长故事的主人公游离于社会之外，成为边缘人或被异
化。文本对病态的描写，无论是在内容上还是在写法上都如此先锋，以至
于只有少数人才能阅读、理解和接受。甚至在这些小众的读者之间，对于
现代主义成长小说的评价，也很难找到一致。它们与众不同，又各自为
政，为现代主义成长小说提供了一座又一座的高峰。

4.2　后现代主义与成长小说

　　后现代主义时代是一个质疑和解构的时代。德里达以及众多理论家的
后现代主义理论都为成长小说提供了丰富的理论资源来反思自身，以及讨
论成长文本的新时代特征。后现代主义理论首先质疑的是传统成长小说
及其概念中的主体观念。在传统的论述中，个人与社会的矛盾以一种积
极、和谐的方式得以解决，理性统摄着欲望，让主体最终成为一个自明

的形象。后现代主义者质疑这种主体观，他们指出，这种主体是"在一个由权力和权威力量构成的领域里"（within a field structured by forces of power and authority）被塑造的。这一质疑被女性和少数群体身份的作者们推向了另一个维度，来探索另类主体性的可能性。实际上，主体性的问题变得如此复杂，以至后现代主义者们对多种身份共存的状态更为青睐。与此同时，后现代主义者还重新审视成长小说的制度化问题；这里针对的是成长小说那种寓教于乐的社会功能属性。在成长小说的诞生语境中，德国成长小说被洪堡等理论家赋予了诗学正义的概念，亦即将从模仿欧洲他国通俗小说而来的德国小说，从低级娱乐的范畴抬高到小说正史的地位，当然后者的成功也得益于歌德的《维廉·麦斯特的学习时代》所提供的典范作用。在成长小说的发展过程中，众多教育家、思想家、理论家、心理学家、教师等逐渐赋予了成长小说越来越多的社会教育功能，成长小说在某种程度上变成了教育类文本的一个分支。这种制度化也是后现代主义理论家所反对的。

从二十世纪六七十年代开始，后现代主义影响了一大批成长文本的创作。在德国、美国、英国等文化中，都能见到后现代成长小说的身影，其中包括克劳斯的《比利时的哀愁》、施特劳斯的《年轻人》、马蒂亚斯·波利蒂基（Matthias Politycki）的《析出/分解彩虹：一部成长小说》（Drop Outs / Disassembling the Rainbow: An Entwicklungsroman）和奥斯特的《4321》等作品。

实际上，如果说有一种或几种特定类型的小说叫作后现代主义成长小说，这个说法应该是欠妥当的。我们可以说，在后现代语境下创作的成长小说，或者具备鲜明的后现代主义特征的成长小说，是将后现代与成长小说这两个概念放在一起而形成的一个新的词汇；这应该是一个类家族概念，指的是它们共享的一些特性。这些特性包括以下列举的几种。

首先，强烈的"身体关怀"。从尼采（Friedrich W. Nietzsche）到胡塞尔（E. G. A. Husserl）、莫里斯·梅洛-庞蒂（Maurice Merleau-

Ponty)、弗洛伊德、雅克·拉康（Jacques Lacan）、福柯、吉尔·德勒兹（Gilles Deleuze），"从身体出发"的各种"身体美学"流行。个体与个体之间的差距，不再由传统的意识、思想、教养、观念所决定，而是由身体所决定。身体的差异，从尼采开始成为个体性的决定基础。对身体的关注前所未有地提高了。在成长小说这里，过去成长所针对的主要是心灵的变动和精神上的改变，而从现代主义成长小说文本开始，身体作为书写成长的媒介，取得了作为新的符号象征的通行证。在《魔山》中，曼呈现给我们的就不是一个在世界上横冲直撞的个体，而是一个走向休眠、休憩、无所事事状态的身体意象。而到了后现代成长小说文本中，身体的动物性、感官、欲望一面被挖掘出来，成为新的个体的物质承载。

其次，精神分裂症候的加剧。如果说现代主义成长小说在时空上消解了主体性，过去那种有凝聚力、单向的主体性已经不复存在，那么到了后现代成长文本中，主体遭到了进一步的解构。"一个"身份这个概念被一个人身上的"多种"身份所取代。在这种典型的分裂中，人格意味着更复杂的情境。有时，主体表现出精神分裂症状，冲突性的因素构成了基本的心理状态。如果说在过去成长小说主人公面临的主要是情感冲突或心灵上的冲突，那么到了后现代主义这里，则是精神错乱。这种精神分裂症状恰恰不是象征形式的，而是历史深度丧失和文本平面化带来的结果。没有历史，没有记忆，甚至也没有情感，而只有当下零碎、杂乱的情绪和感受。历史切除了它的深度性，时间被割裂，自我被偶然性包围并零散化了。而从时空体的角度来说，它也有一些明显特征。这具体表现在时间被现时化了。时间被切断了与过去和将来的联系，而只停留在不断重复的现时。

以奥斯特的《4321》为例。在这部2017年出版的作品中，奥斯特尝试用一种新的形式拓展成长叙事的可能性。弗格森（Fergusson）的童年经历呈现出来之后，突然他的成长朝着四个方向分裂开去；或者说他变成了四个不同的人，分别经历不同的成长体验，有着完全不同的人生结局。这甚至不是一个人分裂成了四种人格。作者试图通过四种成长经历，去更丰富地呈现现实和历史，但分裂的主体也难以回应作者的诉求。

最后，形式上难度增强，如文本的碎片化和杂糅都给阅读增添了困难。某一类型的后现代成长小说放弃了以情节、人物和故事为中心的建构原则，转而呈现出碎片化、杂糅等特征，成为难以阅读和阐释的文本。借用德里达的概念，后现代文本中充斥的是流动的能指，拼凑加强了混乱与流动，能指被随意地组合在一起，不再被权威和明确的规范所限制；我们从文本中找不到明晰确定的情节，从形式上看不到其意义。

成长小说在形式上的平面化和碎片化，也源于社会文化以及个体的当下处境。过去那种高扬人的完整性的启蒙式理想在当下社会文化语境中再无可能，相反，人被专业化、碎片化和工具化则成为主流。在后现代主义成长小说文本中，碎片化的人已是新常态。更值得讨论的是，碎片化又与组织化达成了高度的对立统一。

上述提到的后现代成长小说的特征，不是说它们是适用于所有文本的，而是说某一类文本可能具备其中几点特征。后现代主义成长小说文本是一个庞杂的文本家族，其多元性和复杂性不能一言以蔽之。

另一个突出的特征是，在成长小说领域，后现代的写法经常与性别写作、后殖民写作乃至现实主义写作被作者交互借用，从而使得成长小说文本具备了深度叙事的层面。因此，这类成长小说也出现了另外两个相应的特征。

其一是文本具备较强的批判性。很多成长小说文本采用了后现代主义写作手法，但它的焦点还是落在社会关注这个问题上。它将启蒙时期以来的那种对自我的关注，置换为对我们新的存在状况的关注，提出了高度的社会批判精神。它的批判性，一方面表现为反思和借鉴科技发展，从文类上来说，就是对科幻因素尤其是反乌托邦概念和核心内涵的借鉴上；另一方面则是对社会文化和政治的批评取代了过去以经济为中心的批评模式。其现实针对性加强，政治色彩较为明显，同时对主流文化的抨击也更为猛烈。

其二是身份政治的突显。身份问题尤其是性别、种族和多元文化下的个人的归属和阶层问题成为中心议题。这些边缘人成为后现代成长小说的主人公，提出了文化身份的问题。成长小说处理的是一个个体的身份，但是个体在后现代成长小说文本中可以理解为理解自我和社会的符号系统。它离不开群体归属这个问题，讨论的不是原生身份的问题，而是身份在不同的权力边际中的一种权力结构。后现代语境中的成长主体身份，变成了无根的、破碎式的、可变的，强调差异、多元和非同质化。

后现代主义介入成长小说还带来了一个新的问题，即文本的庸俗化和市场化。在美国，"中产文学"（middlebrow literature）[1]的崛起就包含了大量的成长小说文本。所谓"中产文学"，指的是以中产阶级趣味为标准，被归类为平庸、一般的文学文本，它介于"高雅文学"（highbrow literature）与"低俗文学"（lowbrow literature）之间，被认为是中产阶级为获取利益而制造的一种文学文本，尤其是对"高雅文学"进行模仿、复制和改写，却以市场和消费为真正导向，因而它被理解为大众文化生产的一环，这些文本可以被看成是媚俗（kitsch）现象的一个类型。以精英文学批评视角来看，这一文学现象的形式、品位、内容和价值都是值得批判的。皮埃尔·布尔迪厄（Pierre Bourdieu）在《区分：判断力的社会批判》（*Distinction: A Social Critique of the Judgement of Taste*）中指出，"中产文学（文化）"对主流采取迎合的态度，缺乏内在价值。就成长小说文本而言，在这一范畴内的成长叙事，描写的是主人公如何接受社会规范，走向世俗的成功。它不赞同社会变革，也不对主流社会进行反思和批判，因而这类成长小说也被看成是缺乏社会批判性而单向地指向"和谐"的文本。从这个

---

1 关于middlebrow literature的中文译文，有"中产文学""中阶文学""中额文学""中庸文学""二流文学"等多种翻译，其译名的多样性实际上很能反映这个词所拥有的丰富的含义。

角度来说，它与现代文学所提供的范本几乎是对立的。不同的批评声音也赋予了这类文本另外的文化意义。有论者认为，"中产文学"并不如上述批评视角中的那样是与现代主义相对立的，而是在以它们自己的美学方式回应现代性的要求，而要达到这个目标，则需要借助成长小说这个文类。"中产文学"成长小说所做的，是借助成长小说这个传统，继续帮助读者与外部世界达成和解；它不像现代主义成长小说那样倾向于描绘个体对社会的拒绝，但同时又间接性地保留了一定的现代主义成长小说的这一特点（Perrin：382–401）。

4.3　女性主义与成长小说

性别作为一个晚近的概念，只有到了二十世纪才开始自觉地对成长小说产生影响。引入性别这个维度，是要在西方成长小说最经典的结构中反思和解除它的男性中心主义叙述逻辑。女性主义对成长小说的影响，一方面是女性主义理论成为成长小说批评的主要方法和视角之一，另一方面则是女性主义运动和思潮促进了女性（主义）成长叙事文本的创作和接受。

二十世纪八十年代，从女性主义角度来重新界定成长小说的学术讨论兴起。女性主义的"他者"经验崛起为当代理论最为重要的环节之一，很快被成长小说批评所吸纳。我们现在讨论女性主义成长小说批评，首先需要理解这些话语是怎样在女性主义和女性主义文学文本批评的大背景中诞生和发展起来的；具体地说，这一问题包括它与女性主义和女性主义文学批评之间的关系，它对传统成长小说理论的反诘、修订和反思，以及女性主义成长小说批评的特征。

女性主义成长小说批评与女性主义和女性主义文学文本批评有着天生的亲缘关系。前者是在后者的崛起浪潮中诞生和发展起来的，当女性的身份开始成为一个问题的时候，对自我的认识和探究就从文本内外对过去看似中性的"成长"发起了声讨。西蒙娜·德·波伏娃（Simone de

Beauvoir）的名言"一个人并不是生而为女性，而是变成女性的"，可以作为女性主义成长小说批评的一个最有力的注解，亦即研究女性是如何被建构成女性的。

伍尔夫的女性主义作品《一间自己的房间》（*A Room of One's Own*）可以说是这方面的先驱之作。这部1929年出版的著作，分析了女性的受教育水平和现实因素，阐述了女性在历史上受到的种种不平等待遇、女性写作的困难、如何看待文学史上女性写作的地位和对女性文学的评价等问题。作为一本偏重理论和思想阐述的著作，它的风格也与男性所写的理论书籍完全不一样，她用风格、经验、细微之处、情感、感受这些个人化的东西梳理出她的主要观点。伍尔夫的论述并不专门针对（女性）成长小说，但是她的论点、思想和风格，尤其是她对女性之为女性所面临的种种困难，可以说在另一个层面上揭示了女性的成长困境。例如，伍尔夫认为，过去女性在青春期就受到社会习俗、观念、经济条件等制约，而成为男人的妻子或附属品，缺乏接受教育和从事职业教育如写作的机会，因此女性的成长路径和可能性完全被制约了。从伍尔夫分析的情况来对比成长所需要的背景——离开家庭、漫游、接受教育、自由地恋爱，这些活动几乎都与女性绝缘，因而现实中的女性境况与文本要求的成长概念很难有共同之处。伍尔夫指出这一状况，为后来的女性主义成长小说批评指明了一个方向。

与伍尔夫类似，埃莱娜·西苏（Hélène Cixous）的立场也建立在感性之上。她使用的是诗性语言，其阐释采用非线性形式，表现为碎片化，行文具备意识流特征。她试图通过突破语言的表面语法结构来再现父权制压制下的女性语言表达形式。西苏最重要的理论建树在于她明确提出了"女性写作"（écriture feminine）这一概念，她认为这是一种消除边界的话语模式。她提倡"女性写作"，即号召女性通过写作来建构自己的主体。

伊莱恩·肖瓦尔特（Elaine Showalter）则在其1977年出版的著作《她们自己的文学：从勃朗特到莱辛的英国女性小说家》（*A Literature of Their*

Own: British Women Novelists from Brontë to Lessing）中，分析了勃朗特时代到二十世纪英国小说中的女性文学，指出女性文学是一种特殊的"文学亚文化的发展"（肖瓦尔特：8），并将英国女性文学发展史划分为三个阶段：一为女性气质（feminine）阶段，这一阶段从1840年至1880年艾略特去世，其特征为模仿男性主导文学并将其标准内在化；二为女权主义（feminist）阶段，从1880年到1920年，以反对男性主导标准和价值为特征；三为女性（female）阶段，从1920年到当前，以"发现自我"为主导，寻求女性经验和女性写作的特质。

以认识自我为中心，女性与成长在新的时代语境下建立起新的亲缘关系；女性成长小说的创作与批评以女性经验为立足点，对女性身份的建构进行了呈现和剖析。早在桑德拉·哈丁（Sandra Harding）的论述中，女性的身份概念就得到了新的诠释。她将女性身份分为三种，分别为：个体性别，即性别认知；结构性别，是社会组织结构的总体特征和性别体现；符号或文化性别，指的是特有的社会文化如意识形态对性别的规范性（Harding：17–18）。

桑德拉·吉尔伯特（Sandra M. Gilbert）和苏珊·古芭（Susan Gubar）1979年合著出版的《阁楼上的疯女人：女性作家与19世纪文学想象》（*The Madwoman in the Attic: The Woman Writer and the Nineteenth-Century Literary Imagination*），可以说是女性主义成长小说批评的开山之作。在对《简·爱》进行的开创性阐释中，女性成长、女性身份和女性经验被放置在与男权甚至种族的框架中重新勾画，主人公简·爱与柏莎被解释为男权压迫下的女性内心的双重性。批评者依据女性经验对过去的经典文本进行了重新阐释，认为这部作品的意义在于两点：第一，它关注了隐含的线索和叙事结构；第二，它实际上预示了文本与阅读（阐释）的双向性。

在成长小说批评领域，要求将女性成长小说纳入成长小说文类范畴的呼声自二十世纪八十年代开始正式出现。在《当成长小说遇见女性：1770 — 1900年德国成长小说中的女主人公》（"Bildungsroman mit Dame:

The Heroine in the German Bildungsroman from 1770 to 1900")一文中，珍妮·布莱克威尔（Jeannine Blackwell）将其注意力指向了德国成长小说中的女主人公。她将性别作为分析成长小说的新关键词提了出来：

> 我用成长小说这个术语来谈女主人公，意指用一个富有同情心的第三者来讲述一个女性中心人物从青年到实现她的天分的成长过程；其间，她的内在发展外在地体现出来，与此同时，她也被她所影响的环境重新塑造。这一叙事探索的是学习和事件之间的辩证关系，以及事件和自我发展之间的辩证关系。（Blackwell: 15–16）

1985年，芭芭拉·安娜·怀特（Barbara Anna White）指出，成长小说是"最流行的女性主义作品"（White，1985：195）。在更为著名的《入航》（The Voyage In）一书中，编者开篇就提出了对巴克利所做的成长小说定义的质疑。相对于巴克利的"男性中心"立场，一种立足于女性经验的"成长"获得了讨论。女性批评家们强调，即使从最宽泛的巴克利成长小说定义出发，传统成长小说提供的还是只有男性才能拥有的可能性，很少有女性成长小说能符合传统成长小说定义，例如在很长的历史阶段，离开家庭去接受现代教育对很多女性来说都是不现实的，因而必须提出一个新的女性成长小说的定义。埃丝特·克莱因博德·拉博维茨（Esther Kleinbord Labovitz）也重申，只有到二十世纪社会结构和体制将传统成长小说所要求的诸如教育、性和独立等因素变成现实的情况下，女性成长才会成为可能（Labovitz：7）。

从以上论述中我们可以看出，女性主义成长小说批评从一开始就瞄准了批评者本身的身份问题。也就是说，成长小说的理论和批评建构者本身并不是中立、客观、代表普遍性的；相反，他们是具备自身意识形态和性别意识的具体个人，他们对成长小说的建构也就带上了男权主义色彩。提出这一点就从根本上质疑了启蒙时期以来成长小说的合法性。

从女性主义角度来解读成长小说，批评者都将目标对准了男权和父权制。[1]她们挖掘文本中所呈现出来的女性成长困境，尤其是面对男权制所表现出来的因素。在拉博维茨看来，女性成长小说和男性成长小说的不同之处在于，前者更多是建立在"生活经验"之上，而且它争取的平等与其说是社会平等，不如说是性别平等（246，251）。苏珊·弗雷曼（Susan Fraiman）则认为，女性成长小说中所展现的女性自我发展之可能性不仅仅受制于教育等现实因素，同时，女性成长小说的主人公对自我与社会的关系与男性成长小说中提供的有所不同。在女性成长小说这里，女性主人公能更深刻地体会到自我与社会处于一种深嵌的辩证关系中，个人的命运与历史事件、社会结构和其他人紧密联系在一起。因而男性成长小说容易出现一个理想化的个人主义目标，一个依赖意志存在的自我养成，而女性成长小说的主人公则更能体会到社会对自身的影响（Fraiman：6，10）。

女性主义成长小说批评试图建立起自身的认识论和方法论，性别作为一个基本前提被推到了她们讨论的中心。这种新的认识论基于女性经验和知识实践的框架，来重新清理过去理论和批评所依赖的概念和判断。在用新的认识论来重新分析成长小说中的女性形象时，女性的主体性在知识与权力的结构中不仅具备了生理性别，而且还带上了鲜明的社会性别范式。在这一认识论的框架下，文本中的女性形象通常被置于受害者或边缘者的位置，而且批评者就是要通过这种呈现来建立起新的理论话语。在方法论上，传统的结构主义式的分类和主题研究，也让位于更注重情感、主体感受和经验的方法论。

但这种基于经验和立场论的批评模式也是有问题的。实际上，对于"女性成长小说"这个概念，都存在着很大的争议。即便女性成长小说研究的专著已不少，但著者似乎都在小心翼翼地对待界定这个问题，以避免

1　采用这一路径的著作有很多，如彭妮·布朗（Penny Brown）的《源头的毒药：二十世纪早期的女性成长小说》（*The Poison at the Source: The Female Novel of Self-Development in the Early Twentieth Century*. New York：St. Martin's Press，1992）。

提供一个精确的定义。女性成长小说更多的是作为类家族这一较为模糊的指称而存在的。

伊丽莎白·阿贝尔（Elizabeth Abel）等人对女性成长小说的界定非常有意义，也明确了女性成长的被建构性和特殊性。然而对女性成长小说这个文类的界定，她们采取了模糊态度，正如她们自己所指出的：

> 我们选取的系列是一个拓展式的（expansive），而非排除式的（exclusive）女性成长传统图景；是建议性（suggestive）和多样性（multiple）的，而不是限定的（limited）文类界定。……从强调性别入手，这个系列指向了一个更生动（dynamic）、更多样性（multivalent）的文类界定。（Abel, *et al.*: 18–19）

这本理论著作更受人非议的地方在于，她们将童话、短篇小说和电影都放在了（女性）成长小说的范畴内（Abel, *et al.*: 14），忽略了成长小说不是作为成长主题的小说，而是一种具备特定文本模式的长篇小说。哈尔丁就在其前言中对这一点提出了批评。无独有偶，1986年，拉博维茨同样采取社会文化视角，指出了十九世纪女性成长小说的艰难发展之路，如很难进入主流成长小说传统，小说中出现了以婚姻为代表的女性成长的反讽情节，而二十世纪在新的社会环境下，当现实中的女性成长成为可能的时候，小说中的女性成长才发展起来，而且是作为对难以为继的男性成长小说的补充与对这个传统的延续而出现的。在她的论述中，女性成长小说就是关于女性发展尤其是身份问题（female identity）的书写。但同样，她并没有试图给出一个明确的女性成长小说的定义（Labovitz: 1–8）。而在怀特[1]这里，她将自己论述的对象称为（女性）"青春期小说"（novel of adolescence），并将之定位为"与'成长小说'（Bildungsroman）和'发展

---

[1] 此处指芭芭拉·安娜·怀特。

小说'（initiation story）分享一些相似特征"；但前者与后二者的主要区别在于，前者将女主人公的年龄严格地限定在十二至十九岁，而后二者则要么一般有一个年龄更大的主人公，要么对主人公的年龄根本没有限制，与此同时，"青春期小说"的最核心特征就是将"矛盾"（conflict）强调到作为小说建构根本性原则的高度（White：xii，12）。

如后现代女性主义者所言，身份并不仅仅只是由性别这一个因素构成的，而是由一系列交叉要素如种族、阶级等共同构成。从后现代主义解构主体的框架来看，女性的主体性并非是稳定的（stable）、自明的（self-evident），而成为一种符号、一系列变动的能指，在不同的语境中具有不同的指向。朱迪斯·巴特勒（Judith Butler）的《性别麻烦：女性主义与身份的颠覆》（*Gender Trouble: Feminism and the Subversion of Identity*）和《身体之重：论"性别"的话语界限》（*Bodies That Matter: On the Discursive Limits of Sex*）对拉康、德里达和福柯的"语言""权力"等观念进行批评和回应，认为他们的框架都遮蔽了女性的"主体性"。她也批评了波伏娃、朱莉娅·克里斯蒂娃（Julia Kristeva）等人的语言符号观念，认为"法国女性主义在考虑文化的可理解性时，不仅假定了男女间的根本性差异，而且还复制了这种差异"（巴特勒：212）；其"颠覆"出现了"错位"，巴特勒主张性别是不固定的，因而不能用二元对立的框架去理解，真正的女性主义应该从女性叙事学拓展到多层面的身份范畴研究。巴特勒提出"性别表演"（gender performativity）理论，对主体和权力的关系进行了重新阐释。

在漫长的论争过程中，对本质主义的抛弃已基本成为共识，文化建构主义占据了上风。以后者的观点来看，女性的身份是在历史过程中被文化和社会逐渐建构起来的。特蕾莎·德·劳拉提斯（Teresa de Lauretis）首先将"经验"（experience）界定为"主体被个体在实践、话语、机构从从事的活动所建构的过程"（de Lauretis：182）。从这个角度来说，女性成长小说是一种描述性的经验话语。它是对女性经验的呈现，并期望通过这种呈现对读者产生影响。苏珊·威尔斯（Susan Wells）从接受理论对成长小说的"再现"（representation）传统进行了新的阐释。威尔斯虽然对女性主义并不感兴趣，但是她的阐释学视角却为女性成长小说开辟了一个新的方向。她受阿多诺、尤尔根·哈贝马斯（Jürgen Habermas）和巴赫金的影响，认为女性成长小说的再现和阐释是一种"交互主体性"（intersubjectivity），是作者、文本与读者三者之间的一种修辞关系，并且文本随着历史语境的变动而发生改变（Wells：5）。

　　而在实际的理论和批评过程中，女性主义成长小说批评也面临着诸多问题。这一点首先表现在文本甄别的困难上。在编辑《入航》时，编者不仅将非小说作品涵盖在内，而且还将很多男性作家所写的、以女性为主人公的作品也包含其中。在提到女性成长小说定义时，编者坦言："虽然强调女性意识，但我们的定义还是分享传统成长小说定义中的基本设定和文类特征"（Abel, et al.：7）。因此，我们知道，女性成长小说定义的关键是提出将女性经验这一点作为叙述的中心，但问题是很难界定什么才是真正的女性经验，甚至连"真正的"女性经验这个提法也是本质主义的。总的来说，早期女性主义成长小说批评主要建立在身体、语言和性别这三点之上，强调女性的特质和两性之间的差别。她们关于女性成长小说的讨论提出了问题，却没有找到解决问题的途径，因而不难理解伊莱恩·巴鲁克（Elaine H. Baruch）1981年直接宣称："真正的女性成长小说还没有出现"（Baruch：335–357）。

　　相对于《入航》，芮塔·菲尔斯基（Rita Felski）对女性成长小说的看法显然不同。在概念上，她明确地使用了"女性主义成长小说"（Feminist Bildungsroman）这个词汇（Felski, 1989：133）。她历史性地看待女性成长问题，较之于其他女性主义批评家试图将女性与父权制/男权制对立来看，菲尔斯基赞扬女性的历史发展是朝着一个有力的方向在前进，即"对身份和不断增加的进入公共生活活动的女性新感觉的表达"（Felski, 1986：137）。菲尔斯基反对女性主义对成长小说所做的新解读，转而谴责被称为"觉醒小说"（novel of awakening）的这类文本。在《入航》中，编者将女性成长小说分为两大类型：第一类是学徒式的女性成长小说，故事大多采用历时描述方式讲述女性主人公从幼稚走向成熟的过程；第二类则是觉醒式的女性成长小说，在这类文本中，女主人公的青春期被延长，文本更注重对女性觉醒心理的描述（Abel, *et al.*: 11–12）。菲尔斯基反对"觉醒小说"，主要是认为这些文本讲述的是主人公从社会中退出，对自我采取一种自恋式的、陶醉的关注（Felski, 1986: 131–148）。她在1989年出版的《超越女性主义美学》（*Beyond Feminist Aesthetics*）一书中，再次重申了类似的观念。1995年，菲尔斯基出版了一部更重要的论著——《现代性的性别》（*The Gender of Modernity*）。此书的方法论是利用女性文化研究理论来反对通用的二元对立，即将自觉的男性化的高度现代主义与女性化的大众文化进行对立。《现代性的性别》现在被当成"新现代主义研究"（New Modernist Studies）的典型范本，这一新的批评范式的主要努力方向在于将现代主义时期的高度现代主义和先锋文学与更为广泛的文化变迁联系在一起。

当前，女性主义成长小说批评也从文本分析和审美体验走向了文化研究、政治学等领域，批评家用非裔和亚裔女性及同性恋群体在欧美的经验，来转化和修正早期女性主义成长小说批评范式。

在解构了女性自然身份的同一性这一概念之后，新的批评又提出了新的问题：我们如何界定女性性别的批判立场？女性主义成长小说批评更多是一种否定性的立场，诚如克里斯蒂娃所言，"女性主义的实践只能是否定的，同已经存在的事物不相妥协。我们可以说：'这个不是'和'那个也不是'"（张京媛：197）。与之类似，巴特勒强调"疏远"和"逃离"，也就是与社会规范保持一定的距离，在最大程度上减弱对它的需要，以"争取生活的更大适应性"（巴特勒：10）。女性主义成长小说批评更倾向于呈现女性在男权、制度、政治和文化等压迫下被规训的情态，并分析"失败的"女性成长及其原因。但仅仅呈现女性成长的困境与失败，尤其是将性别着重强调，其局限性也是非常明显的。有男性批评者指出，女性成长小说如果将自身限制在展现女性成长的困境上，在理论上是有问题的，因为成长小说的构成因素不仅在于对限制行动的那些条件的刻画，如是否具备接受教育、出行、选择职业等的自由，还在于它刻画内在欲望与外在要求之间的冲突，而后者通常更为重要。如果女性成长小说批评仅将自身限制在对第一点的描述上，就会得出现有的理论框架和批评视角；因此，女性成长小说应该从更宽泛的角度去理解自我与社会的冲突，这一冲击不仅是女性主人公所面对的，也是男性主人公需要直面的。如果女性成长小说批评做到了这一点，那么问题就将不再是是否存在女性成长小说，而是性别是怎样影响成长小说这个文类的主题范围和形式结构的（Stević：78—80）。

精英立场也成为另一个被质疑和批评的焦点。持精英立场的女性主义者倾向于建立一个平衡发展的幸福女性角色，她们对女性成长的要求是沿着权力结构对女性的定位而来的，她们倾向于相信女性能够通过个人努力而获得幸福。这一点却是很多论者批评和诟病的地方。对女性的成长道路做出世俗性的指导，尤其是对女性面临的问题忽略不计，将上层女性和中产阶级女性意识形态普遍化这一倾向，被批评为并不能真正为女性的成长指明道路。

从第三世界的女性身份来说，目前的女性主义成长小说批评也存在被结构化的危险。"去自然化"可以避免本质主义的误区，跳出二元对立的藩篱；但是女性这一性别的共同立场和范畴也势必会瓦解，这就给女性主义批评在认同上带来了危机，强调种族和阶级等的不同也会进一步瓦解女性主义普适性这一预设。钱德拉·莫汉蒂（Chandra Mohanty）的《在西方的目光下：女性主义学术与殖民话语》（"Under Western Eyes: Feminist Scholarship and Colonial Discourses"）一文即针对西方女性学者对第三世界女性的描述而谈。她指出，西方女性主义理论中存在着殖民和帝国主义的逻辑，并借此将第三世界女性的描述和呈现结构化了。因此随着女性主义的发展，女性主义成长小说批评需要在情景化和视角化的过程中，进一步考察共性与差异的兼容性，为女性成长在文本之外的空间争取更多的可能性。

在女性成长小说及其批评作为一个特定文类出现之前，由女性作者创作的以女性为主人公的成长小说已经有了相当长的创作史。有论者甚至将这类小说追溯到了比《维廉·麦斯特的学习时代》更早的文本《索菲娅·斯特恩海姆女士的历史》（ *The History of Lady Sophia Sternheim* ）。实际上，这个不断被追溯建构的"女性成长小说"传统，其概念本身尚有许多含混之处。在这里，我们还需要进一步区分"女性成长小说"和"女性主义成长小说"这两个概念。相对来说，"女性成长小说"是一个较为笼统的概念，而"女性主义成长小说"则是女性主义理论和运动思潮崛起后的产物，它主要指二十世纪七十年代及其后那些具备更自觉、更强烈的女性主义意识的文本。

十九世纪，女性成长小说已经较为盛行。其中尤其以英国文学最为瞩目，传世名作有勃朗特的《简·爱》和《维莱特》（ *Villette* ）、艾略特的《弗洛斯河上的磨坊》《米德尔马契》（ *Middlemarch* ）和《丹尼尔的半生缘》（ *Daniel Deronda* ）等。而在其他欧美国家，女性成长小说也在不断地提供新的文本。

这一时期的女性成长小说开始出现比较强的女性意识，文本注重女性的独特经验、成长困境和性别身份的制约，同时也表达了对男女平等的诉求。文本呈现了面目鲜明的女性形象，她们聪明、独立且富有同情心，这种形象将新女性与等待拯救的弱女和悍妇区分开来，以小说形式展现了正在觉醒的女性意识。

女性成长小说的创作从一开始就注意到了殖民和族裔问题，像旭莱纳的《一个非洲庄园的故事》和邓肯的《当代女儿》，这两部先后在伦敦出版的小说集中描述了有色族裔年轻女孩的成长经历。

无可回避的是，十九世纪女性成长书写同样还面临着传统思想和新兴市场对女性的塑造要求。在十九世纪下半期至二十世纪初的德国，就出现了一种颇受市场欢迎的文本类型——"少女小说"（Backfischroman）。[1]
这类小说主要是指女性作者书写的、以接近成年这一阶段的少女为读者
的文本，内容主要是讲述一个年轻女性如何应对14至17岁这一阶段的独
特困境，最后克服自身的幼稚、缺点和不足，走向成功和幸福，其结局
往往以女主人公获得完满的婚姻为终结。这类文本部分模仿了成长小说
典范《维廉·麦斯特的学习时代》的范式，其作者有着较强的文类意识。
其描述的主人公活动范围主要局限于家庭和寄宿学校，未对女性教育、
社会环境等问题给予关注，而是描述她们怎样过渡到成熟女性这一阶段。
从少女到顺从的、依赖丈夫的女人，这类文本非常典型地体现了中产阶
级对女性塑造的要求。同时，文本在女性人物性格特质上的塑造，即注
重她们如何成为一个合格的未来母亲、合格的社会公民的养育者和教育
者，也从另一个角度说明了十九世纪女性教育已经成为一个具备公共意
义的问题。

在二十世纪，随着女性地位的崛起和女性意识的加强，女性成长小
说呈现出蓬勃发展之势。英国在二十世纪初就产生了像《远航》这样引人
注目的作品。此外，尚有多萝西·理查森（Dorothy Richardson）的《尖
尖的屋顶》（Pointed Roofs）、梅·辛克莱（May Sinclair）的《玛丽·奥利维
尔：一种生活》（Mary Olivier: A Life），安东尼娅·怀特（Antonia White）
的《五月霜》（Frost in May），罗莎蒙德·莱曼（Rosamond Lehmann）的
《街上的气候》（The Weather in the Streets）等作品面世。

较之于此前，二十世纪的女性成长小说无疑更为大胆，在题材的
处理上更是涉及了当时的禁忌话题。如拉德克利夫·霍尔（Radclyffe

1　代表作有克莱芒蒂娜·黑尔姆（Clementine Helm）的《少女的忧伤和喜悦》（Gretchen's Joys
and Sorrows）、约翰娜·施皮里（Johanna Spyri）的《海蒂的学习和漫游岁月》（Heidi: Her Years
of Wandering and Learning）、伊丽莎白·哈尔登（Elisabeth Halden）的《伊娃的学习时代》（Eva's
Years of Apprenticeship）、埃米·冯·罗登（Emmy von Rhoden）的《假小子》（Taming a Tomboy）
以及L.赫尔佐格（L. Herzog）和马尔加·雷利（Marga Rayle）合著的《埃尔泽的学习时代和其他少
女故事》（Else's Years of Apprenticeship and Other Stories for Young Girls）等。

Hall)的《孤寂深渊》(*The Well of Loneliness*)就大胆地直接以同性恋为主题。这本书一出版就成为该年的畅销书,但同时也饱受争议并遭遇被禁的命运。

二十世纪六七十年代,在第二波女性主义浪潮的推动下,女性成长小说出现井喷式发展。女性主义运动促使更多女性作家在创作女性成长小说时采取了更为明显的性别政治意识。例如,埃丽卡·容(Erica Jong)的《怕飞》(*Fear of Flying*)就以直白大胆的性描写而著称,而女主人公的成长也是一个与性别斗争的过程。

但值得讨论的是,二十世纪六十年代的女性成长小说倾向于采取一种革命化的视角进行现实主义刻画;尽管这种写作策略更多的是一种修正式的现实主义,但它依旧比当时男性作家所采取的方法更为传统。同时代的男性作家已经在尝试反现实主义或在后现实主义的路上,以此来寻求内容和形式上的突破。出现这种差别,原因部分在于女性作者们倾向于相信现实生活中的性别革命迫在眉睫,女性成长依旧需要面对现实中的种种困境,因而现实主义的写法依旧是必要的。

时至今天,女性成长小说已经成为成长小说书写的重要组成部分。美国女性成长小说作为女性书写的重镇,提供了大量的文本。葆拉·马歇尔(Paule Marshall)的《棕色姑娘,棕色砖房》(*Brown Girl, Brownstones*)、玛雅·安吉洛(Maya Angelou)的自传体小说《我知道笼中鸟为何歌唱》(*I Know Why the Caged Bird Sings*)、容的《怕飞》、艾丽丝·沃克(Alice Walker)的《紫色》(*The Color Purple*)、多萝西·艾利森(Dorothy Allison)的《卡罗来纳的私生女》(*Bastard Out of Carolina*)和苏·蒙克·基德(Sue Monk Kidd)的《蜜蜂的秘密生活》(*The Secret Life of Bees*)等作品从各个角度来反映时代变迁中女性成长面临的新挑战。此外还有托妮·莫里森(Toni Morrison)的《苏拉》(*Sula*)和《宠儿》(*Beloved*)、西尔维娅·普拉斯(Sylvia Plath)的《钟形罩》(*The Bell Jar*)和琴凯德的《露西》和《我母亲的自传》(*The Autobiography of My Mother*)。

在德国，当代女性成长书写也提供了不少文本，其中有埃米内·塞夫吉·欧茨达玛（Emine Sevgi Ozdamar）的《金色号角桥》（The Bridge of the Golden Horn）等。

在西班牙，女性成长小说从二十世纪四十年代开始获得了突飞猛进的发展。卡门·拉福雷特（Carmen Laforet）的《空盼》（Nothing）是一部里程碑式的著作。在它之后，西班牙女性成长书写不断地在本国甚至国际上获得很高的荣誉。代表性的作品有安娜·玛利亚·马图特（Ana María Matute）的《亚伯一家》（The Abel Family）、埃丝特·图斯克茨（Esther Tusquets）的《每年夏天一样的大海》（The Same Sea as Every Summer）、露西娅·埃塞巴里亚（Lucía Etxebarría）的《一个平衡的奇迹》（A Miracle in the Balance）、阿尔穆德娜·格兰德斯（Almudena Grandes）的《纸板城堡》（Cardboard Castles）等。

上述作家在西班牙甚至国际上几乎都享有很高的声誉，如拉福雷特、马图特和格兰德斯。上述作品中有不少都获得了西班牙文学奖项，如《空盼》一经出版便成为第一届纳达尔文学奖（Premio Nadal）的获奖作品，《一个平衡的奇迹》获得了2014年行星小说奖（Premio Planeta de Novela），同年与之竞争该奖项的还有《纸板城堡》。《亚伯一家》1947年创作完成后也入围了当年的纳达尔文学奖。这些作品还在不同程度上形成了一个自身的小传统，例如《亚伯一家》就受到了《空盼》的影响。最为明显的特征则是，这些小说都包含了非常丰富的社会现实，使得女性成长超越了性别的范畴而具备深厚的社会性和历史性。

综合来说，西方当代女性成长小说在主题、叙事方式、语言和人物形象等多方面取得了突破。它们所处理的问题更为多元和复杂。这些文本有一些突出特征。

第一，内容和形式上倾向于呈现"失败的"女性成长形态。大部分女性成长小说的主人公都以疏离世界的姿态出现，而以死亡为结局的并不在少数，或呈现出开放式结尾。这种结构设置正是对传统成长小说结构的反抗。如果说传统以男性主人公为主角的成长小说文本，青睐以男主人公结婚来象征成长的完满达成，那么女性成长小说几乎则是有意识地反对这种乐观主义。当代女性成长小说的女主人公们面临重重困境，内心经历多重挣扎，在现实面前常常表现得无能为力；她们无法掌控自己的爱情和婚姻，陷入非常态的状态中。可以说，当代女性成长小说是一种关于"危机时刻"的叙述（McWilliams：20）。这种设置在女性成长小说中非常典型，这说明与其说女性主人公学到了社会知识以及如何融入社会，不如说她们认识到了自我发展的局限和限制。因而当代女性成长小说被评论家定义为growing down 的文类，来反对成长小说"成长"（growing up）的期待视域（Fuderer：1-7；Rosowski：313-332；Waxman：318-334）。

第二，男性角色的类型化。为了达到反父权制和男权制的目的，女性成长小说倾向于将小说中的男性尤其是父亲和恋人的角色脸谱化，比较典型的是将其矮化成无用之人或恶化成专横冷漠之人。其中，尤其是女主人公与"父亲"的矛盾，可以说是置换了性别的"父与子"的代际矛盾，主人公都需要走出权威带来的焦虑，从而发展自我。从另一个角度来说，女性成长小说对母女关系的刻画，显得更为独特。

第三，浓厚的自传或半自传色彩。女性身份的个体经验以细化的形式呈现出来，以试图提供一种亲身体会的真实感，这一点对女性成长小说来说至关重要。作品较少采用零叙述的风格，而是多采用第一人称将作者的个人情绪、思想和感受这些私密性的因素加入叙述中。实际上，传记要素一直是成长小说不可或缺的一环，而自传或半自传的形式也屡见不鲜。然而，将性别因素纳入考察范围，我们发现，女性成长小说具备更鲜明的自传或半自传色彩。不少女性作者声称，其自身的私人记忆与文本中女主人公的成长经验在不同程度上都是类似的。而读者也倾向于相信文本乃是作者亲身经历的一种表达。这种情况说明，女性成长小说呈现更多的是一个经验的主体。也就是说，这个主体面对的主要是现实经验，并以此来建立女性成长冲突的根本动因，来解构男权制下被遮蔽的生存事实。

第四，新的修辞。女性成长书写是否有一套区别于男性书写的词汇、表达和文法？对于这个问题，女性主义批评者也是各执一词。但一个不可否认的事实是，女性成长书写在尝试利用和改造过去的文化传统，来寻找和建构自己的言说方式。女性成长书写发展到当代，其重要特征之一就是重构了语言的结构和功能。它致力于呈现女性书写和表达方式，通过展现女性语言的特质及其在社会权力和规训下呈现出来的破碎、空白和沉默等形式，来重构私人领域与公共空间的关系。它采用意识流、时空的跳跃性、多重交叉视角、叙述文体的散文化等手法来协助文本探究和呈现女性经验，包括那些较为敏感的属于禁忌的话题。

女性成长小说非常典型的一种修辞手法，就是它倾向于使用女病人的叙事方式。也就是说，故事中的女主人公带有歇斯底里的气质，要么患抑郁症，要么身患其他某种精神疾病。这种疯癫的女病人话语模式，表明的是一种强烈的自我关注，但同时提供的又是一种自恋、自爱和自弃相互交错的女性声音。女性作者们用这种声音来控诉男权制度对女性的压制乃至迫害。也就是说，她们通过揭示一个有病的女性的成长，来揭露这种病的根源在于男权制。

第五，其主题除了女性主义，通常还伴随其他议题，例如种族/族裔、后殖民和移民。以女性和后殖民等多重主题交叉的成长小说文本，不仅出现在英美这样的中心国家，而且还崛起于第三世界。

相对于以男性为中心的成长小说，女性成长小说在文类面临危机的时刻反而焕发出新的生机。可以说，女性成长小说在去规范的道路上不断探索，冲击了成长小说尤其是在性别层面建构起来的权威和范式。然而在后现代的语境中，女性与主体的问题无法消解其自身的悖论，其道路依旧布满荆棘。

4.4 后殖民主义、种族与成长小说

殖民与成长小说有着天然的亲属关系。在成长小说诞生之初，这个文

类作为资产阶级崛起的象征形式，通过讲述个人的发展和成长来展现资本主义国家在走向帝国主义扩张阶段的生成状态。从卢卡奇到汉娜·阿伦特（Hannah Arendt）的论述可以看出，欧洲发展的进步神话被区域性的边缘经验所打破，过去那种幻想个体与民族共同发展达到和谐的同一性概念被破除，后帝国的多元性抛开了关于"民族"建构的神话。后殖民主义理论崛起之后，它的批评中心从"民族起源"（national origin）到"主体位置"（subject position）的转向，尤其是对主体形成过程中"自我"与"他者"的错综复杂的关系的关注，与成长小说批评碰撞出一个非常适合的契合点。

近年来，成长小说越来越吸引后殖民主义研究者的视线，他们尤其热衷于以现代性和后殖民一体的视角来探讨这一文类。正如很多论者所指出的，欧洲现代性在某种程度上可以说是对殖民主义危机的一种反映，后殖民写作在很大程度上都是被公认的现代主义协议和程序所驱动的（Gikandi：1992；Lazarus：2011）。后殖民成长小说批评从全球化的角度来讨论资本主义、帝国主义以及后殖民问题在个体成长和发展上的体现。

后殖民成长批评理论主要来源于后殖民批评理论，包括安东尼奥·葛兰西（Antonio Gramsci）的"文化霸权"理论、弗朗茨·法农（Franz Fanon）的"民族文化"和抵抗理论、爱德华·W. 萨义德（Edward W. Said）的东方主义批评、巴巴的民族/叙事和文化混杂理论、佳亚特里·C. 斯皮瓦克（Gayatri C. Spivak）的世界化理论、詹明信的第三世界民族寓言理论和罗伯特·扬（Robert Young）的融合式后殖民理论等；同时也参考西方成长小说批评史，如卢卡奇、巴赫金等的理论，并在福柯的"话语"与"权力"理论等多种理路中寻找理论资源。它挖掘新的文本阅读经验，分析不同历史语境中成长小说文本所呈现的文化身份、政治语境及文化从属关系等问题。后殖民主义成长批评的资本主义现代性也走出了早期威廉斯在阅读晚期维多利亚时代小说时架构的"城市-乡村"框架，转向了更宽阔的帝国视野。它们主要讨论第三世界个体发展的独特身份和境遇、个体身份与文化身份、历史记忆和反殖民话语分析。

通过后殖民的理论视野来进行成长小说批评，主要有以下三个方面的内容。其一，挖掘后殖民语境中新的文本，主要是指以第三世界这一地理空间为背景的成长小说。其二，分析欧美国家非白人裔的成长叙事。种族、移民、文化身份等成为核心批评话语，用以分析民族"内部"所呈现的杂糅性和复杂性。马丁·亚普托克（Martin Japtok）的《成长的种族：民族主义与美国非裔和犹太成长小说》（*Growing Up Ethnicity: Nationalism and the Bildungsroman in African American and Jewish American Fiction*）从文化民族主义和成长小说文类之间的关系入手，分析了二十世纪上半叶的美国非裔和犹太裔成长叙事之间的相似点。亚裔美国人的成长分析则有阿莉西亚·奥塔诺（Alicia Otano）的《讲述历史：亚裔美国人成长小说的儿童视角》（*Speaking the Past: Child Perspective in the Asian American Bildungsroman*）、帕特里夏·褚（Patricia P. Chu）的《成长和亚裔美国人成长小说》（"Bildung and the Asian American Bildungsroman"）等代表文献。其三，对经典文本尤其是早期现代主义文本重新进行后殖民主义视角的阐释，如对《吉姆爷》《远航》和《一个青年艺术家的画像》的新解读。经典文本的重新阐释，要求从（后）殖民的角度将文本再次语境化，主要是批判性地阐释主体成长与殖民文本化之间的关系，重点讨论意识形态在语言和文本层面的再现、帝国扩张的个体成长象征等问题。其中，埃斯蒂的著作《反常的青春》（*Unseasonable Youth*）就是这一方向的典型之作。埃斯蒂从现代性、殖民和后殖民的角度重新梳理成长小说为什么会在二十世纪走向"反发展"的成长形态，他指出，"殖民主义给成长小说的历史框架带来一种形式破损的可能性，即资本主义无法教化成国家进步时间观"（Esty，2012：17）。埃斯蒂在这里提供的是一个文化视角，他讨论成长小说文本时强调文化的语境，并将这个新的语境称为"殖民接触区"（colonial contact zone）。他认为，如果说十九世纪的成长小说是将个体放在"发展的阶梯"上来讨论"个人-民族"这一象征体系，那么二十世纪的成长小说则是强调受文化塑造的个人的与众不同之处，"世俗的静态的文化差异概念"变成了现代主义小说的"主要参考框架"（193）。从文化的角度来说，埃斯蒂将二十世纪以降成长小说出现困境的原因归纳为外部社会巨变产生的压力，也就是说一种不合时宜的短暂性时空成为常态，使得"成长"变得不稳定，而成长小说则必须适应这一情况。

后殖民理论观照下的成长小说批评，绕不过种族和身份这两大命题。在后殖民的文化语境中，个体的身份焦虑和危机以及寻找认同感的过程，自觉或不自觉地与国家和社会对个体的接受联系在一起，后者在相当大的程度上决定了成长的结局。也就是说，非白人族裔的个体生活在欧美国家或受这些文化影响的国家或地区，都不得不面临是否要接受社会同化的问题。如果同化未能顺利完成，那么个体的身份则处于岌岌可危的位置。因而，在后殖民的视野中，这种无选择的选择是有问题的。成长小说对社会同化的强调，使得个体要么失去个性而与社会其他人趋同，要么丧失社会对其的接纳而处于被边缘化的位置。正是在这个意义上，成长小说在族裔研究、种族研究领域受到了广泛的批评。

现在的问题是，对于个体来说，其成长能在多大程度上避免殖民文化霸权的影响？也就是说，作为一个非白人的主人公来说，其成长必须与身份意识和身份政治联系在一起吗？后殖民视角或意识是其必选项吗？克洛迪娜·雷纳（Claudine Raynaud）注意到：

> 成长——达到"成熟"和"谨慎"，是一个类似于结构性的"情景教学"的过程、时刻或场景，这内在于非裔美国叙事文学之中……发现美国社会的种族主义是主人公发展和"教育"的重大事件。（Raynaud: 106）

在其论述中，个体的成长已经被规约在其身份之中。与之类似，马克·施泰因（Mark Stein）也指出，英国黑人成长小说"有双重功能：既是关于主人公塑造的，又是关于英国社会和文化机构转型的"（Stein：22）。我们看到成长小说的新视域更接近一种文化研究的重点。

这里关注的主体身份问题是文化身份问题，主要分析的是"人们对世界的主体性经验与构成这种主体性的文化历史设定之间的联系"（Paul：323）。这种经验与联系既包括宏观层面的，也包括微观层面的，同时也是在不断流变和发展的；但并不总是清晰明了的，相反总是充满冲突、碰撞、困惑和游移。

可以说，这种关于后殖民主体性的讨论更多的是提供一种文化视野。用文学文本来分析种族等问题，不是要去解答该怎么办，而是直接呈现"我是谁"这个问题。它对主体的讨论，试图跳出由西方制造的、想象的"他者"维度，而去真正呈现未被他者文化本质化的"自我"。这个"自我"不是在强弱文化的二元对立之中去认识，而是显示其杂糅性和多样性。

后殖民主义理论成长小说批评的重点是重新梳理成长小说这一文类与文化领导权和意识形态之间的关系。卡斯尔在分析乔伊斯的《一个青年艺术家的画像》时，指出该作品摒弃了传统成长小说中的"追求教化和智慧的超验空间"，转而追求意识形态的质询，在这里主体是要拒绝社会体制，而非生产理性的个体来为阿尔都塞所说的"国家意识形态机器"服务（Castle：665–690）。在曼迪·特雷古斯（Mandy Treagus）的论述中，传统成长小说的个人成长实则成为帝国主义上升的象征文本。她借用萨义德的《文化与帝国主义》（*Culture and Imperialism*）指出，作为传统成长小说基础的精英主义思想，包含着一个价值观，即有价值的人得到奖赏，没有价值的人受到惩罚；而这种价值观是"建立在帝国存在的基础之上的，基于英国在世界上的地位和帝国带来的繁荣而产生的权力感和幸福感"（Treagus：4）。

玛丽亚·海伦娜·利马（Maria Helena Lima）就提出：

我不得不继续思考这个形式中蕴藏的危险，尤其是考虑到它在决定我们对身份认同的观念中所起到的历史核心作用。如果说人文主义未决的目的……是建立一个"人性的中心"……，那么成长小说作为人文意识形态最主要的载体之一，究竟帮助我们生产了什么？（Lima，2002：859）

利马从雷德菲尔德对美学意识形态的质疑出发，继续讨论在后殖民理论视域中成长小说的美学意识形态问题。在她的讨论中，外部世界与自我内部会经由文本最终达成和谐这一传统看法再次遭到了解构，后殖民观点中的成长认为这种和谐恰恰是不可能完成的。

后殖民的成长书写在模拟、借鉴和改写欧美成长小说范式的过程中，到底贡献了哪些新的东西？利马对此发出了疑问："那么，成长小说中的哪些东西，使得它这样一种在欧洲似乎已经不再有用、几乎不复存在的文学形式，能够在'海外'呈现出一种新的、可行的身份？"（Lima，1993：435）

从接受理论视域来谈后殖民成长小说是另一个热门的方法。它讨论成长小说文本面对的读者问题，尤其是欧美读者和第三世界读者的倾向性，以及其中蕴含的意义。正如很多论者所注意到的那样，几乎大部分的后殖民成长小说都以欧美读者为读者，其写作语言也主要采用欧美语言，这两个问题对后殖民成长小说的有效性提出了诸多挑战。在埃德加·桑卡拉（Edgard Sankara）看来，后殖民成长小说的这一倾向降低了其文本的真实性（Sankara：165）。桑卡拉的话实际上涉及后殖民成长小说在欧洲文类传统与后殖民语境之间所站的位置。

在杂糅、交叉和全球化的今天，对某一身份、某一本土真实性的讨论需要在具体的语境中谨慎进行。与女性主义批评类似，后殖民成长小说批评也需要注意避免本质论。对有色身份的强调不可陷入"纯真身份"的局限。以本质主义的观点所呈现的"他者"来反对西方对"他者"的界定，实际上包含着一种浪漫主义的激情。

更为重要的是，后殖民主义应该只是理解后殖民状态中主体性的视角之一，它不能取代主体所面临的现实的、多重的困难和主导意识形态对它的诱导、控制乃至塑造。也许较之后殖民主义对帝国主义霸权的批判，非洲的现实困境对个体的成长、发展和教育来说是一个更大的问题。

从二十世纪晚期的后殖民主义和少数群体成长小说的文本来谈，一些批评家开始重新将现代时期界定为一个从大都会的、民族主义的话语范式转向后殖民主义、后帝国主义范式的转型阶段。

追溯成长小说的殖民主义要素，我们可以看到资本主义在扩张初期所采取的文化地理策略。《鲁滨孙漂流记》就是一个最典型的例子。这部小说讲述的不仅是主人公的发展变化，更是将这个个体作为中产阶级海外扩张的典型来呈现。故事中的人物与历史的进程产生了奇特的共生关联，"进步"的欧洲现代性车轮带着这个个体走向辉煌（十八世纪），又碾过复杂的冲突、矛盾与痛苦（十九世纪），最后滚滚走向了二十世纪。卢卡奇讨论欧洲现实主义衰落的声音在阿伦特对帝国主义的论述中再次找到了回响。现代民族国家与文学形式的最后余晖被挥洒到遥远的殖民地上，开启了文化碰撞与权力争夺的一个新阶段。

早在1883年，旭莱纳出版了《一个非洲庄园的故事》。这部十九世纪晚期的作品混合了多种体裁风格，预示了二十世纪成长小说将面临现代主义、帝国主义和殖民主义对它的重组，用一个成长故事证明了在帝国主义笼罩下殖民地的"成长"几无可能。

二十世纪早期到中期，欧美也出现了关注其少数族裔成长的文本。这里的代表性文本包括詹姆斯·韦尔登·约翰逊（James Weldon Johnson）的《一个前有色人的自传》（*The Autobiography of an Ex-Coloured Man*）、埃德娜·费伯（Edna Ferber）的《范妮的故事》（*Fanny Herself*）、塞缪尔·奥尼茨（Samuel Ornitz）的《一本匿名的自传》（*Haunch, Paunch and Jowl: An*

Anonymous Autobiography)、杰西·福塞特（Jessie Fauset）的《梅花包子》
（*Plum Bun*）、安齐亚·耶齐尔斯卡（Anzia Yezierska）的《养家糊口的人》
（*Bread Givers*）和马歇尔的《棕色姑娘，棕色砖房》。

二十世纪末至今的四十年间，成长小说的后殖民书写越来越重要，出现了大量的新文本。这些文本主要出自两个地缘空间。

第一类是欧美世界的非白人裔作家所写的成长小说。欧美的后殖民成长小说主要强调在欧美国家处于边缘地位的个体的成长。以美国为重镇，新的成长书写注重新移民群体、少数族裔群体和女性群体与主流文化交流的过程中出现的矛盾、冲突和妥协。在英国，移民第二代作家的成长叙事在获得越来越多的文学奖项的同时，也带来了很多值得商榷的议题。库雷西的《郊区佛爷》等都是有代表性的作品。这些成长小说都反映了作者自身对身份的困惑。他们是英国人，可是却在不同程度上与这一身份有些隔阂；他们在作品中对印度等国进行了虚构式的呈现，而这种对已成"他者"的"故国"进行想象，也揭示了身份错位的可能性，其中包含一些尴尬之处。流散的身份体验带来的首先是一种不安。只要种族问题还存在，认同或抵抗似乎就只能二选一。所以，我们能看到两种相反的力量之间的角逐。一面是主流的白人文化和意识形态对其的吸引和要求。这就如褚所指出的，"在英国和美国，文学经典已成为这样一个场所：它将个体差异归纳到民族身份的统一叙事中，将物质世界的不同象征性地调和到一起"（Chu：12），而其中成长小说就是"描述并授予某些主体以民族模范的特权这样一个文类"（6）。一面则是创立和坚守非白人裔的概念来抵抗白人文化，这就不难看到很多移民创作的成长小说呈现出不同形式的异化、控诉主流社会对少数族裔的种族歧视和强调少数族裔文化对英美文化的参与和贡献。但随着英国社会对移民采取更为接纳的态度，身份和文化上的二元对立状态趋向缓和。作家们逐渐意识到，移民身份也意味着流动性和开放性；处在流动中的主体，其身份失去了确定性和纯粹性，但这又何尝不是获得了一种去中心式的可能性。

第二类是亚非拉地区产生的文本。例如以色列作家阿摩司·奥兹（Amos Oz）的《爱与黑暗的故事》（*A Tale of Love and Darkness*）就是其中杰出的代表。以《爱与黑暗的故事》为例我们可以看出，成长与现代民族国家建构依旧紧紧地联系在一起，作者们倾向于用个体的成长去讨论国家和民族的历史和现状。在这里，成长小说的美学政治功能依旧凸显。

非洲成长小说叙述的兴起是亚非拉成长小说界的突出现象。非洲的后殖民成长小说书写发轫于二十世纪并持续至今。纳丁·戈迪默（Nadine Gordimer）的《伯格的女儿》（*Burger's Daughter*）和约翰·马克斯韦尔·库切（John Maxwell Coetzee）的自传体三部曲《男孩》（*Boyhood: Scenes from Provincial Life*）、《青春》（*Youth*）、《夏日》（*Summertime*）都是杰出的代表，享有世界声誉。此外还有迈克尔·威廉斯（Michael Williams）的《第八个人》（*The Eighth Man*）、盖尔·史密斯（Gail Smith）的《有人叫林迪威》（*Someone Called Lindiwe*）和 K. L. 莫鲁普（K. L. Molope）的《修补季节》（*The Mending Season*）等文本。

作为前殖民地，非洲在语言文化上仍带着帝国主义影响的印记。例如，非洲国家大部分作者的母语是英语或法语，很多作者在欧美接受教育，并长期在欧美居住过。非洲成长小说处理成长的模式带着鲜明的后殖民地理美学色彩。

非洲的文学书写很难说是一种纯文学现象，它在很大程度上与政治和历史有关联。非洲文学的作者不仅是文学创作者，也是民族寓言的书写者、代言者，甚至在不同情况下可能是先知。戈迪默的《伯格的女儿》成长叙事就是围绕南非的种族斗争而展开的。这本书由于政治上的激进性，甚至一度成为违禁品。

对于非洲成长小说而言，它面对的困难之一，就在于其本土的身份暧昧。大部分作者接受的都是西方教育，定居在欧美，他们的作品大多也在欧美出版。当我们谈论非洲文学（包括非洲成长小说）时，就需要区分这些作家到底是旅居或移民欧美的，还是生活在非洲本土的，其读者市场是在欧美国家还是在非洲本土。而流散作家的身份又是如此特殊，他们对非洲故土所持的不仅是一种思乡之情，而且还有非洲社会和政治问题所带来的实际问题，如政治因素导致流亡欧美国家。与此同时，另一个问题在于他们的非洲书写，究竟只是将非洲当作一个主题，还是在非洲内部的另一种"在场"。

对于非洲成长小说而言，这些困境直接左右了成长在故事内外的形态。成长和教育是成长小说主人公的必经之路，但是对于在非洲出现的这一类后殖民主义成长，它接受的现代性还面临着多一重的语境，即帝国文化与后殖民主义教育的问题。非洲成长小说擅长描述一个殖民地主人公走向西方世界、接受西方教育和感受两种文化和身份所带给他/她的冲突体验。从二十世纪中期卡马拉·莱伊（Camara Laye）的《黑孩子》（*The Dark Child*）到下半期沃莱·索因卡（Wole Soyinka）的《阿凯，我的童年时光》（*Aké: The Years of Childhood*），作品里都出现了这一典型情节（Austen：2015；Okuyade：2011）。但是值得深思的是，这些文本的作者自身接受教育的情形与文本中呈现的成长教育出现了不一致。在文本中，主人公遭遇的是异质文化和教育系统对其的冲击，其感观带着强烈的文化碰撞和不适感，这一特点非常明显地体现出殖民主义教育的色彩。而同样是接受西方教育，这些文本的作者却显出与之有着更为和谐的关系，他们更能适应西方文化教育，其成长走的路径也更类似西方传统成长小说主人公走的自我教育路径。现在的问题是，当这些作家在描述故事中的成长教育时，与其说是采用了自身的成长教育经验，不如说是借用了外部资源。而作者采取这一方式，是出于考虑到西方对非洲文本包括成长小说所表现出来的期待视域，还是作者所表现出来的某种文化或政治策略？

非洲成长小说所呈现的个人成长叙事似乎缺乏个人主义和个性，主人公的身上经常带着群体、群族的共性（Austen：2015；Olney：1973）。这个问题涉及非洲的个人主义和文学传统，及其对自身文学、文化与西方关系的定位。个人主义在不同文化中的适应力和普及性并不统一是其一因素，而更重要的是作家在创作文本时处理个人主义带有的倾向性。在非洲成长小说中，个人主义甚至会被处理成前帝国与后殖民两类文化冲突的代表。西方成长小说中的个人主义往往会被理解成"自私的""孤独的"个体，与之相对，就是非洲文本倾向于书写公共的、具备同情心的主人公（Vázquez, *et al.*: 85–106）。

而在情节上，非洲成长小说通常难以提供一个明晰的主人公成长路径，主人公成长的下一个阶段几乎是不明确的，个体成长经常会出现"暂停阈域"（suspended liminality）（Austen，2015：222）。

在语言方面，大部分非洲成长小说都使用英语、法语这类欧美通用语言，其读者也有一半来自欧美国家。写作语言和其潜在读者与实际读者的受众圈一直是非洲成长小说需要面对的硬伤。本土文化和语言教育的落后、经济水平难以支撑较为成熟的读者市场、文学体制西化等客观原因导致非洲文学发展面临一系列问题。可以说，非洲成长小说更多的是作为一种精英文学而存在的。那么它如何才能在非洲本土实现启蒙大众的目的呢？非洲成长小说在这个语境中困难地求生。

明显的政治和身份意识。非洲成长小说承载着启蒙和革命两种功能，因而文本经常体现出强烈的政治和身份意识，在西方与非洲文化差异之间寻求两种身份和政治意识形态的可沟通性。成长小说在非洲的发展也试图以"个人–民族/国家"的这一象征路径发展，但实际上文本的力度非常有限，它在语言、受众、教育体制等现实因素制约下，无法承载起作为"统一体"的文本叙事系统。这在后民族国家这一全球性的语境中，更加难以完成成长小说作为民族文学重要参与者的使命。借用巴巴的理论，用民族主义去对抗殖民主义的二元论叙事，不能从根本上解决文化和身份危机的问题。

自传因素与其改写。在传统的成长小说中，自传因素已经成为成长小说创作的源泉之一。在非洲成长小说这里，自传性依旧是一个重要的文本建构环节。自传性的视角与历史产生碰撞，让个人成长叙事成为历史的参与者和见证者，有时甚至让彼此变得难以区分。例如，对于库切的三部曲《男孩》《青春》和《夏日》，学术界一直存在两种声音，讨论其究竟是小说还是传记。

与其他地域或文化中的成长小说相比，非洲成长小说的自传性还有一个特点，即这种自传性部分往往经过了大幅度的改写，尤其明显的是将作者本身接受的和谐的西方和非洲文化碰撞，改写为文化的冲突，重在描写矛盾、困难、痛苦这些要素。那么这里就出现了一个新的问题：当作者将其亲身经历的向强势文化的趋同这个向心式范式，改写成了故事中的反叛式离心范式，其意蕴何在呢？作为后殖民主义的非洲主体成长，一定就必须是反抗文学吗？

当非洲成长叙事去模拟和改写欧美成长小说范式时，前者与后者的关系又如何呢？这里就出现了一个悖论，即非洲成长小说既是欧美成长小说传统的一部分，同时又作为后者的反叛者而存在。

如何理解非洲成长小说所体现的这种后殖民性呢？拉尔夫·奥斯汀（Ralph A. Austen）提供了一段至为深刻的话：

> 这些文本与其说是非洲文学想象的产物，不如说是全球力量的项目，其补选和挪用了自传文本中的非洲主体。全球化的非洲成长小说的两个版本沿着文学论争的同样路线出现了分叉：补选投射出一个普适的、个性化的"个人自传"（autoautobiography）式的新自由主义神话，而挪用则生产出一个民族志式的"群族自传"（autophylography）。（Austen，2015：225）

非洲成长小说不仅在形式上受到了欧美成长小说传统的影响，而且它在精神和思想上也被欧美文化所主导。如何去诉说自己的历史？如何面对社会现实？对于作者们来说，他们要么将个人"神话"，对自我进行一番超越现实的想象，要么就将成长的个体作为民族寓言来使用；前者明显带有欧洲启蒙思想的印记，后者则仿写了古典成长小说的模式。因此，我们很难说这些文本是非洲的独创，而应该将其看成是全球化语境中后殖民文化作用下的产物。弱势文化要改变单纯被看、被书写的局面，离不开与强势文化的协商、妥协和改写。

从上述理路来看，将非洲成长小说仅仅看成是一种反抗性质的文学实践是有问题的。作为后殖民主义文学的非洲成长小说，如何既是西方文化的一部分，又是反抗后者的文学实践呢？或者，正是两种貌似矛盾的倾向形成了一种特殊的张力，以此来调整和改写成长小说的传统？

自二十世纪九十年代开始，越来越多的非洲成长小说倾向于叙述个人经验，很多文本都集中描写个人青少年时代的成长经历。这种转向无疑是一种新的尝试，它不同于二十世纪下半期非洲成长小说的主流倾向，后者针对的主要还是民族国家事务，也就是说这种成长书写还带着强烈的政治自觉和意识形态考量。而这些新文本则更加注重个体的个性化书写，尽管它们同样也讨论肤色、种族以及社会阶层、经济处境等问题。

需要指出的是，按照地域来区分成长小说后殖民书写的不同阵营，是按照地理所做的简要的区分。实际上，它们可以作为一枚硬币的两面来理解后殖民成长小说的所处位置：一面面向宗主国家，一面面向第三世界。这里讲的一方面是作者身份的跨越性——在欧美和第三世界之间移动，另一方面则是文本的文化结构的双重性，也就是说很多后殖民成长书写不是一种单维度的叙述，而是既有反殖民主义的颠覆性话语结构，又包含帝国主义的文化印记。对于后殖民成长小说最大的叙述主体——非洲黑人叙事来说尤其如此。讨论受殖民化主导的非洲的文学创作，我们需要面对的与其说是民族主义（这一点是针对成长小说作为现代民族国家文学的象征形式来说的），不如说是要处理泛非主义，后者关注的是"后民族国家"共同体，讨论的更多是身份问题、文化杂糅和离散经验等问题。

4.5 青少年文化与成长小说

概括而言，成长小说的诞生和发展离不开对儿童及青少年的发现，以及青少年文化的兴盛。但是只有到了二十世纪下半期，青少年文化作为亚文化凸显出来，成长小说才以新的范式进入低年龄段文化圈，并催生出以青少年为潜在读者的新的亚文类。以美国为例，二十世纪五六十年代是一个集中讨论青少年文化的时期。在六十年代，激进的、革命的、先锋的思潮和艺术风起云涌，这也是打破旧价值观、确立新价值观的时代，这一背景也促进了人们重新思考"青少年"及其教育的意义。战后美国经济的繁荣和教育的发展，也为青少年教育的蓬勃发展起到了决定性的作用。多种因素相互作用的结果之一，就是青少年文化的重新发现和青少年文学的兴起。同时，这也是一个文化工业逐渐成熟的时代。青少年文化和文学开始朝着文化工业的方向发展。从五十年代起，一系列成长小说选集出版，代表性的作品有 W. 塔斯克·威瑟姆（W. Tasker Witham）的《美国小说中的青少年：1920—1960 年》（*The Adolescent in the American Novel: 1920–1960*）、玛丽·J. 德玛（Mary J. DeMarr）和简·S. 贝克曼（Jane S. Bakerman）的《1960 年以来美国小说中的青少年》（*The Adolescent in the American Novel Since 1960*）、琼·F. 凯威尔（Joan F. Kaywell）的《作为经典补充的青少年文学》（*Adolescent Literature as a Complement to the Classics*）。虽然大部分选集都不是以成长小说来命名的，但也选取了不少成长小说文本。其中，《作为经典补充的青少年文学》选取的成长小说占比相当高，而且该书还是作为教材参考书出现的。自七十年代开始，以青少年为小说主人公和主要读者的文学作为一个明确的小说类型出现，并逐渐发展成为"青少年文学"。对应这一背景，成长小说领域也出现了面向青少年的亚类型。

"青少年文学"作为一种类型小说的崛起，无疑为成长小说的传统注入了非常重要的新鲜血液。"青少年文学"已有较长的发展史，一般会将其源头归为1967年苏珊·埃洛伊丝·欣顿（Susan Eloise Hinton）出版《局外人》（*The Outsiders*），但也有声音将其出现推到更早的时间，即1942年莫琳·戴利（Maureen Daly）出版《第十七个夏天》（*Seventeenth Summer*）（Cole：49）。"青少年文学"从美国兴起，目前在主要的西方国家如英国、加拿大、德国、澳大利亚都能看到它的身影。这个文类一般涵盖以下几个要素：主人公为青少年；情节不采取儿童故事书通常采用的"美满结局"；内容基本上是一个"成长"故事（49）。"青少年文学"一般是成年人为青少年所写的文本，读者最开始限定为12岁至18岁；而在美国，最近十几年它的读者范围被扩大到约10岁到35岁。可以说，这是一个定义宽泛的文类，概括性地包含了以青少年为读者的大量文本。它所处理的主题非常丰富，包括成长、性别、性、暴力等青少年经常遇到的议题；它涉及的叙事类别也繁多，既有童话书写、科幻故事，也有传记记叙和成长叙事。"青少年文学"中有部分文本属于成长小说。应该说，文类的混杂是当前以青少年为主体的成长文本较为特出的一个特征。

从小说的内容和形式到小说的产生和阅读接受，面向青少年的成长小说发展出一套相对完整、有章可循的模式。它们有着明确的潜在读者群，即为青少年而写。它将读者的年龄投向了young adult亦即十几岁这一特殊阶段，与此对照的是传统成长小说的读者年龄主要面向成年或接近20岁成年这个年龄段。

与之相应，这些文本在形式上也有一些突出特征。它们拥有独特的语言风格。这表现为更偏向使用口语式的、流畅简单的语言，使用当下青少年自己的语言。对语言的这种依赖也意味着文本更迭速度的加快，上一代的青少年文本很快会被更年轻的读者放弃。多重视角、多义、象征、隐喻、意象等手法的运用，使得文本具备了一定的张力和表现力。

从范式上看，这些文本大体上可以分为两种类型。一种类型是以"反成长"为基调的范式，继承的是二十世纪五十年代霍尔顿式的人物模式。它们拥有下述较为明确的文本特征。

第一，特殊的主人公形象。文本一般都会提供一个青少年英雄主人公形象，他/她对外部世界充满激情、好奇，同时也带有鲜明的反抗气质，孤独且勇敢。而且在性别问题上，文本提供了更多的性别平等，以女性为主人公的故事占到了一半。

第二，残酷青春的群体画像。青春通常被描绘为残酷的。文本描述当代青少年的特有困境：毒品、性，以及精神和心理上的紧张、不安、困惑与痛苦，其描写也更为大胆。它借助青少年特有的叛逆性来彰显失乐园中个人的困境。残酷青春是一个现代性议题。在十九世纪，对青春的描述已经开始强调它的"失败"和残酷，但它的批评视角也主要落在对成年世界的批判上。只有到了二十世纪下半期，残酷青春才开始成为一种青少年亚文化的典型描述。六十年代，"青少年文学"崛起，面对的就是青少年犯罪率显著上升这个现象，它彰显了青少年问题突出和亟须解决的迫切性。文学作为现实压力的一种反映，也将青少年内心的焦虑、紧张、不安以及随之而来的叛逆心理以故事形式呈现出来。但当代成长小说对残酷青春的描绘，也与五十年代霍尔顿式的呈现有所区别。如果说霍尔顿那种消极抵抗的形象让读者印象深刻，那么六十年代开始出现的主人公们则更叛逆，而且数量上也更多。它们的文本生产模式和读者关怀始终是群像式的，有着文本复制时代的符号特征。

第三，文本提供了青少年/成人这样一个对抗模式。这主要反映在两个方面：一方面是父母的缺席，另一方面则是从整体社会的角度来反抗成人社会的规训。成人社会通常被描述为黑暗的、压抑的，甚至是集体主义式的权威式结构，而且这种全面控制的社会随着科技的发展，变得更加直接和系统。

第四，带有较强的反乌托邦气质。如果说传统的成长小说建立起一个乌托邦关怀，那么到了二十世纪下半期，乌托邦随着世界大战的出现已经失去了往日的光辉，从而堕入破碎、痛苦的失乐园阶段。新的文本首先破除的就是宏大叙事所持有的逻辑和乐观，它借助了反乌托邦小说和塞林格式的反叛叙事传统，将反乌托邦重新纳入其青春象征系统来反抗权威。

第五，再度拾起了情节这个因素。情节在遭遇了现代和后现代的解构之后，让位于心理描写和意识流等非情节化的书写范式；然而新的文本再次表现出对情节的青睐，有吸引力的故事再次占据主要位置。冒险情节取代了传统成长小说的漫游情节。矛盾和冲突被戏剧化地置于有限的时间和空间内。在冒险的过程中，主人公接受教育、经历感情的波折并成长，这与约瑟夫·坎贝尔（Joseph Campbell）提出的"英雄之旅"叙事结构——启程（departure）、启蒙（initiation）和归来（return）——这一三段式所分派的叙事结构相吻合。空间成为一种特殊的隐喻结构，用来呈现权力关系和意识形态的冲突。主人公从安全的家庭领域进入充满危险的社会领域。他/她被甩进急剧变化、具有强烈冲突的空间中去，面对猝不及防的困难和危险。冲突的完成意味着主人公最终得以从封闭的空间逃向开放空间。

第二种就是以积极、乐观、向上的成长为基调的范式。在这类文本中，主人公的性格培养与主流价值观需要的青少年形象趋向一致。在对主人公的学习、情感、代际关系进行呈现时，文本很好地体现了一个青少年如何一步步克服困难，形成自己的人生观和价值观并找到个体自由和社会规范之间的合理空间。

从以上两种范式可以看出，文本实际上扮演了两种不同的社会功能：一种是挑战权威的解构功能，一种是积极参与的建构功能。"反成长"范式提供的反抗姿态吸引着一大批未成年的受众，引导他们思考个人与社会的未来发展方向，并提供一定程度的批判性力度。而建构性的成长小说虽然也讨论成长过程中青少年遇到的种种问题，但其方向则是对这些困难的克服，追求的是一种以爱为核心、以独立自主为主导的成长。

值得注意的是，这两种不同的范式和功能不能截然分开。举例来说，部分成长小说的青少年文本从二十世纪七十年代起逐渐被引入中学教材系统，与《麦田里的守望者》和《小妇人》（Little Woman）等作品一起被纳入正统的教育体系中。也就是说，主流意识形态所认同的文本，并不仅仅只有建构范式的成长小说，解构范式的成长小说同样也被纳入其中。与之类似，两种文本范式也同样得到了市场的青睐。这些以青少年为受众的成长小说借助电影这类新媒体，在大众文化领域也拓展成为一个影响巨大的类型。

因此可以说，这个文类以磅礴发展之势对传统的文学批评提出了挑战。其一是如何理解当代以不合作的"反英雄"为主人公的"失败"成长叙事。阿尔都塞和巴特勒提出主体的形成都是以对权力的屈服（submission）为起点的。这个提法无疑是发人深省的。就像成长故事中的未成年人最终会走向屈服的成年人这一文学形式象征的那样，儿童和青少年这个阶段所属的亚文化范畴，最终会被消解并融入主流文化吗？考虑到这些文本的作者实际上是成年人，这一点就更加耐人寻味。一个业已成年的作者，通过其笔下的"失败"的成长对青春做感伤的凭吊，也在表达对叛逆青春不同程度的留恋，以及对青少年精神的认可。然而，回到故事发生之时，青春更多地意味着弱势和痛苦。故事中的主人公不是夭亡就是在开放式的结局中身处迤逦的青春期。这一现象呈现了叛逆青春的反抗姿态，代表了亚文化用其自身的模式对主流文化的反抗。这就需要批评者在历史和共识的层面，去比较分析当代文本的特点。

其二，批评者也应该看到硬币的另一面。压制和反抗的进程永远不会停止，但与此同时，主流意识形态吸纳和改造亚文化和弱文化，这个过程会以不同的形式、在不同的历史阶段呈现；亚文化和弱文化对主流文化和强文化的模拟、改写甚至投诚也在不同程度上发生。当代成长小说的青少年文本与意识形态的关系、反抗机制的建构及其受到的限制和制约、大众读者教育问题，都呈现出与以往成长小说不同的特征。文本与意识形态、市场不总是处于一种非此即彼的关系中；在很多情况下，文本也会吸纳与之相反的要素，达成与主流意识形态和市场的契合。这一点正被越来越多的批评家认识到：

　　成长小说是青年文学中经常使用的一种话语策略，以其成长主题和青少年文化熏陶的意识形态工程而流行。尽管当代的变体可能突出了青少年有望去改变的世界存在的缺陷，并提倡作为一种代理模式的抵抗，但它们仍然提供了一个由文化规范定义的稳定的主体地位（Kealley：296）。

　　尤其是后现代主义理论进一步推进了一种意识，即主体被权力建构和限制的机制，以及青少年主体与权威机构之间的互动性。当前文本批评的方向，因而也有了更加灵活和多层的内容。针对以解构为导向的范式，批评的视野落在分析这类文本怎样将反抗进行编写，使得它能够进入官方视野的同时也获得市场的支持这一层面。将这类文本放置在"反成长小说"这个大背景中来比较当代文本与霍尔顿式的反成长故事的异同，是理解当代文类特征的重要维度。针对建构为导向的范式，批评的任务也包括这些文本对传统的成长小说模式做出了哪些改动，以及它在吸纳反成长的要素时又做了哪些操作。也就是说去理解这一现象：它在强化某些传统价值的同时，又努力吸收一些新的经验和视角，以此来创造一个新的具有建设性的文本。

　　从类型小说的生产和消费角度来说，这些文本可以看成是作为本雅明意义上的机械复制时代的产物。不同于一般成长小说中以自由主义为建构核心的个体（individual），它所提供的而更像德勒兹笔下被标签化、符号化、分解和碎片化的个体（dividual）。从这个角度来说，它的读者教育面临一个新的问题，即它具备的工具性、可操作性和程式化如何去促进和保证对读者进行人文主义教育的适用度。从这个意义上说，其读者教育更多在于一种过渡性作用，亦即提高和促进读者对文学阅读的兴趣，鼓励读者对文本进行介入式解读，同时也拓宽青少年为自己发声的渠道。它的批判维度是一种被降低了的维度，它对社会制度的反思仍然停留在印象式的层面。它对常规、现有体制、权力结构的怀疑和抗拒，始终是为了追求个性和对自身的再确定，既不是政治性的，也不是存在主义式的。而且它的反叛始终控制在适当的范围内。它也表现青少年的孤独、愤怒和无力等诸多负面情感，但是其情感强度也被弱化了。文本提供的冲突，不是阶级和性格冲突，而是降级为游戏冲突。它所归属的亚文化对主流文化的反抗始终以"暴力""性"和"死亡"为标杆，呈现的是一个较为固定、僵化的风格和形式。另一个值得商榷的问题在于，它为对抗而对抗所使用的一系列符号，究竟在何种程度上脱离了被生产的痕迹。

流行和大众化也意味着它未能逃离主流文化对它的收编。这种收编采取的最重要的手段就是商业化。商业化的一整套模式，包括文本生产和消费，将文本所提供的符号系统进行不同程度的消解，以此来弱化、限制和改写文本的抵抗要素。从这个角度来说，它的先锋性在商业化的过程中被最大限度地削弱了。

总的来说，成长小说的青少年亚文本类型提供的是一种既反抗又合作的文本；它展示了在主流文化对青春和青春书写进行收编的过程中，如何保留一定程度的话语空间。

第五章 案例分析

　　本章选取了比利时作家克劳斯的《比利时的哀愁》、英国作家洛奇的《走出防空洞》、美国作家奥斯特的《月宫》与《4321》这几部作品，来聚焦一个议题——成长小说的转型及其"困难"。这里的"困难"有两层意思：第一，是指文本中的故事主人公生活得相当不易，他们是属于痛苦型的家族的一员；第二，是指作者在创作层面遭受到的困难，在某种程度上说，这些作品面临着批评、市场或读者接受的挑战。例如，《比利时的哀愁》就是一个名声彰显而实际读者甚少的文本；《走出防空洞》第一版排版出现了大量错误，这本小说也在很长一段时间内被看作是作者较不成功的作品；奥斯特的两部小说都面临过批评的声音。本章回应这些作品所遭受的困境，呈现它们的尝试在何种维度是有意义的。此次选取的几部作品就呈现了这些"困难"的转折和尝试。克劳斯和洛奇的作品都在形式上显示出现代主义之后西方成长小说在其影响下的转向，甚至他们都在不同程度上受到乔伊斯的影响，并用其小说创作对此做出回应。而从内容上说，它们都是对二战如何影响成长的呈现，回应了欧洲版图瓦解和秩序崩溃下个体成长的迷茫和困境，讨论了民族国家和历史记忆这些问题。当然它们也有不同：《比利时的哀愁》在时间上跨越二战前后，是关于一个中立国而同时又在某种程度上是德国的同盟这样一个地理位置中的个体成长；而《走出防空洞》则聚焦在二战之后，讲的是英国立场的幸存者体验。这些异同使得这两个文本可以互相观照而展现成长叙事的多元建构；奥斯特的作品则主要体现了形式上的创新及其难点。二十世纪七十年代起，西方成长小说的叙事在形式上，一方面需要回溯现代主义带来的现实主义危机，另一方面也需要面对渐次崛起的后现代主义来探究书写的新的可能性。历史与现实交织，成长小说书写展现出巨大的丰富性和延展性。

5.1 崩溃的帝国与成长创伤书写

5.1.1 《比利时的哀愁》：中间地带、身份与成长困境

克劳斯是一名现象级的比利时作家，他的《比利时的哀愁》也被批评家誉为足以比肩乔伊斯的《一个青年艺术家的画像》和格拉斯的《铁皮鼓》。《比利时的哀愁》与这两部小说的确有很多的共同点，这些作品一起构建出了西方二十世纪成长书写乃至小说世界的崭新版图，无论是在形式上还是在内容上，都显示出小说文本对现代生活困境的卓越的表现力。

实际上，克劳斯深受乔伊斯影响，《比利时的哀愁》也是一部受到《一个青年艺术家的画像》启发的成长小说。当然克劳斯尽量淡化这种影响的焦虑，而试图找到自己的风格，并成功地将其转换成一本关于比利时家国情怀的成长小说。

故事的主人公路易斯·塞涅夫生于1929年，成长在比利时小镇瓦勒，小说主要呈现了他从十一岁到成年的成长经历，对应的历史时间为1939年至1947年，亦即二战爆发后八年至结束后两年期间。小说分为前后两部，分别命名为"哀愁"和"比利时"。前部主要描写主人公个人的经历，后部则跳跃到比利时这个大的地理范围，拓展成一种家国与个人成长同构的叙事。正是在这个意义上，《比利时的哀愁》又被称为史诗般的成长小说。从影响上看，它更像是《一个青年艺术家的画像》和《尤利西斯》结合的版本。个人成长和民族史诗的结合在成长小说传统上并不是特例。在

西方成长小说的传统框架一直就蕴含着个人成长叙事即现代国家民族的文学表征这一美学政治维度。《比利时的哀愁》特殊的地方在于它立足于特定的民族国家历史，探索出一种与之对应的小说形式。

《比利时的哀愁》的地理空间讲的是比利时。这是一个怎样的国家呢？它是一个中立国，但更为重要的是，它是一个有着复杂历史和文化背景的中立国。与荷兰、法国、德国等国毗邻，比利时在1830年独立前一直处于动荡与被不同国家占领的状态。历史遗留的问题也表现在文化和语言上。比利时的官方语言为荷兰语、法语和德语共存，从地理和文化版图上又划分出相应的区域，其中还混杂着社群和民族等问题。小说中的人物开口评论道，"比利时不是个国家，就是个状态"（克劳斯：405）。作为一个有着这样复杂历史的国家，比利时在二战期间的故事也显示出它作为一个小国的无力之处。一个可对比的文本提供了关于这个危急时刻的论述——正是借鉴了克劳斯的这部作品及其英文标题，马丁·康韦（Martin Conway）将视线放到了几乎与小说背景同时期的这段比利时历史阶段，来讨论比利时的危机。克劳斯的主人公就处于这样一个国家民族框架中，历史的危急时刻造就了路易斯·塞涅夫成长的时空体背景。

合作、抵抗还是中立，变成了这个小国的艰难抉择。克劳斯的人物与他一样对此了然于心：

> "……我们比利时人或者弗拉芒人由于国家小，思考问题起来就只会小里小气，因为我们没啥分量，随时都能用小扫帚和小簸箕给扫走。所以那些国际大问题，我们就只能当作一粒盐咯。一粒当然也不够。可是我们的世界观都被这粒盐给败坏了。"（克劳斯：490）

当德国人的身影出现在瓦勒这个虚构小镇，路易斯的家人们也各自站队。他的大部分家人主动或被动地变成了德国纳粹的合作者。他的父亲是一名印刷厂主，同时也是一名弗拉芒民族主义者，因而他在经济上是德国人的合作者，在政治上也是亲德人士。他的母亲则在纳粹占领期间爱上一名纳粹官员并成为他的情妇。他父亲的兄弟姐妹大多也是纳粹的合作者。他的爷爷是一名坚持比利时统一立场的爱国主义者。他的叔叔中只有一位是亲英人士，追随比利时在英国的流亡政府，并在二战期间牺牲在战场上。路易斯面对的就是这样一个纷繁复杂的政治场景。在面对二战的问题上，他的身份既不同于格拉斯的奥斯卡，也不同于洛奇的蒂莫西（《走出防空洞》的主人公）。主人公在这里首先面临的就是身份的模糊地带。

　　个体的自我指涉方式出现了一个鸿沟。在这小说中呈现为叙事声音的多重性，也就是小说中重复地使用"路易斯—我—他"的叙事声音转换，而且这些转换是如此快速，以至于它不仅带有"我"与"他者"的对话性质，而且接近意识流手法，又转回到了自我指涉的同一性。这种复杂的张力结构实际上并不仅仅出现在小说的前部，也就是战争开始介入的地方，而且从一开始就呈现出这种既分裂又对话的特征：

　　　　路易斯知道得很清楚，这个男人不是他的父亲。我也不是妈妈的孩子。连他们自己都不知道，当我睡在新生儿养育房的襁褓里的时候，就和另一个婴儿调换了。这件事儿只有教父知道，但他守口如瓶，只向他最宠爱的莫娜姑妈透露过，所以她对我的态度总是这么特殊。（克劳斯：551）

　　这是路易斯的一段自我想象。在这里，他的自我不仅变成了另一个他者，而且也在此基础上将他的自我与家人隔离开来。如果说这种早期的自我想象还带着强烈的个人色彩，那么到了战争笼罩的阶段，身份就带上了浓重的政治内涵。此时，少年路易斯加入了希特勒青年团的弗兰德纳粹青年团。对这种新的身份，他采取了遮掩的态度。他从父亲口袋里偷了钱，买了制服，并在家里以外的地方偷偷换上制服，当他洋洋得意地走在街上时，突然迎面碰见了他的母亲：

突然，路易斯透过灌木丛看到了他母亲。她穿着一套他从来没见她穿过的优雅的米色套装。她也和他一样，是在别处换的衣服？在艾尔拉工厂里？她用一把闪闪发光的金属勺子舀了榛果冰激凌放进嘴里，她转着舌头舔掉一半这个绿甜品，同时把这把发光的勺子送到了一个男人的嘴唇边，一个四十多岁、短头发、长鼻子、穿着白色短袖衬衫的男人。这个男人用牙齿夹住勺子，妈妈大笑，试着拔出这把让男人变成长嘴鹭鸶的金属短棍。（克劳斯：362）

迎面撞见了母亲偷情的路易斯和遇见儿子偷偷参加青年团的妈妈都有点不知所措，于是他们假装互不认识：

> "噢。"妈妈说，然后又问道："告诉我，小伙子，你叫什么名字？"
> "路易斯。"
> "他叫路易斯。和我儿子一样。"（克劳斯：364）

在这里，克劳斯加入了强烈的反讽效果，以此来呈现政治意识形态带给个体身份的暧昧之处。自我如同演戏一样被放置在一个矛盾爆发的舞台上，自我的真实处境在自我想象与他人视域呈现中来回跳摆。

随着战争的深入，路易斯发现他的个人生活和家庭生活都进一步遭到破坏，他的身份意识也变得越来越困难。此时，他经历了性的觉醒，而且这种觉醒是被迫以乱伦的方式被唤起的。他见证了家庭关系的破坏，他的母亲陷入到自己的感情中，而难以兼顾其家庭身份和责任。他的父亲也因为与纳粹合作而被抓捕、投入监狱，并在释放后过起了并不如意的生活。他的学校生活也很不顺利。摆在他面前的是被时代洪流卷得面目全非的日常生活。他在这个混乱无序的世界里横冲直撞：

其他人能立刻在这乱七八糟、四分五裂的物体、事实和现象中辨认出一种理性的关联，只有他做不到，哪怕他努力去找。但他没法努力，因为他不知道怎么去努力。只看得到显而易见的那些，表面上的那些，多了的他就感受不到了，多么屈辱！（克劳斯：498–499）

秩序的丧失不仅意味着比利时这个外部世界在战争铁蹄下的瓦解，也意味着成长的主人公对自我的未来失去了方向。在小说的后部，空间感逐渐取代前部中还存在的时间感，变成了主导的要素。没有了前部中出现的小标题，而只有"比利时"这一个大标题来总领巨大的篇幅，地理的要素压倒了其他，而呈现出一种特殊的空间诗学。这种空间诗学带着乔伊斯都柏林的影子。实际上，小说中的瓦勒曾是克特雷特一个区的曾用名。作者将这个他度过了青少年时期的城市变成了小说中的地理空间。现实与虚构重叠，整体与部分互换，交织出一个处于巨变中的地理空间。在这里，路易斯变成了乔伊斯笔下的斯蒂芬，一个世界的旁观者，一个观察者和倾听者，从一个场景到另一个场景，倾听他人的对话，在这个丧失了整体感的世界中试图找到自己的方向。

路易斯最终决定成为一名作家。战争期间的种种经历和痛苦都化作文字，被路易斯写进他的日记里，变成幸存者的记录。但是有一天他回家，发现他母亲和家中女眷们正在读他的日记。在这本无意中被他母亲寻获的日记里，路易斯用并不高明的手法试图记载他的经历和情感，其中包括他母亲给纳粹军官当情妇的内容。路易斯试图抢回自己的日记，未果。这是写作者和读者都恼羞成怒的场景。路易斯最终发现，仅仅只是用换一个名字这样的手法去书写生活中的真实，实际上并不起作用。这里涉及的并不仅仅是家庭隐私的公开，而是真实与文学书写的关系。于是路易斯决定重起炉灶。他撕碎了日记本，开始了新书创作："他写道：'冬迭南把七本禁书中的一本藏在宽罩衫下，把我招呼到身边来。'他画掉了'我'字，写上'路易斯'"（克劳斯：668）。这不仅带领读者们回到克劳斯写下的故事开头："冬迭南把七本禁书中的一本藏在宽罩衫下，把路易斯招呼到身边来"（3）。到此我们发现，主人公路易斯的自我指涉与叙述者，进而也与作者克劳斯走向了同一。故事中的主人公成了故事的写作者。

这是一部半自传体成长小说，克劳斯在写作中面临的问题不仅是如何去书写个人经历，他还要考虑如何通过个人的叙事进一步再现民族、国家的历史。这种成长小说结合史诗内涵的要求，需要作者与其人物既要保持一定的紧密关系，又需要与之分开。主人公与作者出生年份相同，主人公成长的小镇参照的是现实中的克特雷特——作者度过其青少年时期的地方，主人公和作者都有着寄宿学校经历，他们都经历过二战，还有着类似的宗教和文化背景……除开这些共同点，克劳斯需要拉开距离来审视过去并书写过去。他离开了比利时，他声称离开比利时恰恰也是因为爱比利时，他要书写比利时就必须离开它（Mertens & Davison：418）。正如克劳斯必须假借主人公路易斯之笔，在小说中，路易斯也必须假借他人身份才能将他的故事呈现给读者。路易斯拿着他的新书稿去参加征文比赛，递交时被告知"不符合规则"，因为他们"不可以认出作者来"：

> "可这上面写了你的名字啊！这可不行！"
> "这不是我的名字。"路易斯说，"这是我哥哥的名字。"
> ……
> "这个作者"，他说，"读不了规则。因为他已经死了。"
> ……
> "我哥哥是在一个集中营里丧生的。"路易斯说，"他是个积极参加抵抗运动的知识分子，但是他已经没法享受到他的地下工作的成果了。"
> "文稿里有他自己的经历吗？"
> "他自己的经历吗，当然了。"
> "这样的经历，《最新快报》肯定是感兴趣的。"

"书里没有直接写到集中营。而是……"

"哪一座集中营？"

"……以象征手法写到过。嗯，诺伊恩加默。"（我会为此遭报应的。深入血液的惩罚。癌症。首先是肠道。然后扩展到全身。）

"一个重要的主题。比利时民众必须了解真相。从第一手资料里了解。"

"他在被押走前给了我这些文稿。他上了一辆运牲畜的车。'好好保管它，路易斯。'他说。"

"您哥哥不是叫路易斯吗？"

"他请求我以后用他的名字。这样在他死了之后，我就可以挽救他的毕生心血，能够让它延续下去。我叫莫里斯。"（克劳斯：738-739）

路易斯是作为一个经历了二战的普通人来定位的，他既不是英雄，也不是反英雄，恰如整部小说都建构在对日常生活的描述上，对普通人的细节进行不厌其烦的刻画。他假借了一个并不存在的英雄来完成对庸常的呈现。但这种拔高也显然是克劳斯刻意为之的幽默。在小说中，主人公路易斯说他要完成一部小说，去追忆自己的童年，而小说的名字就叫《哀愁》。这个标题被评委会秘书认为"太单调"，并建议路易斯将书稿的标题改为《比利时的哀愁》，英文就是 *The Sorrow of Belgium*（克劳斯：739）。这就是克劳斯小说的最终命名。

在克劳斯这里，自我身份的复杂性与写作技巧的复杂化也是成正比的。小说阅读上的困难也佐证了小说叙事技巧的复杂程度。2005年的一项调查显示，《比利时的哀愁》与《圣经》《尤利西斯》等一起位于少有人真正阅读的书单前列（Debergh：192）。这与克劳斯及该小说在媒体上取得的成功完全处于两个极端。《比利时的哀愁》一经出版，不仅获得了批评界的赞誉，而且作者的声誉也随之升高，克劳斯不仅被邀请做各种讲座，而且他还被看成是诺贝尔文学奖的有力竞选人——尽管这一奖项他始终未能获得。读者在阅读《比利时的哀愁》时会遇到一系列困难。小说很少展现一个清晰连续的情节，而总是被作者有意地打断，文字通过想象、对话、跳跃被重新编排，形成了独特的叙述方式。作为一部超越现实主义的作品，《比利时的哀愁》被看成是深具现代主义乃至后现代主义风格的代表作。个人成长的神秘、残酷和洞察，结合了政治、民族、宗教和风俗的考察，构成了二十世纪后半期成长小说的又一鸿篇巨制。

克劳斯的《比利时的哀愁》对二十世纪成长小说如何再去呈现和回应像战争这样的宏大主题做出了卓越的探索。可以说，类似的主题形成了一个新的传统，被不同作家用不同形式拓展出多元的成长景观。

5.1.2 《走出防空洞》：战后成长的创伤叙事

《走出防空洞》是洛奇的第四部小说。在此之前，他出版了《电影迷》（*The Picturegoers*）、《生姜头，你疯了》（*Ginger, You're Barmy*）和《大英博物馆在倒塌》（*The British Museum Is Falling Down*）等作品，都获得了好评，但不足以带给他卓越作家的声名。洛奇在写作他的第四部小说时，有着更高的期待，他称这部小说将会是"最包容、最充分实现的"（the most inclusive and most fully achieved）。尽管洛奇声称他的学术批评和写作路径截然不同，他的批评兴趣在于现代主义作品，而其实际创作却是"新现实主义"（neo-realist）和"反现代主义"（anti-modernist）的（Haffenden：145），但他也明确说明其小说《走出防空洞》尝试借鉴和结合两种文学传统：成长小说和乔伊斯式的现代主义范式（Haffenden：151；洛奇，《走出防空洞》：371）。

洛奇决定以自己的成长经历为原型，来回应成长小说这个传统类型。作者自己也明确地指出，这部新的小说是对现实主义成长小说传统亦即Bildungsroman有意识的继承（洛奇，《走出防空洞》：371）。这里的关键信息落在"现实主义"这个概念上。它隐含了两个对比的问题：第一，与传统的现实主义（成长小说）相比，他的小说作为二十世纪后半期的一部作品，将对"现实主义"传统做出哪些修正？第二，如何综合"现实主义"和乔伊斯式的现代主义方法？

实际上，在二十世纪七十年代的英国，尤其是对于一名熟悉现代主义的作家而言，《走出防空洞》回归现实主义是不同寻常的现象。洛奇解释说，现实主义提供了一套话语传统，这套传统既在一定程度上限制了作者的创造力和想象力，也对读者提出了接受现实的要求；正因为如此，二十世纪七十年代曾经出现过逃离现实主义的浪潮。但他自己的作品——《走出防空洞》正是在这种背景下对现实主义写作的一次尝试。这是怎样一种现实主义呢？在他看来，过去传统的西方现实主义提供了一系列常规习俗对应西方世界人们组织经验的方式，例如他们将自我看成是独立个体，他们存在于可测量的时间和空间，这些看起来都是真实的。这是一种无懈可击的现实主义，它再造了一幅看似合理的世界图景，以至于读者在阅读它时会忘记自己所处的真实世界（Baker, *et al.*: 834）。从这一论述我们可以看出，洛奇回应了现实主义的真实观以及这一系统在西方思想、文化和文学上的地位。对于这位身处二十世纪的作家兼文学批评家而言，过去的这种现实主义是有问题的。他用了"看似合理"（plausible）这个词来挑明现实主义对现实经验再现的问题（834）。他从语言入手，借鉴结构主义的方法论，来阐释他所理解的文学中的现实主义：

> 写作不能直接模仿现实（比如说不像电影那样模仿现实）；它只能模仿人们怎样思考和言说现实主义，以及人们书写现实的方式。关于文学中的现实主义，一个可行的定义大概是：它是对经验的描述，所采用的方式接近于在同一文化的非文学文本中对类似经验的描述（Lodge, 2015: 25）。

按照这个逻辑，文学的现实主义就与现实经验拉开了距离，而呈现为一种话语形式。洛奇进一步阐释道，现实主义小说关注的是个体在时间中的行动，近似历史。他借用了龚古尔兄弟（Edmond & Jules de Goncourt）的那句名言："历史是发生过的小说；而小说则是可能发生过的历史"（Lodge，2015：25）。这在话语层面通过现实主义的概念为文学与历史搭起了一座桥梁。《走出防空洞》就是这一理论诉诸实践的产物。

小说开始于主人公蒂莫西五岁时的一段经历。当时正值二战时期，他看见母亲在存储食品，他还太小，不理解什么是战争，于是天真地问："什么是战争？"（洛奇，《走出防空洞》：3）随后，母亲带着他去邻居家的防空洞躲避空袭。不久之后，他见证了他的小伙伴吉尔及其母亲遭遇空袭被炸死在防空洞里。其后，作者较为简要地陈述了主人公逐渐长大的情形，但是并没有对这一段经历进行细致的刻画。

从小说删节和保留的部分来看，它们至少提供了四个层面的信息。其一，以主人公的经历为主线呈现的历史，离历史真实还差一段距离。也就是说，因为主人公还是孩子，所以他无法理解战争，因而当作者选用小男孩作为叙事声音时，他呈现的只能是这个儿童眼中的现实，亦即还未被理解的、不完整的现实。这是最基本的一点。其二，这个层面应该以问题形式呈现：为什么那种传统现实主义书写历史（无论是个人历史还是民族国家历史）的成长小说写法，已经难以为继？按照传统现实主义的理念，为了还原历史真相，小说应该像历史记录那样去书写真实的事件，而为了做到这一点，细致、具体的描写必不可少。但是像《走出防空洞》这样的二十世纪成长小说，它不再为那些看似琐碎但又重要的日常生活保留大量篇幅。作者曾经对文本的详略呈现做过解释，即在小说的出版过程中，他应出版社的要求删掉了大量关于主人公童年经历的叙述（洛奇，《走出防空洞》：376）。这样又牵扯到第三个层面，即出版社这样的文化机构对历史再现文本的选择性策略，也说明了战后英国的一个文化意向，就是强化战争以及战争带来的新的时间意识。文本更加精炼、集中地描写几个特定的点，围绕事件的历史性来展开——更确切地说，书写强化、重建和再现了二次世界大战这一历史场景。当文本将主人公成长的第一次震惊体验，也就是他第一次在心理和情感上明确回应外部事件这个开头，放在了战争这个点上，那么这就是一种将战争作为一个新的历史开端来看的时间意识。第四，从其性质来说，选择性的记忆和遗忘也将《走出防空洞》推向了创伤文学的范畴。主人公记忆的最开始，就是一种创伤性的记忆。这是一个创伤性的起点。

到此，洛奇在《走出防空洞》里遇到的问题就有效地结合在一起——战争创伤解构了传统现实主义的反映论，新的现实主义并不试图还原"真实"，它与客观拉开了距离。可以说，它在回归客观上遇到了困难，因而现实主义只能借助主观来接近客观，它只能接近，而无法直接揭示。文本在这里遇到了最初的障碍。它看起来处于两难之中，陷入了意愿与能力之间的差距带来的无力感。正如这本小说的书名所暗示的那样，它应该是一个从暗走向明的过程，但主人公所经历的历史一开始就以不完整、不被理解的状态呈现出来。这种状态左右了文本的走向，也奠定了作者乃至他这一代人都面临的一个根本任务。

对于从战后阴影中成长起来的一代人来说，怎样去诉说二战就成了一个问题。两次世界大战之后，创伤叙事成为欧洲文学的一种主潮。对于洛奇这一代人来说，战争的创伤无疑影响巨大。作者本人对如何将个人经验和历史整体观联系起来，还有着强烈的诉求。在《走出防空洞》之前，作者就已经在《生姜头，你疯了》中描述了年轻人的军队生活。到了《走出防空洞》这部有着明显的自传色彩的小说中，作者再一次带领我们回到第二次世界大战。对战争创伤的呈现是一种有意识的再建历史记忆的行为。从某种程度上说，出版社保留了主人公儿时对战争死亡的记忆，也是一种选择性的行为。这说明，创伤已经上升到主题的高度。这里有突出的几点。其一，创伤记忆是一个集体建构行为。在杰弗里·亚历山大（Jeffrey Alexander）的经典定义中，"当一个集体认识到一个可怕事件给他们的集体意识带来了不可磨灭的影响，它成为一种永久的记忆，而且根本地、不可逆转地改变了他们的未来，这时文化创伤也就产生了"（Alexander：1）。

其二，创伤在时间上有一定的滞后性。弗洛伊德甚至认为，创伤从来就不是在现实时间（real time）中获得的（Braester：7）。柏佑铭（Yomi Braester）也强调创伤的非即时性和非瞬时性（6）。其三，创伤是一种认知建构，它需要在创伤事件产生之后的一段时间内，经历再建构过程，因而创伤是一种认知。缺少认知这个环节，创伤事件不能自然而然地变成文化创伤。

始于主人公五岁时那段说不清、道不明的个体经验，《走出防空洞》必须回到战争的在场，去不断地回忆、建构、书写历史事件，以便接近真实，从而完成主人公的成长。

而文本接下来也按照上述主线发展着：主人公逐渐长大，但在此过程中其他与战争无关的细节都被最大限度地简化了，例如他短暂的寄宿生活，作者的描写重点是主人公及其父母如何在物资短缺的情况下艰难维持生计。叙述到此，文本遵循的依旧是上述现实主义和创伤叙事的框架。

但随后，洛奇需要做出选择。让我们回到文本，看看叙事时间跳跃到主人公第一次离开家，也是他第一次离开英国之际。这时他在等待大学考试的结果，摆在他面前的有两条路，一是上大学，另外一条则是去当学徒。熟悉成长小说传统的读者会发现，作者在这里设置了一个对该传统的回应。这也意味着主人公即将转入另一个他之前不熟悉的领域。就像其他成长小说的主人公一样，他在空间上要跨入一个新天地。现在，对于洛奇来说，问题变成了他应该把这个新天地安放在哪里。

读者很快就会发现，接下来的情节会让他们的视野从英国拓展到德国、欧洲乃至美国。主人公蒂莫西接受姐姐的邀请，去德国海德堡游玩。姐姐凯丝大他十几岁，常年在外工作，不喜欢回家。蒂莫西带着父母给的使命——弄清楚凯丝为什么不愿回家——只身前往海德堡。漫游欧洲的设定在成长小说中并不鲜见。这种设定基本上都暗含着一个文化视野，这也是洛奇的立意所在。在阐述《走出防空洞》的构思时，他强调这部小说应该是成长小说和乔伊斯范式的综合，而后者指的是一种社会的、文化的、跨国的框架，用以展现冲突的伦理和文化价值（Haffenden：151；洛奇，《走出防空洞》：371）。随着主人公蒂莫西从英国跨入德国，并与不同的美国人交流，洛奇也把他对战争的讨论放到了一个更广阔的天地。这里既有战胜国，也有战败国；既有受害者，也有战犯的后代。这是一个价值观和生活方式等方面都彼此冲突的交会处，在这里，主人公被抛进一系列迷雾中，带着他童年时对战争的模糊记忆和青少年时代对战后物资紧缺的深切感受，试图找到明晰的答案。

他首先遇到的是美国人唐·科瓦尔斯基，后者刚退役并准备去英国伦敦政经学院读研究生，这是一个富于思考、对历史和战争有深刻反思的人。蒂莫西在海德堡结识了凯丝的朋友圈，如文斯、格雷格等人——一群在海德堡工作的美国人，他们在物资匮乏的时代拿着高薪，享受着丰盛的生活，生活的目的似乎只是对浮华舒适的不断追求。

德国海德堡变成了一个第三空间。这是一个什么样的空间呢？在小说中，作者使用了一系列的二分法，例如贫穷/充足、战争/和平、世俗的/精神的等等，一边是那个保守、贫穷、日薄西山的帝国，另一边则是美国人控制下的富足和自由。而海德堡则属于一个中间地带——不同于英国，它属于一个战败国，表面上它看起来像是美国那样充裕，但是深入探究，它实际上是一个丧失了根基的过渡空间；而生活在其中的人，实际上并非那么幸福和自由，而更像是暂时的漂泊者。正如唐告诉蒂莫西，"海德堡到处都是不想回家的人"（洛奇，《走出防空洞》：115）。主人公就是在这样一个异托邦似的空间，一个异乡，目睹那些差异，被推到一个见证者的位置去感受、思考和追问历史，并考虑将来的发展方向，来完成个人成长最关键的一步。

在小说的结尾部分，作者跳跃式地给出了主人公成年后的境况：三十岁的蒂莫西已经在美国成家立业，生活幸福。他与他的姐姐聊天，后者也已定居美国。走出隐喻的防空洞，似乎也意味着走出欧洲，而来到美国。作者曾经在1968年谈及，越来越多战后成长起来的英国人去美国发现自我（Lodge，1968：3）。至此我们看到，一个新的世界版图在成长的个人面前展开，旧欧洲的荣耀已经一去不复返。他们聊起了在海德堡的那段经历，历史的论述终于完成。小说到此结束，主人公完成了他的成长，获得了一定的社会地位，成为一个成功的中产阶级。在这里我们可以看到传统成长小说的影子：主人公经历伤痛之后，最终获得了事业上的成功和婚姻的幸福。但这个结尾有着让人不安的格局：

> 然后那种感觉再次袭来，那种他永远不能完全消除的熟悉的恐惧感——他的幸福只是命运之神正在成熟的猎物，在某处，也许就在街角后面，有一场灾难正在等着他，而他正在无忧无虑地越走越近。撞车。绝症。一个疯狂扫射的疯子。他克制住这种情绪，就像以前许多次那样……（洛奇，《走出防空洞》：366－367）

过去的阴影以某种方式依旧作用于三十而立的蒂莫西，他在美国稳定的幸福生活也被投下了一种不确定性。那么，现在的问题是，怎样评价蒂莫西的成长完成度？这里有两个维度：对自我和世界达成更深的认知，以及在此基础上完成自我和世界的和解。洛奇给出的结局在形式上提供了和谐圆满的闭环结构，但全书依旧留下了很多意味深长的部分。对于蒂莫西的成长，作者只着重刻画他十六岁在海德堡的短暂经历，完成这部分内容后，作者跳跃到了十四年后已经三十岁的蒂莫西。这样就留下了一个问题：他的海德堡经历完成了哪些至关重要的成长醒悟环节？例如，在海德堡经历的最后，小说提到了文斯和格雷格神秘地消失了一段时间，但是直到十四年后蒂莫西与姐姐在美国重聚时，两人才再度试图回到历史的真相——"外面的传说是，他们试图与东德人接触……"，但这个说法从来"没有证据"，真相"被掩盖了"（洛奇，《走出防空洞》：359）。

这里就再次回到了洛奇所讨论的现实主义层面。现实主义无法提供历史的真实，而只能从话语和叙事角度来呈现真实。但当洛奇放弃对个体心理的细致刻画，采取伦理和文化的视角来描绘外部世界，这里就出现了一个结构性的悖论：他的现实主义要求主观性与真实的深度契合，而他对"国际"小说范式的追求又更注重伦理和文化的层面而缺少主体的内在心理变化和回应，这就导致了在叙述（个人和国家民族）历史时，个人内在知觉与外部事件之间出现了落差，事件的面貌无法完整地被个体捕捉到，这在文本中表现为蒂莫西往往不理解周围所发生的事。尽管小说提供了一个超越未成年人视角的更为成熟、更能清晰流利地表达的叙事声音，但是读者依旧在接近历史真相时面临困境。

影响小说呈现的一个重要原因在于，小说初版时出版社认为原稿体量太过巨大，因而要求作者删除了大量文字。1984年，当洛奇更换了出版社再版这部小说时，时过境迁的他只在初版的基础上做了有限的改动。因而，我们今天读到的版本依旧是删节本。

回到洛奇这里，无论是那些未被写出的潜台词，还是他的创作理念和动机，这些都可以在创伤叙事里找到一些答案。作者借主人公的口坦言，人被分为记得和不记得战争的人（洛奇，《走出防空洞》：358）。那么铭记历史和遗忘历史，究竟会走向哪两种不同的人生？

> 那段时期的焦虑和匮乏使我们谨慎而优柔寡断，对微小的仁慈心存感激，没有非常远大的雄心。我们不认为幸福、快乐、富足构成了事物的自然秩序；这些必须通过辛勤工作（例如通过考试）来获得——而且即使这样，我们享受时它们也怀着些许痛苦。（洛奇，《走出防空洞》：372）

即使主人公最终生活幸福，但他的记忆里将永远保留着战争创伤，创伤改变了主体对自我和世界的信心。洛奇的主人公必须不断回首儿时及青少年时代，并从那个起点认识自己。在《走出防空洞》这里，传统上对成长小说来说至关重要的那些事件，例如家庭关系、个人情感问题，都让位于战争阴影这个历史事实。个人的成长离不开这个语境，个体只能在此困境中寻求出路——这也正是洛奇这部小说书名所显示的。对个体亲身经历的回溯也是一个重建战争认知的过程，这个过程将天真无知转变成为深刻的历史认知，成长、创伤和叙事这三个维度被有效地结合在一起，展现了创伤不仅是个人经历过的事件而且是叙事的重新建构。

《走出防空洞》的当代意义与它的历史视域是分不开的。洛奇原本期望该小说能够成为一部突破性的作品，但它出版后，无论是市场表现还是专业批评，都未收到预期的效果。作品由于印刷原因出现了大量的拼写错误。而另一个重要的影响因素，如作者所言，则是现实主义的困境。洛奇最终不得不承认，该小说是失败的，而它的失败也导致了他本人对这种现实主义的幻灭（Baker, *et al.*: 834）。这部让作者感情复杂的小说，在2010年赢回了声誉，它入选了"遗漏的布克奖"（Lost Man Booker Prize）长名单——这一奖项是为1970年出版的小说而特别设定的；这一年，英国布克奖改变了它的规则，导致一大批小说无法参加评选。经历了曲折的出版、修订和再版，以及伴随而来的不同的批评声音，《走出防空洞》在历史的迷思中艰难地向前走了一步。

5.2 "失败"的尝试：奥斯特的成长叙事转型

从1989年《月宫》出版到2017年《4321》问世，奥斯特这位具有争议性的美国作家在成长叙事的道路上进行了不懈的探索。他的文本对后现代主义语境下的现实主义做出回应，同时也呈现了作者在这一过程中所遭遇的困境。

5.2.1 《月宫》：重构现实主义

在《月宫》中，奥斯特用自传性的经验和细节讲述了个人成长的困境。正如作者所言，这本书回应了讲述个人成长的文类传统，是一部《大卫·科波菲尔》式的小说（Mallia：264—276）。从主题和人物塑造等方面来看，《月宫》的确是一部典型的成长小说。

主人公马可·佛格与单亲母亲一起生活。直到十一岁时一场意外车祸夺去了母亲的生命，他才知道自己是个私生子，而他也从不知道其父亲是谁。他开始与舅舅维克托·佛格一起生活。马可·佛格进入大学学习，其间舅舅也因意外而去世。在孤苦无依的处境中，马可·佛格依靠贩卖舅舅留给他的书籍维持生计，并完成了大学学业。但是毕业之后，他拒绝去工作，开始在公园里流浪。他忍饥挨饿，在生命垂危之际被朋友济马和华裔女孩吴凯蒂救回。后者原本是一个萍水相逢的陌生人，后来成为马可·佛格的爱人。为了回应友人和爱人的支持，马可·佛格决定承担起责任，开始工作。他受聘照顾一位名叫埃奉的老人。在为后者写讣告的过程中，马可得知了埃奉离奇的一生。埃奉去世后，马可·佛格依照老人的遗愿，联系他从未谋面的儿子所罗门·鲍勃——一位历史学教授。在与后者建立了友谊之后，马可·佛格惊讶地得知鲍勃其实是自己的父亲。然而鲍勃很快也被意外夺去了生命。此时吴凯蒂怀孕，两人无法就孩子是否应该生下来达成一致而分手。最后，马可在前往西部的路途中再次失去了一切。

《月宫》讲述了主人公从童年到成年的经历。就像经典成长小说的主人公一样，《月宫》的主人公马可·佛格也被设定在一系列有迹可循的传统里：中产阶级背景；流浪的情节设定；孤儿身份——生父未知，而母亲早逝；他被亲戚收留抚养；他遇到了可靠的朋友，经历了爱情；他也遇到了一个年长的人生导师，后者教给他很多人生的哲理；他经历了痛苦、绝望，并收获了对自我的认知和对生活的感悟。

作为二十世纪晚期的一部成长小说，《月宫》在现实主义维度上进行了很多新的拓展，无论是写作形式还是内容都加入了很多后现代主义的元素。

奥斯特在时间维度上所做的尝试，是将过去、现在和未来进行交互式穿插。第三代人的成长需要回顾前两代人的经历才得以完整呈现，而第二代人则在想象中完成了对从未见过的父亲的祭奠。整本小说共307页，埃奉的故事从第99页开始，直到第227页才结束，作者将最核心的篇幅都给了埃奉的叙事（Auster，1989）。而鲍勃的故事主要以他写的一篇小说来呈现他的心路历程，并以主人公为读者的视角铺陈开来。这种故事中套故事的叙事模式，使得自我与他者的故事达到了一种新的融合，主人公的性格发展变化离开埃奉和鲍勃的故事就无法展开，可以说他者的地位在这里得到了一种颠覆。虽然在经典的成长小说作品中我们也能看到对他者叙述的插入，如《维廉·麦斯特的学习时代》对美丽心灵的整体描绘，但是它们从未像在《月宫》中这样占据如此重要的地位。"他者"的文本与关于自我的文本交错在一起。他者的视域被作者定位为理解自我的环节。在小说中，埃奉告诉主人公，理解自我需要从理解"我"不是什么样的人中才能真正获得。一个多元、平等的他者声音介入了自我的建构环节。而更为关键的是，他者的故事与自我的故事相关性提供了另外一种解构的维度。成长中的疑惑伴随着凝视历史的眼光逐渐接近答案，对主人公来说，成长不再像过去那样需要朝着未来视域才能呈现，而恰恰只有回顾历史才能看清自我。

埃奉的故事为后面的故事打下了基调。埃奉原名朱利安·鲍勃，出身富裕家庭，是一名画家。婚后他发现妻子是一名性冷淡者，婚姻的不幸作为原因之一促使他离家到西部的沙漠去"写生"。他带上一个名叫伯恩的年轻人一起出发，后者怀着成为一名地质学家的梦想试图进行一番实地勘察。他们匆忙中找了一个名叫斯科斯的当地导游。在向沙漠行进的过程中，三人相处得并不愉快。在一次意外中，伯恩从山顶上摔下来，生命垂危。斯科斯弃他们不顾，独自走了。鲍勃选择留下来，守着垂死的伯恩。伯恩死后，鲍勃埋葬了他，自身陷在茫茫沙漠中，生死未卜。正当他绝望之际，突然找到了一个洞穴。他进入洞穴，发现里面的食物储备非常充足，同时也发现了一个被杀死的隐士。他在洞穴里隐居起来，并决心告别自己的过去，冒充隐士的身份活下去。隐士的朋友突然来访，鲍勃得知隐士的死源于一帮匪帮拼杀。在杀死了前来复查的匪帮之后，鲍勃拿到了他们留下来的大量金钱，改名换姓自称埃奉，并通过投资重新成为一个有钱人。

在埃奉的故事传奇般地展开时，鲍勃正在艰难地长大成人。当他父亲在沙漠中离奇"摔死"后，他的母亲也开始精神失常，遗腹子鲍勃只能依靠亲戚的看护长大。虽然他的成长过程并没有经历太多的艰难困苦，但是失父的伤痛却一直伴随着他。这种创伤在他异想天开的小说中表现得淋漓尽致。鲍勃的虚构故事《凯普勒之血》充满了象征意味。故事开始于二十世纪七十年代，画家约翰·凯普勒为寻找西部之美，告别妻儿，向犹他州和亚利桑那州进发。途中他跌落山崖，垂死之际为一群雅利安人所救。这群雅利安人自称"人族"，其祖先原居于月亮之上，为避免一场罕见的旱灾而流落到地球一个被他们称为"首物森林"的地方。他们在这里与"他者"和谐地生活在一起，直到有一天一群"野人"——"胡须者"驾着木船来到他们的领地，并开始肆意砍伐森林。"人族"与"他者"要求"野人"停止他们的野蛮行径但遭到拒绝，于是双方展开了斗争。在无力抵抗"野人"的情势下，"人族"开始向更边远的"黑暗地带"迁徙，但一直摆脱不了"野人"的追杀。最后他们来到"首物森林"的尽头，发现了气候条件恶劣的"坦然世界"。他们从那里移到"天空之地"，最后定居在"野人"不愿前往的蛮荒之地"稀水之地"，开始了他们的"新时代"。凯普勒决心忘掉自己的妻儿，并以救世主的身份在"人族"中间生存下来，在新世界他也有了自己的家庭和孩子。渐渐地，他在长岛的儿子小约翰·凯普勒长大了，前来寻找父亲。小约翰·凯普勒见到了自己的父亲，但后者拒绝与其相认。小约翰·凯普勒为报复而杀死了自己的父亲。但他的弑父行径却被约翰·凯普勒在"人族"的儿子乔可明窥见。乔可明跟随一个隐士学会了变身术，在他们的部族遭受旱灾、瘟疫、内讧之际，他决心替父报仇。他化名为杰克·月亮，诱拐了小约翰·凯普勒的儿子，并将其改名为努玛。他自己则变身为女人，并与努玛生下了他们的后代。小约翰·凯普勒前来寻找儿子，在不知情的情况下杀死了自己的儿子，而他自己也被土狼所杀。

在这两个情节曲折的故事中，我们看到父与子的无沟通状态伴随着西部与东部、文明与野蛮的对比，在不断地寻找与逃离的过程中反复出现。实际上，这也构成了祖孙三代的共同宿命。鲍勃一生都未曾与其父谋面，而马可·佛格也只是在不知情的情况下与鲍勃相处了非常短暂的时光；他们的母亲都过早地去世，他们由亲属抚养长大。上一代几乎总是缺席。经验无法传递。同样的苦痛不断地重复出现。

在经典的成长小说中，缺父或者孤儿设定几乎是一个必备的环节，但在奥斯特笔下，其中的象征意义得到了深化。父亲角色的缺失背后，是东部城市与西部野蛮的一组对比，作者将文化的反思刻画到主人公的精神内部。在这本小说中，月亮的意象以不同的形式出现，如美国的首次登月事件、主人公的舅舅组成的"月球人"乐队、名为"月宫"的中餐馆、叫作"月光"的画作、祖辈栖居月亮上的"人族"、小说结束时主人公抬头望见的一轮满月。奥斯特将毛姆笔下"月亮"与"六便士"的对比，重新放到了对西方文明反思的框架中。如果说十八、十九世纪的成长小说都会讲述一个外省/农村出身的主人公进入城市来接受教育，那么在奥斯特这里，主人公及其父辈和祖辈总是向往离开城市，而把期待投向荒芜的西部，甚至是东方的代表——中国。这个家族的第一代人埃奉为了寻找另一种空间的美而跑去西部作画，第二代人鲍勃是一名研究美国边疆和殖民地历史的教授，第三代人马可·佛格也被边疆所吸引。但是正如小说中所描述的，当马可·佛格为完成父亲的遗愿，前往寻找祖父曾经隐居的洞穴时，他发现它已被大坝掩蔽，西部、东方、月亮的救赎就像是一个神话一样遥不可及。

正是在这一背景下，我们可以理解为什么主人公在大学毕业之后拒绝工作，而开始在公园里流浪。作者以非常细致的笔触，生动地描述了主人公如何像流浪汉一样在公园里维持生存。奥斯特最娓娓动人的笔触都给了这些关于饥饿和贫穷的描述。

经典成长小说对孤儿、饥饿也进行了结构性的设定，但是它们主要是将这些元素作为一种社会批判来呈现的。尤其是在英国的成长小说文本中，个体通常被描述为无辜的人被抛入复杂的世界中，成为险恶环境的受害者。而在奥斯特这里，孤儿和饥饿不是作为社会批判出现的，而是作为一种存在主义式的象征出现的。奥斯特的主人公们并不是被动地成为社会的受害者，而是主动地与之保持距离。二十世纪五十年代，反成长人物霍尔顿横空出世，象征着成长小说进入了一个新阶段。霍尔顿之后该怎么走？奥斯特的《月宫》可以看成是对这一问题的回应。

疏离是新个体的一个典型特征。奥斯特的主人公们主动而非被动地拒绝了常规世界与文明，他们主动与世界拉开了距离。马可·佛格"想活得危险，把自己逼到极限"（奥斯特，2008：1），在面对即将流离失所时，他也绝不采取任何有效的措施。而埃奉离开纽约去西部冒险的理由，也是"看见自己死亡的机会，于是就逮住机会好好利用"（155）。鲍勃致力于"独立于人世之外"（249）。但是反讽出现了。当个体与世界保持疏离之时，其自身形象也遭遇了危机。埃奉成了瘸子和瞎子。鲍勃拥有一个巨大、肥胖的身躯，这个巨人般的体魄已经不能带给他拉伯雷式的自信，相反成为一个可笑且可悲的符号。而当马可·佛格费尽心力来维持绝境中的体面时，他不过是在无力地运用各种语言的技巧。通过这种反讽我们可以看到，奥斯特笔下的主人公们实际上面临着两难处境——追求自由和个性，却不得不意识到绝对的自由和个人主义几乎是行不通的。而三代主人公几乎都处在这两难中，陷入不断重复的循环。埃奉逃离金钱，但临死依旧是一个富翁；而他的艺术生涯却在追求自由的过程中断送，他在洞穴的画作无一留下。鲍勃和马可·佛格不断地经历"失去—获得—失去"这个过程，然后回到起点。

与此同时，空间的意义也同样被解构掉了。《月宫》中的空间形式很有特点。封闭的空间如洞穴、房间更能提供给主人公们归属感。但是这些封闭空间却不断地遭到外界的驱逐。洞穴被大坝掩蔽，房子被卖掉或者无力续租，开阔的空间如马可·佛格栖身的公园也充满了种种危险。主人公置身其中却发现"我是破坏的工具，是国家机器中松脱的零件，是无法融入大环境、要负责搞砸一切的家伙"(63)。世界的图景并没有展现出任何可以容身的地方。马可·佛格最后凝望的东方，是否可以提供新的归宿呢？当小说以开放式结尾结束，这个问题的答案也随之变得无解。

如果世界和主体彼此关闭，那么最后剩下的只有自身与自身的对话。这就是奥斯特整本小说建立的基础。故事是被讲述出来的，历史也是经由虚构的小说得以呈现的，因而如果要呈现一种历史和"真实"，语言表述能力和形式以及对细节真实性的呈现变得至关重要。埃奉在讲述自己的故事时对细节投入了超乎寻常的关注："小心翼翼地爬梳自己的故事从不懈怠，不放过任何细节，反复填补琐碎的情节，详尽地说明最最细微的差别，以求重现过往"(187)；主人公在埃奉的训练下接受怎样用语言去呈现细节——这些都证明了语言和历史之间的关系及某种困境。在《保罗·奥斯特的浅薄》（"Shallow Graves: The Novels of Paul Auster"）一文中，詹姆斯·伍德（James Wood）强调了奥斯特通过偶然性、戏剧性将情节组合起来的方式，是一种现实主义与后现代主义的平庸杂交（伍德：311–322）。

奥斯特面临一个困境。当用后现代眼光去看待一个正在成长中的个人和国家叙事时，如何重写这个主题已经成为一个问题。在美国成长小说传统中，将个人成长叙事与国家开疆拓土的进步神话联系在一起由来已久。以"天真"观念为中心，美国的进步神话以个人成长的形式展现开来。但在二十世纪中期以后，对这一传统的反叛无一不变成了新的诉求。《月宫》的文类似乎与漫游小说、传奇故事以及当代的美国西部故事等文类杂糅在一起，它借助巧合将一个个传奇故事组合成"好看"的文本，与此同时又穿插进各种复杂的隐喻，试图呈现出一种"深度"叙事效果。

就其西部意象而言，它在第一代人和第二代人分别展开的虚构中完成了对现实的改写。无论是埃奉还是鲍勃，他们对西部故事都无法采取坦率的态度直接去接纳现实，而只能通过虚构和想象去超越现实中的西部。在埃奉的故事中，西部是一种传奇性的、浪漫化的表征。这正好对应了美国传统的国家进步观念。而在鲍勃的历史性眼光中，这种浪漫化的西部开始受到质疑。而第三代见证者则发现埃奉的西部故事其实只是呈现在他的叙述中——"他的叙述在当时具有一种幻想的特质，常常他好像不是在回忆自己的人生经历，而只是在创造一个寓言来解释人生"（奥斯特，2008：187）。历史的真相就像那个洞穴一样，无迹可寻、无可证明。真实性的统一性被审视。从第一代逐步到第三代，我们发现某种稳固的、天真的领土开拓被逐渐解构掉了。作者进入一个新的核心——他提醒我们美国建国史实际上是一则被叙述的历史、被阐释的历史，是一种呈现。但与此同时，文本用巨大篇幅描绘的埃奉的浪漫景观却一再提醒我们，过去的荣光并没有消散，而是在念旧的情怀中获得了强调。因而，西部的意象出现了很多层次。

与此同时，月亮的意象也同样面临张力。一方面，月亮代表了某种向往和希望，一种尚未实现的未来，它与现实对立，提供了某种可能性。马可·佛格在中餐馆"月宫"中寻求安慰，对抽到的纸条"太阳是过去，地球是现在，月亮是未来"汲汲于心（奥斯特，2008：98）；在《月光》的画作中看到的隐喻；有着美好品德的"人族"移民到月亮上；主人公在黑暗中望着一轮满月"在黑暗中找到自己的位置"（319）；主人公乃至其父辈和祖父辈都被赋予了"月亮上的人"这一气质——这些都呈现出一种异托邦式的可能性。但另一方面，小说开篇之句"那是人类首次登陆月球的夏天"（1），却带领我们进入对进步观的质疑中。

这让我们不得不思考《月宫》所设定的时代背景——二十世纪六十年代。小说开篇就将叙述的时间设定在这个阶段，主人公进入大学，经历了他舅舅的死亡，并从此开始了自我放逐。这是主人公故事的开头。用作者自己的话来说，《月宫》是对1970年前后那个分崩离析的世界的回应。[1]

1　见 Shaw, Susan.（Producer & Director）. *Paul Auster*. Ed. Melvyn Bragg, 1997。

5.2.2 《4321》：分裂与后现代主义

如果世界处于一种分崩离析的状态，那么个体要如何生活其中呢？在2017年出版的作品《4321》中，奥斯特尝试用一种新的形式来拓展成长叙事的可能性。

故事讲述了主人公弗格森的成长经历；但是故事在写实与想象之间，刻画了弗格森四种不同的人生历程。作为移民第三代人，弗格森出生于1947年3月3日，他是露丝和斯坦利的独生子。越过童年之后，他的人生以四种不同的道路展开。1号弗格森见证了父亲被家族人背叛后生意由盛转衰；他在一场车祸中失去了两根手指；他进入哥伦比亚大学学习文学，喜欢诗歌翻译；他爱上了激进的艾米；最后在二十四岁那年失去了生命。2号弗格森十三岁时在一场意外中身亡。3号弗格森的父亲生意失意，被一场大火夺去了生命；在无法接受这一打击的情况下，他开始厌学，质疑上帝，为了找妓女发泄性苦闷而偷窃书籍被抓；他放弃了上大学，成为一名同性恋，一名作家，并于二十三岁那年死于一场车祸。4号弗格森遭遇了父母离异，他与自己眼中那个追逐商业成功的父亲日渐疏离；他进入普林斯顿大学主修文学，并在维护其姐姐艾米的过程中与种族歧视主义分子发生冲突；后转学至布鲁克林，这个患有不育症的弗格森最终变成了一名作家。

相对于《月宫》的成长叙事来说，《4321》无疑提供了一些新的因素。一方面，这些因素是对作者此前写作模式的新突破；另一方面，从成长小说的整体语境来说，它们也回应了西方世界尤其是美国的成长小说书写范式的转变。

首先是新的时空观和表现方式。奥斯特的主人公在四个不同的时空维度展开，打破了传统成长小说采取的线性时空观，从而对时空的唯一性进行了解构，展现了后现代主义对主体镜像的崭新尝试。巴赫金所说的主人公作为一个个体，在时间与空间中的具体占位被打破了。四个弗格森，四条生命线，虽然读者在最后能够发现4号弗格森才是"作者"——那个"真实的"叙述者，但在整体的行文中，另外三个弗格森与这一个"真实的"弗格森被赋予了同样的"真实",作者给予了四个弗格森细节、血肉,来填充其"现实主义"精神。四种真实性是完全平等的,因而真实与虚构之间的鸿沟被填平了。但是作者再次提供了一个转折:小说到最后才点明4号主人公作为"叙述者"的出场,叙事再次被还原为被书写的"故事",而且是一个即将被书写的"故事"。叙事的迷宫再一次展开,当故事的最后几页表明了"故事"其实还未被写出,那么已经写出的四个故事,又进入了一个新的书写循环。"问出这个问题之后,弗格森的下一本书便诞生了","他会爱这些男孩,就好像他们是真的一样……这本书是他必须要写的——为了他们而写","书名就这样有了:《4321》","书到这里就结束了——弗格森准备去写他的书",而最终"这本书后来的长度远远超过了他的预想,1975年8月25号,当他写完最后一个字时,这份双倍行距打印的手稿总计达到一千一百三十三页"(奥斯特,2018:831-833)。作者再次运用了其钟情的故事套故事的写作技巧,从而颠覆了线性时空观,对个体出场的时间和空间背景进行了重新洗牌。

其次是新的自我建构方式。巴赫金在分析文学中的自我意识时将其分为三种类型。第一种是"镜中人"。他认为"镜中人"虽然采取了外在视角,却因为缺乏整体性而未能构成与自我的真正对话。第二种是悲剧的自我意识,即陷于个体的孤独之中,也无法形成对话的客观性。第三种则是复调的自我意识,即在对话的基础上,在多重身份的语境中,从一个整体性视角建构自我(巴赫金,卷四:565)。《4321》的四个主人公显然是巴赫金语义中的复调的自我意识。四个弗格森被放置在不同的语境中,多层次、多角度地对自我展开观看、审视。个体的一个自我,分裂为四个自我,真实和虚幻的界限一再被打破,最后向不同方向伸展出复杂的自我体系。主人公终其一生,都在不断地探索自我的边界。

这种自我建构方式的选择,显然与作者想要表达的一种世界观是一致的。小说《4321》如同《月宫》一样,再一次回到二十世纪五六十年代。对这个年代,奥斯特曾用一句话来概括,即四分五裂的世界。何以叫作四分五裂的世界？作者在文本中用一系列事件、细节来描写他所谓的分崩离析。而对外部世界的描述，也构成了《4321》的第三个特点。

从二十世纪下半叶的最后几个十年开始，成长小说再一次将关注的目光从自我投向纷繁复杂的外部世界，少数群体的特殊经验、女性、同性恋、移民、种族等问题重新成为当代美国成长小说写作的血肉。相对于《月宫》还是聚焦于个体的唯一站位，《4321》无疑向广阔的外部世界迈出了转折性的一步。外部世界不再像《月宫》中那样，以它的否定性而与主人公保持着疏离，而是进入主人公的行为、意识的内部，对主人公产生深刻影响。小说用巨大的篇幅介绍了主人公遇到的民权运动、宗教体验、移民和身份等各种问题，让主人公置身于这些冲突中，以此来展现一幅幅时代画卷，增强在场的历史感和现实感。如果说作者认为美国文化的一大弱点是没有历史性，那么他的新小说无疑是想对此做出某种突破。

但是他的这些尝试也遭遇了新的困境。小说中充斥的大量细节表现了时代的丰富性和真实感，但是这些细节在很多地方看起来更像是可以删除的冗长而琐碎的描述，失去了与整体结构呼应应具有的有机性。例如在描述主人公上大学的课程时，作者用了一整页的篇幅来列举作家的名字（奥斯特，2018：494）；在介绍弗格森的阅读书单时，也有整段的名目（515）。类似的情况不断地出现：

> 除了吉尔书单上的书，还有谈电影、历史的书和选集，英文版和法文版的都有，安德烈·巴赞、洛特·艾斯纳的随笔和散文，新浪潮导演们开始自己拍电影之前写的东西，例如戈达尔、特吕弗和夏布洛尔的早期文章，重读了爱森斯坦的两本书，帕克·泰勒、曼尼·法伯、詹姆斯·艾吉的沉思，齐格弗里德·克拉考尔、鲁道夫·阿恩海姆、贝拉·巴拉兹这些德高望重之人的研究和思考，每一期的《电影手册》从头看到尾，坐在英国文化协会图书馆读《试与听》，等着他订阅的《电影文化》和《电影评论》从纽约寄来……（奥斯特，2018：645）

与之类似，用大段的篇幅来列举电影演员和电影名称也不是孤例（奥斯特，2018：681–682）；不厌其烦地穿插介绍各种体育比赛详情也随处可见；或者是罗列在文本中仅仅只贡献了一个名字的玩伴。

大量的类似细节充斥着文本，它们是作者对细节热爱的延伸。在《月宫》中，作者就展现出对细节描绘的训练。同时它们也成为后现代文本浅薄、重复、冗长等特征的参与者。这些都削弱和钝化了作者对外部世界和历史感的呈现。

让我们回到文本最中心的地方——自我。该如何理解奥斯特的新选择，亦即从线性历史转变为共时的空间延伸？作者试图通过提供四个成长路径来对应后现代语境下主体新的可能性，这是否也从反面证明了那"一个"成长，即分裂前的弗格森成长的断裂或停止？另一个问题则是四个自我是否具备真正的复调形式？细读四个弗格森的性格和人生轨迹，我们会发现文本没有提供足够的结构性的、层次感的对话，多元、异质的因素不足，同质的内容较多而构成了重复的危险。四个弗格森在性格特点乃至经历上都表现出很多的一致性，例如热爱棒球、文学与写作，甚至可以说，要明确区分四个弗格森，需要读者付出巨大的注意力。

这些拼贴显示了作者的着力之处。作为一个有着严肃诉求的作家，奥斯特对这些显然做过精心处理，但最终结果也显示出其无法实现初心。有论者归纳出《4321》的几个问题：太过冗长、缺乏多样性、文体不足、技巧无新意（Moseley：157–158）。这些观点明确地对《4321》的文学性提出了质疑。而这本小说作为一种分析性文本，实际上也凸显了一个现象，即在消费主义的语境中如何在文学性和市场性、精致化和平庸化、个性和社会性之间找到成长叙事的平衡。为了呈现一种新的社会性和历史感，奥斯特放弃了早期《月宫》所使用的个人叙事手法和象征结构。《月宫》运用了一系列象征意象来提供深层的逻辑性，也通过一系列意象和象征来建立一个与现实社会互相对立、观照的异托邦世界；但在《4321》中上述因素则完全不见了，他采用现实主义的手法，将视线完全投向了此在的现实世界。家庭关系依旧采用了祖孙三代的历史探寻，并且与父亲的疏离也同样存在；但在《月宫》中，如果说回环的模式消解了历史的有效性，那么《4321》则试图通过拓展时间线的复数来呈现另一种更为"丰满"的历史性。尽管在《4321》的结尾，作者用故事套故事的模式对文本进行消解，但这更多是技巧性的，小说的目的依旧是呈现更多的现实因素和历史感。总的来说，《4321》向外所做的探索更多的是由写作技巧和语言来承担的，展现了后现代主义对文本并不成功的改编，奥斯特对时代的刻画停步于无能为力之处。

从《月宫》到《4321》，奥斯特的文本试图在严肃文学和通俗文学、现实主义和后现代主义的界限中融会贯通，以此来改写成长小说文学传统中的经典范式。他的创作所遭遇的困境也显示了成长小说范式适应当代社会文化语境所面临的困难。讨论奥斯特的意义，在于理解以白人男性为主角的成长叙事在后现代嬗变的道路上做出了哪些尝试及其意义。

研究选题与趋势

　　纵观成长小说的发展史，可以发现它走了这样一条路径：从十八世纪的启蒙范式，到十九世纪制度化，再到二十世纪上半期危机下的转型，最后则是我们目前所见到的多元化。在这个过程中，理论批评一直在以某种方式作用于成长小说的范式发展和历史定位。成长小说批评的发展与成长小说文本创作的历程保持着一种若即若离的关系。成长小说批评既在很大程度上立足于成长小说文本所展现的形态，又独立于文本而自我发展、自我阐释，反作用于文类，并在某种程度上决定后者的定位。总的来说，成长小说批评并不仅仅是对成长小说文本的阐释，它还是意识形态、美学、政治、文化共同催生的理论产物。成长小说批评发展至今几经转变，在不同历史阶段有着相应的重点。从早期对文类的界定、主题和结构的建构，到解构维度下对它的反思，再发展到当前以文化政治、文化研究和文学社会学为代表的新的方向。二十世纪后半期，尤其是自九十年代后期以来，成长小说批评出现了根本性的转向，即从以"文类""意义""结构""内容""情节"为中心的批评范式，转变为以"意识形态""符号""话语""身份""认同""主体位置""性别"和"他者"等一系列关键词为重点的批评理路，偏向了文化政治、文化研究、文学社会学的方向。

　　成长小说研究的重点方向包括：以强调身份政治的女性主义、后殖民主义和讨论意识形态为中心的后马克思主义为代表的社会批判层面；以对形式、结构的审视和对经典文本的消解为中心的解构主义和后现代主义理路；关注文本与读者之间关系的后精神分析方向；强调亚文化与权力的关系的文化研究视角；以文学接受为讨论核心的阐释学和读者接受理论方向；以多样化、解构和政治化为新特征的新叙事学维度。

尤其是对当代文本的案例批评，方法论上都倾向于从多维度去分析和看待一个成长文本现象；女性主义和后现代主义、后现代主义和后殖民主义、女性主义和后殖民主义、话语与叙事学等交叉出现，使得成长小说批评的专业化和理论化程度进一步加强。相对于二十世纪上半期成长小说批评的文学内部研究，当前的成长小说研究则更具社会性。语言、意识形态、政治倾向、文化价值体系和性别，这些都让当代文本具有很强的文化属性。而这些文化属性又都是多元的，非同一的。

成长小说批评吸纳以上理论框架和方法论，进一步强调批评的反思性、批判性、颠覆性和解构性。在这些理论浪潮的冲击下，成长小说理论家将当下这个时代看成是这一文类从传统的塑造、公民教育模式向全球化、碎片化的模式转变的阶段。

对主体的消解总在不同程度上意味着对"中心"的排斥和对"总体性"的质疑。从成长小说的角度而言，西方现代性关于自足、完整、统一的主体的破除，伴随而来的是其他异质、非中心、碎片化、亚文化、"他者"的经验的引入。从中心向边缘移动，从向心文本到离心文本，从同化到多元依旧是其主流趋势。

当文本的重心出现上述偏移，理论批评的重点也就同样更多地关注"失败"、反成长和边缘主体这类议题及其相应的文本。

但是这里也需要注意，这些边缘形态与主流形态并不仅仅或者总是处于一种对立的状态，因而仅将这些边缘形态看成是一种反抗性质的文学形式（无论是成长小说文本还是理论批评）是不全面的。在女性和男性、有色人种和白人、移民和原住民的对立中，对前者的文本书写和理论讨论，都提供了很多超越原白人男性中心的新要素；但是，仅仅以女性、肤色、移民这些视角去解读成长过程中所面临的问题，则只呈现了复杂现实的一部分。以后殖民主义为例，很多学者就指出，单纯从后殖民主义的角度去讲述非洲个体的成长故事，在很大程度上会忽略非洲本土自身存在的问题。类似的观点也存在于女性成长小说，即写作者往往将其女性主人公遭遇的成长困境仅仅归咎于性别问题。更为全面的立场应该是，性别、肤色、移民这些身份只能作为问题的一部分，而不是全部。如何处理特殊性和一般性/普遍性的问题，就不仅仅是成长小说书写的策略问题，还应该成为研究者的理论自觉。这就需要更为细致地分析一个个体在成长过程中遇到的困难，究竟哪些是性别、肤色等因素导致的，哪些是作为一个"人"而遇到的。以女性、有色人种、边缘群体这些身份为特征的成长小说，无疑给读者带来了更多具有批判性的阅读体验。但更为全面的看法看得更深远——边缘文本不仅颠覆原主流话语模式，它同样也模拟和改写着后者的范式。与之相对应的是，主流意识形态对边缘文本也不仅仅采取压制的形式，同时也以肯定的方式去吸纳和改造边缘文本。而分析这些是如何操作的，也应该是当前成长小说研究的重点之一。

一个类似的话题也存在于成长小说的传统和转型这个问题上。当现代主义对成长小说发起冲击，成长小说的形式就发生了巨大改变；自此以后，世界范围内成长小说文本的主流方向也发生了相应的变化。以边缘主体这种"反英雄"为主人公的成长小说，更受市场和理论界的青睐。大部分西方批评家对二十世纪以降成长小说所做的历史分析，都倾向于关注成长小说的现代性和后现代转向这一主流，而相对忽略了成长小说的传统书写范式。但是，这并不是说传统的成长小说范式已经完全不存在了。它虽然让出了主流的位置，却依然提供了不少文本，并且其中不少文本还受到官方和主流文化的青睐，这一点尤其体现在它们被纳入青少年阅读的推荐书目。例如，1943年出版的《布鲁克林有棵树》，描写的是小女孩弗兰西如何在贫困的家庭中追求梦想，并最终走出贫民窟，考上了大学。此书多次入选美国中学课本，常年占据青少年热门读物排行榜前列，并在改编成电影和音乐剧后广受好评。这些文本所体现的积极进取的精神和勇于开拓的主人公形象，符合主流意识形态对青少年教育的要求和规范，因而占据了一定的市场。相对于现代主义和后现代主义文本，这些成长小说也更加易读。因而，对这部分成长小说的研究也有很大的发展空间。

梳理当代文本与传统的关系，也已经在如火如荼地展开。这不仅仅是在德国这样重新阐释成长小说传统的国家，对其他国家和地区来说，这也是一项重要的任务。对德、英、法、美这些有着很好的成长小说传统的国家来说，反讽的形式已经成为主流。但是对其他国家和地区，尤其是对尚未进入后现代主义社会的国家和地区来说，成长小说的书写形式究竟是怎样的，还有待进一步厘清。

从地域和空间层面来讲，成长小说研究表现出对以下几个地域的侧重：欧美国家尤其是美国的少数族裔生活空间，如亚裔和非裔移民群体；非洲产生的文本，尤其是与欧美国家有一定关系的成长书写；亚洲尤其是日本的成长小说。

以上侧重不仅代表着成长小说批评的未来方向，同时也暗示了相关文本批评的薄弱。在美国，系统的成长小说批评和对美国成长小说进行历史性梳理的著作依旧缺乏。非洲文本批评受限于欧美主导文化和市场的影响，对非洲本土的文本批评关注较少。亚洲的成长小说批评则刚刚起步。

随着成长小说的全球化拓展，对成长小说的比较研究也应该受到重视。实际上，在有关成长小说的最早论述中，摩根斯坦就已经看到了这个文类的跨国别性质（Morgenstein：55-72）。二十世纪八十年代至今，成长小说的比较研究也越来越多，代表性专著有莫雷蒂的《世界之路：欧洲文化中的成长小说》、卡斯尔的《阅读现代主义成长小说》（*Reading the Modernist Bildungsroman*）和埃斯蒂的《反常的青春》。

从批评视角来看，当代成长小说批判对成长小说空间性的讨论，主要与后殖民主义理论和后现代主义理论紧密结合在一起。空间的移动一直是成长小说的必要条件之一。当故事中的个体从一个空间向另一个空间移动并在不同的体验下成长时，故事中提供的私人领域的内容与社会的现实和文化就会发生碰撞。在二十世纪之前，对这种空间性的描述主要还是采用工业化的视角。而到了二十世纪尤其是其下半段，成长小说的空间批评，更多是与帝国主义瓦解后的政治和文化格局相关的表述。这就需要研究者去追问亚非裔和亚非国家所呈现的成长小说对德、英、法、美这些国家所奠定的成长小说典范所做的互动和挪用、颠覆和改写。当然，这个模式也适用于欧美第二梯队的文学范式与第一梯队的传统之间的关系。总之，空间批评的主要趋势是更关注文化杂交的现象，着力点在于重构中心与边缘的关系，所持的批评视角也更多是一种政治、意识形态和文化的视角。

从意识形态视角来看，社会主义范畴内的成长小说鲜有人研究。实际上，社会主义成长小说这一提法本身也有很多值得商榷的地方。社会主义成长小说和无产阶级成长小说就有一定的交叉性。考虑到这些文本生成的历史语境，即社会主义和工人运动等从理论到实践的国际化，相关研究也需要采取一个更开阔的视野。辨析社会主义成长小说的概念定义，厘清社会主义成长小说的历史形态，比较分析它与十八、十九世纪欧美成长小说的异同，论述阶级和其他主题的交叉是怎样进行的，这些问题都可以作为社会主义成长小说研究的重点。在研究方法上，马克思主义、法兰克福学派的批判主义、文化研究、女性主义乃至后殖民主义等理论都可以介入对社会主义成长小说的讨论。

与特殊历史时期相关的是，德国纳粹期间成长小说的研究也较为薄弱。由于历史原因，纳粹期间的文学无论是在德国境内还是境外，大体处于某种不可言说的状态。造成这种现象的重要原因之一在于，人们普遍认为这个阶段的文学没有价值。但是了解纳粹期间文学创作的情况却是必要的，我们的目的主要还是去理解为什么当时会出现相应的文学文本和文学现象。

时至今天，成长小说已经不仅是西方文学中的一个概念，而是世界范围内的一个概念。成长小说曾经一度在欧洲濒临消亡，似乎人们不再需要这个文类以及它所象征的那种对整体性的自信、对主体的张扬和对欧洲现代性的认同。当人们在张皇失措、焦虑失望之时，他们对自我的反思也达到了顶点。但是直到今天，成长小说非但没有消亡，反而已成为一个跨区域的文学现象，这一点值得我们深思其生命力究竟何在。宽泛来讲，成长小说首先是一种人学，它讨论的就是人在内外因素下的发展变化；它既是对社会文化的一种反映，也是映照我们内心的一面镜子。可以说，只要人还存在，作为社会人的我们就需要一直叩问，社会需要什么样的人？外部的规则是如何进入我们内心，获得我们的认同的？而作为一个可以观照自我内心的人，我们更需要一再回到自我，这种需求不仅是某些作家才有的，而应该是一种共通的人类经验。因此，成长小说没有消亡，难道不是一件合乎逻辑和符合现实的事吗？成长小说对人性面临的很多问题进行了探讨，它在一般性问题上做出过突出贡献。但是，这同样不能让我们忽略它的意识形态性和文化符号这一特点。当欧美的成长小说变成世界的成长小说，这究竟是一种西方文化和价值观对非欧洲中心文化的辐射和同化，还是非西方文化对它的解构和反抗？又或者，它们处于一种既合作(继承)又对抗的关系之中？这些问题值得我们深思。

回到主体这个问题上来。成长小说的危机和再生给了我们新的视角，去审视过去西方成长小说试图建立的主体观。应该说，二十世纪上半期西方成长小说的危机在于启蒙式主体的困境。在古典的成长小说概念中，主体被认为是普遍性的，即它的阶层属性被遮盖了。维廉·麦斯特不是代表德国的维廉·麦斯特，而是作为人的维廉·麦斯特。在这个主体身上，启蒙思想家和作者将目的、理性、责任感和行动力都赋予了他。这是一个具有人文主义精神的大写的人——带着少年气象、自信和乐观。但是二十世纪上半期的战争以及人类种种暴力行为，让西方启蒙式现代性失去了合法性；原来那个大写的人在这一冲击之下，变成了回到自我内心的个体，这是一个小写的人。他/她的状态转变为盲目的、本能的、无力的和被动的。但在二十世纪后半期，主体从过去那个抽象的"我"，变成了一个具体的"我"。这时候，成长小说的主人公变成了某个从非洲或者亚洲移民到美国的"我"，某个作为女性的"我"，某个从边缘的视角展现自我的"我"。因而，我们不再能够从抽象的概念来谈论主体的陨落、失败和消亡，而是从身份政治、权力结构中去理解主体的困境。

站在我们今天的位置回首成长小说的历程，会发现它所依赖的青春本来就是一个悖论：青春如此美好，却必须进入成年才算完满，那么我们在文本中一再回到我们的童年和青少年时代，留恋的是什么呢？二十世纪以降的成长小说为寻找这个答案，为我们贡献了一系列形形色色的"反英雄"。他们留恋青春，很多主人公在进入成年之前要么进了精神病院，要么死掉了，要么不知所措。不同国家和地区的成长小说文本都贡献了诸多类似文本，读者们会惊讶地发现这些主人公拥有的共性远多于他们的不同点。它们以各种形式来探究性别、族裔以及后现代社会中被分裂、符号化了的个体的危机乃至新的可能性。主体性瓦解而走向由痛苦、不安、紧张、困惑乃至荒诞等一系列由否定词汇组成的"失败者"。当反抗和叛逆成为新的时尚，成长小说的当下景观更具有青少年气质。这种气质的重要环节之一，就是要在变动中（时间和空间层面）审视自我和社会。因而，从成长小说的角度来理解主体的处境，我们会发现它是在社会阶层重构的过程中得以形成的。因此，主体不是稳定的、明晰的，而是在不断的冲突过程和权力的角逐场中被碎裂，再重新被建构起来的生成（becoming）。成长小说并非是关于和谐的文学神话，它恰恰应该被理解为冲突和危机的象征性文本。

社会需求和个体自由的冲突导致了多余感的产生。个体从社会关系与和谐发展的状态中被抛出来，变成了"多余人"，这种多余感产生了一种普遍效应。如果从制度上来谈这种多余感，那么它更多地意味着制度对个体的碾压，或者是无政府主义的倾向，带有很强的危险潜质，这正是反乌托邦成长小说所针对的议题。如果从个体的角度来说，拥抱和维系这种多余感,是保留"青春"所具备的颠覆性,这一策略或许也能成就一种新的空间,保留个体自主选择成为一个"旁观者"的权利,也就是保留他/她在某种程度上能够逃离社会规训的可能性。

文化与文化之间的冲突产生了强文化对亚文化的压制和收编,以及后者对前者的模拟、改写、反抗和颠覆。这样一种宏观的文化视野,更是将主体的问题推向了对殖民、群体身份这些具体的社会形态的反思。

无论是从个体和社会,还是从文化和文化之间的关系来看,当前成长小说理论批评的趋势就是破除二元对立论,而以更加丰富、辩证的视角去分析成长小说的内涵。

在书写策略和思想价值层面,当代成长小说都对文本故事进行了更加复杂的处理。它们在处理主流意识形态和市场的关系层面也更加灵活。同时,理论批评和文本创作的关系也更加多样。

以"失败"的成长为例。叙事与话语贡献了一个张力结构,即成长小说故事层面的"失败"成就了话语层面的批判性的"成功"。虽然是作为一种以个人主义为建构原则的文类,但是成长小说的个人主义却不是一种纯粹审美式的文学文本,而是有着强烈的社会指称和批判意向的文类。例如,它的"失败"的主人公并未仅仅将其"失败"看成是个人的责任,而更多是从社会层面去理解和呈现这一悲剧。它通过呈现"有问题"的个人,直面社会的问题,深度解构了仍在日常生活与文化生产中起作用的那种自我教育式的成功学导向。

我们今天讨论成长小说的转型,主要意义不仅在于通过更新我们对成长小说这一文类的认知去理解主体建构或解构的具体范式,而且还在于从更宽泛的角度去了解主体性和身份在文化中究竟是怎样被操控的以及个人所采取的应对策略,并去寻找另类的范式和空间来保留主体"生成"的动态生态。转型中的西方成长小说,从文学的角度回应了这一现代性命题:我们呼吁的多元,究竟在何种程度上可以实现?又会以怎样的方式去实现呢?

参考文献

Abel, Elizabeth, *et al*., eds. *The Voyage In: Fictions of Female Development*. Hanover:
   Dartmouth College Press, 1983.

Adams, Alice Elaine. *Reproducing the Womb: Images of Childbirth in Science, Feminist
   Theory, and Literature*. Ithaca/London: Cornell University Press, 1994.

Alden, Patricia. *Social Mobility in the English Bildungsroman: Gissing, Hardy, Bennett,
   and Lawrence*. Ann Arbor: University of Michigan Press, 1986.

Alexander, Jeffrey C., ed. *Cultural Trauma and Collective Identity*. Berkeley: University
   of California Press, 2004.

Austen, Ralph A. "Coming of Age Through Colonial Education: African Autobiography
   as Reluctant Bildungsroman (the Case of Camara Laye)." *Mande Studies 12*, 2010:
   1-17.

—. "Struggling with the African Bildungsroman." *Research in African Literature 46*(3),
   2015: 214-231.

Auster, Paul. *Moon Palace*. London: Faber and Faber, 1989.

Baker, William, *et al*. "David Lodge Interviewed by Chris Walsh." *PMLA 130*(3), 2015:
   830-840.

Bakhtin, M. M. "The Bildungsroman and Its Significance in the History of Realism
   (Toward a Historical Typology of the Novel)." *Speech Genres and Other Late
   Essays*. Trans. Vern W. McGee. Eds. Caryl Emerson and Michael Holquist. Austin:
   University of Texas Press, 1986.

Baruch, Elaine H. "The Female 'Bildungsroman': Education Through Marriage."

Massachusetts Review 22(2), 1981: 335-357.

Beddow, M. *The Fiction of Humanity: Studies in the Bildungsroman from Wieland to Hesse.* Cambridge: Cambridge University Press, 1982.

Berger, Berta. *Der moderne deutsche Bildungsroman.* Bern: Paul Haupt, 1942.

Betz, Maurice. *Portrait de l'Allemagne.* Paris: Editions Emile-Paul Frères, 1939.

Bhabha, Homi. *Nation and Narration.* New York: Routledge, 1990.

—. *The Location of Culture.* New York: Routledge, 1990.

Blackwell, Jeannine. "Bildungsroman mit Dame: The Heroine in the German Bildungsroman from 1770 to 1900." Ph. D. Dissertation. Bloomington: Indiana University, 1982.

Boes, Tobias. "Modernist Studies and the *Bildungsroman*: A Historical Survey of Critical Trends." *Literature Compass 3*(2), 2006: 230-243.

—. *Formative Fictions: Nationalism, Cosmopolitanism, and the Bildungsroman.* New York: Cornell University Press/Cornell University Library, 2012.

Borcherdt, Hans Heinrich. "Der deutsche Bildungsroman." *Von deutscher Art in Sprache und Dichtung (Volume 5).* Eds. von G. Fricke, *et al.* Stuttgart/Berlin: Kohlhammer, 1941.

—. "Bildungsroman." *Reallexikon der deutschen Literaturgeschichte.* Eds. Werner Kohlschmidt, *et al.* Berlin: de Gruyter, 1958.

Bourdieu, Pierre. *Distinction: A Social Critique of the Judgement of Taste.* Mortimer: Routledge/Kegan Paul, 1984.

Braester, Yomi. *Witness Against History: Literature, Film, and Public Discourse in Twentieth-Century China.* Stanford, Calif.: Stanford University Press, 2003.

Brown, Penny. *The Poison at the Source: The Female Novel of Self-Development in the Early Twentieth Century.* New York: St. Martin's Press, 1992.

Bruford, Walter Horace. *The German Tradition of Self-Cultivation: Bildung from Humboldt to Thomas Mann.* London: Cambridge University Press, 1975.

Buckley, Jerome Hamilton. *Season of Youth: The Bildungsroman from Dickens to Golding.* Cambridge: Harvard University Press, 1974.

Bulosan, Carlos. *America Is in the Heart: A Personal History.* Seattle: University of Washington Press, 1974.

Card, Orson Scott. *Ender's Game.* New York: Tom Doherty Associates, 2017.

Castle, Gregory. "Coming of Age in the Age of Empire: Joyce's Modernist *Bildungsroman.*" *James Joyce Quarterly 40*(4), 2003: 665-690.

—. *Reading the Modernist Bildungsroman.* Gainsville: University Press of Florida, 2006.

Chu, Patricia. *Assimilating Asians: Gendered Strategies of Authorship in Asian America.* Durham, NC: Duke University Press, 2000.

Coetzee, John Maxwell. *Boyhood: Scenes from Provincial Life.* London: Penguin, 1997.

—. *Youth.* London: Random House, 2002.

—. *Summertime.* London: Harvill Secker, 2009.

Cole, P. *Young Adult Literature in the 21st Century.* New York: Mcgraw-Hill Higher Education, 2008.

Conroy, Jack. *The Disinherited.* New York: Hill & Wang, 1963.

Cooper, Frederick. *Citizenship Between Empire and Nation: Remaking France and French Africa, 1945-1960.* Princeton: Princeton University Press, 2014.

Coyle, William, ed. *The Young Man in American Literature: The Initiation Theme.* New York: The Odyssey Press, 1969.

Daly, Maureen. *Seventeenth Summer.* New York: Dodd, Mead, 1942.

Debergh, Gwennie. "Hugo Claus: 'I'm Not Searching for Myself, But for the Media. I Don't Know Who I Am, I'm Not Interested.'" *Branding Books Across the Ages: Strategies and Key Concepts in Literary Branding.* Eds. Helleke van den Braber, *et al.* Amsterdam: Amsterdam University Press, 2021.

de Lauretis, Teresa. *Alice Doesn't: Feminism, Semiotics, Cinema.* Bloomington: Indiana University Press, 1984.

DeMarr, Mary J., and Jane S. Bakerman, eds. *The Adolescent in the American Novel since 1960.* New York: UNKNO, 1986.

Dilthey, W. *Poetry and Experience.* Eds. and trans. Rudolf A. Makkreel, *et al.* Princeton: Princeton University Press, 1985.

Dumont, Louis. *German Ideology: From France to Germany and Back.* Chicago: University of Chicago Press, 1995.

Duncan, Sara Jeannette. *A Daughter of To-day.* London: Chatto & Windus, 1894.

Eldridge, Richard. *On Moral Personhood: Philosophy, Literature, Criticism, Self-Understanding.* Chicago: University of Chicago Press, 1989.

Eliot, George. *Daniel Deronda.* Oxford: Oxford University Press, 2009.

Esty, Jed. "The Colonial Bildungsroman: The Story of an African Farm and the Ghost of Goethe." *Victorian Studies, 49*(3), 2007: 407-430.

—. "Virgins of Empire: The Last September and the Antidevelopment Plot." *MFS Modern Fiction Studies 53*(2), 2007: 257-275.

—. *Unseasonable Youth: Modernism, Colonialism, and the Fiction of Development.* Oxford: Oxford University Press, 2012.

Fauset, Jessie. *Plum Bun.* Boston: Beacon Press, 1990.

Felski, Rita. "The Novel of Self-Discovery: A Necessary Fiction?" *Southern Review 19,* 1986: 131-148.

—. *Beyond Feminist Aesthetics: Feminist Literature and Social Change.* Cambridge, Mass.: Harvard University Press, 1989.

Ferber, Edna. *Fanny Herself.* Urbana: University of Illinois Press, 2001.

Fraiman, Susan. *Unbecoming Women: British Women Writers and the Novel of Development.* New York: Columbia University Press, 1993.

Friedberg, Barton. "The Cult of Adolescence in American Fiction." *Nassau Review,* 1964: 26-35.

Fuderer, Laura Sue. *The Female Bildungsroman in English: An Annotated Bibliography of Criticism.* New York: The Modern Language Association of America, 1990.

Gandhi, Leela. "Learning Me Your Language: England in the Postcolonial Bildungsroman." *England Through Colonial Eyes in Twentieth-Century Fiction.* Eds. Ann Blake, *et al.* Basingstoke: Palgrave, 2001.

Gerhard, Melitta. "Der deutsche Entwicklungsroman bis zu Goethes 'Wilhelm Meister'". Halle: *Deutsche Vierteljahrsschrift für literaturwissenschaft und geistesgeschichte.* Buchreihe Bd. 9, 1926.

Gikandi, Simon. *Writing in Limbo: Modernism and Caribbean Literature.* Ithaca: Cornell University Press, 1992.

Gilbert, Sandra M., and Susan Gubar. *The Madwoman in the Attic: The Woman Writer and the Nineteenth-Century Literary Imagination.* New Haven: Yale University Press, 1980.

Gohlman, Susan. *Starting Over: The Task of the Protagonist in the Contemporary Bildungsroman.* New York/London: Garland Publishing, 1990.

Golban, Petru. *A History of the Bildungsroman: From Ancient Beginnings to*

Romanticism. Newcastle upon Tyne: Cambridge Scholars Publishing, 2018.

Golding, William. *Free Fall.* New York: Mariner Books, 2003.

Graham, Sarah, ed. *A History of the Bildungsroman.* Cambridge: Cambridge University Press, 2019.

Haffenden, John, ed. *Novelists in Interview.* London/New York: Methuen, 1985.

Hardin, James. *Reflection and Action: Essays on the Bildungsroman.* Columbia, S. C.: University of South Carolina Press, 1991.

Harding, Sandra. *The Science Questions in Feminism.* Ithaca: Cornell University Press, 1986.

Hassan, Ihab H. "The Idea of Adolescence in American Fiction." *American Quarterly 10*(3), 1958: 312-324.

Hill, Crag. *The Critical Merits of Young Adult Literature: Coming of Age.* New York: Routledge, 2014.

Hinton, Susan Eloise. *The Outsiders.* New York: Viking Press, 1967.

Hirsch, Marianne. "The Novel of Formation as Genre: Between *Great Expectations* and *Lost Illusions.*" *Genre Norman NY 12*(3), 1979: 293-311.

Hoffmann, Werner. "Rimmelshausens '*Simplicissimus*' — nicht doch ein Bildungsroman?" *GRM, NF XVII* 1967: 166-180.

Howe, Susanna. *Wilhelm Meister and His English Kinsmen: Apprentices to Life.* New York: Columbia University Press, 1930.

Hölderlin, Friedrich. *Hyperion, or, the Hermit in Greece.*Trans. Willard R. Trask. New York: Ungar, 1965.

Innerhofer, Franz. *Beautiful Days.* Trans. Anselm Hollo. New York: Horizon Books, 1974.

Jacobs, Jürgen. *Wilhelm Meister und seine Brüder: Untersuchungen zum Deutschen Bildungsroman.* München: Wilhem Fink Verlag, 1972.

James, Henry. *Literary Criticism: French Writers, Other European Writers, the Prefaces to the New York Edition.* New York: Library of America, 1984.

Jameson, Fredric. "On Literary and Cultural Import-Substitution in the Third World: The Case of the Testimonio." In *The Real Thing: Testimonial Discourse and Latin America.* Ed. Georg M. Gugelberger. Durham: Duke University Press, 1996.

Japtok, Martin. *Growing Up Ethnicity: Nationalism and the Bildungsroman in African*

American and Jewish American Fiction. Iowa: University of Iowa Press, 2005.

Jeffers, Thomas L. *Apprenticeships: The Bildungsroman from Goethe to Santayana*. New York: Palgrave Macmillan, 2005.

Jenisch, Erich. "Vom Abenteuer zum Bildungsroman." *Germanische Romanische Monatsschrift*, IX-X, 1926: 339-351.

Johnson, James Weldon. *The Autobiography of an Ex-Coloured Man*. New York: Vintage, 1989.

Jost, François. "La tradition du Bildungsroman." *Comparative Literature 21*(2), 1969: 97-115.

—. "Variations of a Species: The Bildungsroman." *Symposium: A Quarterly Journal in Modern Literature 37*(2), 1983: 125-146.

Kardux, Joke. "The Politics of Genre, Gender, and Canon-Formation: The Early American Bildungsroman and Its Subversions." *Rewriting the Dream: Reflections on the Changing American Literary Canon*. Ed. Verhoeven, W. M. Amsterdam: Atlanta, GA, 1992.

Kaywell, Joan F. *Adolescent Literature as a Complement to the Classics*. Foxboro: Christopher-Gordon, 1993.

Kealley, Adam. "Escaping Adolescence: Sonya Hartnett's Surrender as a Gothic Bildungsroman for the Twenty-first Century." *Children's Literature in Education 48*, 2017: 295-307.

Kehr, Charlotte. "Der deutsche Entwicklungsroman seit der Jahrhundertwende: Ein Beitrag zur Geschichte des Entwicklungsromans." Ph. D. Dissertation. Leipzig: Leipzig University, 1938/1939.

Kiell, Norman. *The Adolescent Through Fiction: A Psychological Approach*. New York: International University Press, 1959.

Kittler, Friedrich. *Discourse Networks 1800/1900*. Trans. Michael Metteer and Chris Cullens. Stanford: Stanford University Press, 1990.

Kohlmann, Benjamin. "Toward a History and Theory of the Socialist Bildungsroman." *NOVEL: A Forum on Fiction 48*(2), 2015: 167-189.

Kontje, Todd. "The German Bildungsroman as Metafiction: Artistic Autonomy in the Public Sphere." *Michigan German Studies 13*, 1987: 144.

—. *Private Lives in the Public Sphere: The German Bildungsroman as Metafiction*.

University Park: Pennsylvania State University Press, 1992.

—. *The German Bildungsroman: History of a National Genre.* Columbia: Camden House, 1993.

Köhn, Lothar. "Entwicklungs- und Bildungsroman." *Deutsche Vierteljahrsschr Literaturwiss Geistesgesch 42,* 1968: 427-473.

—. *Entwicklungs- und Bildungsroman: Ein Forschungsbericht.* Stuttgart: Metzler, 1969.

Krüger, Hermann Anders. "Der neuere deutsche Bildungsroman." *Westermanns Monatshefte 51*(1), 1906: 257-272.

Kucich, John. "Olive Schreiner, Masochism, and Omnipotence: Strategies of a Preoedipal Politics." *Novel 36*(1), 2002: 79-109.

Labovitz, Esther Kleinbord. *The Myth of the Heroine: The Female Bildungsroman in the Twentieth Century: Dorothy Richardson, Simone de Beauvoir, Doris Lessing, Christa Wolf.* New York: Peter Lang, 1986.

Launay, Robert, *et al.* "The Formation of an 'Islamic Sphere' in French Colonial West Africa." *Economy and Society 28*(4), 1999: 497-519.

Laye, Camara. *The Dark Child.* Trans. J. Kirkup. New York: Farrar, Straus & Giroux, 1969.

Lazarus, Neil. *The Postcolonial Unconscious.* Cambridge: Cambridge University Press, 2011.

Lee, Rachel, ed. *The Routledge Companion to Asian American and Pacific Islander Literature.* London: Routledge, 2014.

Lehmann, Rosamond. *The Weather in the Streets.* London: Virago, 2006.

Le Sueur, Meridel. *The Girl.* Cambridge, Mass.: West End Press, 1978.

Lewis, R. W. B. *The American Adam: Innocence, Tragedy and Tradition in the Nineteenth Century.* Chicago: Chicago University Press, 1955.

Lima, Maria Helena. "Decolonizing Genre: Jamaica Kincaid and the Bildungsroman." *Genre: Forms of Discourse and Culture 26*(4), 1993: 431-459.

—. "Imaginary Homelands in Jamaica Kincaid's Narratives of Development." *Callaloo: A Journal of African-American and African Arts and Letters 25*(3), 2002: 857-867.

Lloyd, David. *Anomalous States: Irish Writing and the Post-Colonial Movement* Durham: Duke University Press, 1993.

Lodge, David. "The Bowling Alley and the Sun or How I Learned to Stop Worrying and Love America." *Write On,* 1968: 3-16.

—. *The Modes of Modern Writing: Metaphor, Metonymy, and the Typology of Modern Literature.* London/New York: Bloomsbury Publishing, 2015.

Lowe, Lisa. *Immigrant Acts: On Asian American Cultural Politics.* Durham/London: Duke University Press, 1996.

Mallia, Joseph. "Interview with Joseph Mallia." *The Art of Hunger.* Ed. Paul Auster. Harmondsworth: Penguin, 1992.

Marcus, Modecai. "What Is an Initiation Story?" *The Journal of Aesthetics and Criticism 19*(2), 1960: 221-228.

Marshall, Paule. *Brown Girl, Brownstones.* New York: Feminist Press at the City University of New York, 1981.

Martini, Fritz. "Der Bildungsroman: Zur Geshichte dew Wortes und der Theorie." *Zur Geschichte des deutschen Bildungsromans.* Ed. Rolf Selbmann. Darmstadt: Wissenschaftliche Buchgesellsachaft, 1988.

—. "Bildungsroman – Term and Theory." *Reflection and Action: Essays on the Bildungsroman.* Ed. James Hardin. Columbia, S. C.: University of South Carolina Press, 1991.

May, Kurt. " 'Wilhelm Meisters Lehrjahre,'ein Bildungsroman? " *Deutsche Vierteljahrsschrift 31*, 1957: 1-37.

Mayer, Gerhart. *Der deutsche Bildungsroman: Von der Aufklärung bis zur Gegenwart.* Stuttgart: Metzler, 1992.

McClintock, Anne. *Imperial Leather: Race, Gender, and Sexuality in the Colonial Contest.* New York: Routledge, 1995.

McCracken, Scott. "Stages of Sand and Blood: The Performance of Gendered Subjectivity in Olive Schreiner's Colonial Allegories." *Rereading Victorian Fiction.* Eds. Alice Jenkins, *et al.* New York: St. Martin's, 2000.

McInnes, Edward. "Zwischen Wilhelm Meister und Die Ritter vom Geist: Zur Auseinandersetzung zwischen Bildungsroman und Sozialroman im 19 Jahrhundert." *Deutche Vierteljahrsschrift 43*, 1969: 487-514.

McWilliams, E. *Margaret Atwood and the Female Bildungsroman.* Surrey: Ashgate, 2009.

Meredith, George. *The Ordeal of Richard Feverel.* Oxford: Oxford University Press,

1984.

—. *The Adventures of Harry Richmond (Volume 6)*. Amsterdam: Tredition Classics, 2013.

Mertens, Bram, and Sarah Davison. "A Portrait of Hugo Claus as a Young Artist: The Influence of James Joyce on *The Sorrow of Belgium*." *The Modern Language Review 112*(2), 2017: 413-439.

Miles, D. H. "The Picaro's Journey to the Confessional: The Changing Image of the Hero in the German Bildungsroman." *PMLA 89*(5), 1974: 980-992.

Millard, Kenneth. *Coming of Age in Contemporary American Fiction*. Edinburgh: Edinburgh University Press, 2007.

Mohanty, Chandra. "Under Western Eyes: Feminist Scholarship and Colonial Discourses." *Feminist Review 30*(1), 1988: 61-88.

Mohanty, Chandra, *et al.*, eds. *Third World Woman and the Politics of Feminism*. Bloomington: Indiana University Press, 1991.

Molope, Kagiso Lesego. *The Mending Season*. Cape Town: Oxford University Press, 2005.

Moretti, Franco. *The Way of the World: The Bildungsroman in European Culture*. London: Verso, 2000.

Moritz, Karl Philipp. *Anton Reiser: A Psychological Novel*. Trans. Ritchie Robertson. Harmondsworth: Penguin, 1997.

Morgenstein, Karl. "Über das Wesen des Bildungsromans." *Zur Geschichte des deutschen Bildungsromans*. Ed. Rolf Selbmann. Darmstadt: Wissenschaftliche Buchgesellsachaft, 1988: 55-72.

—. "Über den Geist und Zusammenhang einer Reihe philosophischer Romane." *Zur Geschichte des deutschen Bildungsromans*. Ed. Rolf Selbmann. Darmstadt: Wissenschaftliche Buchgesellschaft, 1988: 45-54.

—. "Zur Geschichte des Bildungsromane." *Zur Geschichte des deutschen Bildungsromans*. Ed. Rolf Selbmann. Darmstadt: Wissenschaftliche Buchgesellschaft, 1988: 73-99.

Morrison, Toni. *The Bluest Eye*. New York: Plume/Penguin, 1970.

—. *Sula*. New York: Plume/Penguin, 1973.

—. *Beloved*. New York: Alfred A. Knopf, 1987.

—. *Playing in the Dark: Whiteness and the Literary Imagination*. New York: Vintage/

Random House, 1993.

Moseley, Merritt. "On the 2017 Man Booker Prize." *Sewanee Review 126*(1), 2018: 157-158.

Mörike, Edward. *Nolten the Painter.* Trans. Raleigh Whitinger. Rochester, N. Y.: Camden House, 2005.

Novalis. *Heinrich von Ofterdingen.* Trans. Palmer Hilty. Prospect Heights: Waveland Press, 1990.

Ojwang, Dan Odhiambo. "Marjorie Oludhe Macgoye." *Encyclopedia of African Literature.* Ed. Simon Gikandi. London: Routledge, 2003.

Okuyade, Ogaga. "Weaving Memories of Childhood: The New Nigerian Novel and the Genre of the Bildungsroman." *Arial: A Review of International English Literature 41*, 2011: 137-166.

Olney, James. *Tell Me Africa: An Approach to African Literature.* Princeton: Princeton University Press, 1973.

—. "The Value of Autobiography for Comparative Studies: African vs. Western Autobiography." *African American Autobiography.* Ed. William M. Andrews. Englewood Cliffs: Prentice-Hall, 1993.

Ornitz, Samuel. *Haunch, Paunch and Jowl: An Anonymous Autobiography.* London: Forgotten Books, 2018.

Otano, Alicia. *Speaking the Past: Child Perspective in the Asian American Bildungsroman.* Münster: Lit Verlag, 2004.

Palmeri, Frank. *Satire, History, Novel: Narrative Forms, 1665-1815.* London: Rosemont Publishing & Printing Corp., 2003.

Paul, Gilroy. "Diasposa and the Detours of Identity." *Identity and Difference.* London: Sage, 1997.

Perrin, Tom. "Rebuilding 'Bildung': The Middlebrow Novel of Aesthetic Education in the Mid-Twentieth-Century United States." *Novel: A Forum on Fiction 44*(3), 2011: 382-401.

Raynaud, Claudine. "Coming of Age in the African American Novel." *The Cambridge Companion to the African American Novel.* Ed. Maryemma Graham. Cambridge: Cambridge University Press, 2004.

Redfield, Marc. *Phantom Formations: Aesthetic Ideology and the Bildungsroman.*

Ithaca: Cornell University Press, 1996.

Richardson, Dorothy. *Pointed Roofs*. London: Duckworth, 1915.

Richardson, Henry Handel. *The Getting of Wisdom*. Melbourne: Penguin, 2010.

Rishoi, Christy. *From Girl to Woman: American Women's Coming-of-Age Narratives*. New York: State University of New York Press, 2003.

Rosowski, Susan J. "The Novel of Awakening." *Genre 12*, 1979: 313-32.

Saine, Thomas P. "Was *Wilhelm Meisters Lehrjahre* Really Supposed to Be a Bildungsroman?" *Reflection and Action: Essays on the Bildungsroman*. Ed. James Hardin. Columbia, S. C.: University of South Carolina Press, 1991.

Salvatore, Anne T. "Toni Morrison's New Bildungsromane: Paired Characters and Antithetical Form in *The Bluest Eye, Sula*, and *Beloved.*" *Journal of Narrative Theory 32*(2), 2002: 154-178.

Sammons, Jeffrey L. "The Mystery of the Missing Bildungsroman; or, What Happened to Wilhelm Meister's Legacy?" *Genre: Forms of Discourse and Culture 14*, 1981: 229-246.

—. "The Bildungsroman for Nonspecialists: An Attempt at Clarification". *Reflection and Action: Essays on the Bildungsroman*. Ed. James Hardin. Columbia, S. C.: University of South Carolina Press, 1991.

Sankara, Edgard. *Postcolonial Francophone Autobiographies: From Africa to the Antilles*. Charlottesville: University of Virginia Press, 2011.

Schreiner, Olive. *The Story of an African Farm*. London: Penguin Classics, 1983.

Schroeder, Friedrich Wilh. "Wielands 'Agathon' und die Anfänge des modernen Bildungsromans." Ph. D. Dissertation. Königsberg: University of Königsberg, 1904.

Selbmann, Rolf. *Der deutsche Bildungsroman*. Stuttgart: J. B. Metzlersche Verlagsbuchhandlung, 1984.

—, ed. *Zur Geschichte des deutschen Bildungsromans*. Darmstadt: Wissenschaftliche Buchgesellschaft, 1988.

Sinclair, May. *Mary Olivier: A Life*. New York: Random House, 1987.

Slaughter, Joseph R. *Human Rights, Inc.: The World Novel, Narrative Form, and International Law*. New York: Fordham University Press, 2007.

Smith, Gail. *Someone Called Lindiwe*. Oxford: Macmillan Education, 2003.

Sorkin, David. "Wilhelm Von Humboldt: The Theory and Practice of Self-Formation

(Bildung), 1791-1810." *Journal of the History of Ideas 44*(1), 1983: 55-73.

Soyinka, Wole. *Aké: The Years of Childhood*. New York: Random House, 1981.

Stahl, Ernst Ludwig. "D Mary Olivier: A Life ie religiöse und die humanitätsphilosophische Bildungsidee und die Entstehung des deutschen Bildungsromans im 18. Jahrhundert." Ph. D. Dissertation. Bonn: University of Bonn, 1934.

Stein, Mark. *Black British Literature: Novels of Transformation*. Columbus: The Ohio State University Press, 2004.

Steinecke, Hartmut. *Romanthorie und Romankritik in Deutschland*, 2 vols. Stuttgart: Metzler, 1975-1976.

—. "The Novel and the Individual: The Significance of Goethe's Wilhelm Meister in the Debate about the Bildungsroman." *Reflection and Action: Essays on the Bildungsroman*. Ed. James Hardin. Columbia, S. C.: University of South Carolina Press, 1991.

Steiner, Lina. *For Humanity's Sake: The Bildungsroman in Russian Culture*. Toronto: University of Toronto Press, 2011.

Stević, Aleksandar. *Falling Short: The Bildungsroman and the Crisis of Self-Fashioning*. Charlottesville/London: University of Virginia Press, 2020.

Stifter, Adalbert. *Indian Summer*. Trans. Wendell Frye. New York: Peter Lang, 1985.

Strauss, Botho. *The Young Man*. Trans. Roslyn Theobald. Evanston: Northwestern University Press, 1995.

Swales, Martin. *The Germen Bildungsroman from Wieland to Hesse*. Princeton: Princeton University Press, 1978.

—. "Irony and the Novel." *Reflection and Action: Essays on the Bildungsroman*. Ed. James Hardin. Columbia, S. C.: University of South Carolina Press, 1991.

Suleiman, Susan Rubin. "La Structure d'apprentissage, Bildungsroman et roman à these." *Poétique 37*, 1979: 24.

—. *Authoritarian Fictions: The Ideological Novel as a Genre*. New York: Columbia University Press, 1983.

Treagus, Mandy. *Empire Girls: The Colonial Heroine Comes of Age*. Adelaide: University of Adelaide Press, 2014.

Trites, Roberta Seelinger. *Disturbing the Universe: Power and Repression in Adolescent Literature*. Iowa City: University of Iowa Press. 2000.

Vázquez, Fernández, *et al.* "Recharting the Geography of Genre: Ben Okri's *The Famished Road* as a Postcolonial Bildungsroman." *The Journal of Commonwealth Literature 37*, 2002: 85-106.

Voßkamp, Wilhelm. "Ein anderes Selbst." *Bild und Bildung im deutschen Roman des 18. und 19. Jahrhunderts*. Göttingen: Wallstein-Verlag GmbH, 2004.

Watt, Ian. *The Rise of the Novel: Studies in Defoe, Richardson and Fielding*. London: Chatto and Windus, 1957.

Waxman, Barbara Frey. "From Bildungsroman to Reifungsroman: Aging in Doris Lessing's Fiction." *Soundings: An Interdisciplinary Journal 68*, 1985: 318-334.

Weil, Hans. *Die Entstehung des deutschen Bildungsprinzips*. Bonn: Cohen, 1930.

Weinstein, Philip. *Unknowing: The Work of Modernist Fiction*. Ithaca: Cornell University Press, 2005.

Wells, Susan. *The Dialectics of Representation*. Baltimore: Johns Hopkins University Press, 1985.

White, Antonia. *Frost in May*. London: Virago, 2006.

White, Barbara Anna. *Growing Up Female: Adolescent Girlhood in American Fiction*. Westport, CT: Greenwood, 1985.

Wieland, Martin. *The History of Agathon*. Trans. John Richardson. London: Cadell, 1773.

Wilder, Gary. *The French Imperial Nation-State: Negritude & Colonial Humanism between the Two World Wars*. Chicago: University of Chicago Press, 2005.

Williams, Michael. *The Eighth Man*. New York: Oxford University Press, 2002.

Witham, W. Tsaker. *The Adolescent in the American Novel, 1920-1960*. New York: Ungar, 1964.

Wundt, Max. *Wilhelm Meister und die Entwicklung des modernen Lebensideals*. Berlin/Leipzig: Walter de Gruyter, 1932.

Yezierska, Anzia. *Bread Givers*. New York: Persea Books, 1975.

阿尔都塞:《哲学与政治》(上、下),陈越译。长春:吉林人民出版社,2011。

阿克萨柯夫:《孙子巴格罗夫的童年》,汤真译。上海:新文艺出版社,1957。

阿克萨柯夫:《学生时代》,汤真译。上海:新文艺出版社,1957。

阿伦特:《极权主义的起源》,林骧华译。北京:生活·读书·新知三联书店,2008。

阿伦特:《人的境况》,王寅丽译。上海:上海人民出版社,2009。

阿伦特:《反抗"平庸之恶"》,陈联营译。上海:上海人民出版社,2014。

艾略特(爱略特):《米德尔马契》,项星耀译。北京:人民文学出版社,1987。

艾略特(爱略特):《弗洛斯河上的磨坊》,祝庆英等译。上海:上海译文出版社,2008。

安吉洛:《我知道笼中鸟为何歌唱》,于霄、王笑红译。上海:上海三联书店,2013。

奥斯丁:《爱玛》,孙致礼译。南京:译林出版社,2001。

奥斯特:《4321》,李鹏程译。北京:九州出版社,2018。

奥斯特:《月宫》,彭桂玲译。上海:上海人民出版社,2008。

奥斯特洛夫斯基:《钢铁是怎样炼成的》,梅益译。北京:人民文学出版社,1995。

奥兹:《爱与黑暗的故事》,钟志清译。南京:译林出版社,2007。

巴赫金:《巴赫金全集》,白春仁等译。石家庄:河北教育出版社,1998。

巴特勒:《消解性别》,郭劼译。上海:上海三联书店,2009。

波尔蒂克(编):《牛津文学术语词典》。上海:上海外语教育出版社,2000。

勃朗特:《维莱特》,吴钧陶、西海译。上海:上海译文出版社,2000。

勃朗特:《简·爱》,祝庆英译。上海:上海译文出版社,2018。

狄更斯:《尼古拉斯·尼克尔贝》,杜南星、徐文绮译。上海:上海译文出版社,1998。

狄更斯:《大卫·科波菲尔》(上、下),庄绎传译。北京:人民文学出版社,2000。

狄更斯:《远大前程》,王科一译。上海:上海译文出版社,2011。

都德:《小东西》,桂裕芳译。北京:人民文学出版社,2020。

法农:《黑皮肤,白面具》,万冰译。南京:译林出版社,2005。

菲茨杰拉德:《了不起的盖茨比》,巫宁坤译。南京:译林出版社,2013。

菲尔丁:《弃儿汤姆·琼斯的历史》(上、下),萧乾、李从弼译。上海:上海译文出版社,2013。

菲尔斯基:《现代性的性别》,陈琳译。南京:南京大学出版社,2020。

福柯:《规训与惩罚:监狱的诞生》,刘北成、杨远婴译。北京:生活·读书·新知三联书店,2003。

福柯:《主体解释学》,佘碧平译。上海:上海人民出版社,2005。

福楼拜:《情感教育》,李健吾译。上海译文出版社,2017。

福斯特:《最漫长的旅程》,苏福忠译。上海译文出版社,2016。

伏尔泰:《老实人》,傅雷译。上海:上海译文出版社,2017。

冈察洛夫:《平凡的故事》,周朴之译。上海:上海译文出版社,1980。

冈察洛夫:《奥勃洛莫夫》,陈馥、郑揆译。北京:人民文学出版社,1997。

高中甫、宁瑛:《20世纪德国文学史》,青岛:青岛出版社,2014。

歌德:《维廉·麦斯特的学习时代》,冯至、姚可崑译。北京:人民文学出版社,2022。

戈迪默:《伯格的女儿》,贾文浩译。北京:北京燕山出版社,2018。

格拉斯:《剥洋葱:君特·格拉斯回忆录》,魏育青等译。南京:译林出版社,2008。

格拉斯:《铁皮鼓》,胡其鼎译。上海:上海译文出版社,2011。

葛兰西:《狱中札记》,葆煦译。北京:人民出版社,1983。

谷裕:《德语修养小说研究》。北京:北京大学出版社,2013。

谷裕:《近代德语文学中的政治和宗教片论》。上海:复旦大学出版社,2018。

哈代:《无名的裘德》,刘荣跃译。上海译文出版社,2007。

韩水法、黄燎宇(编):《从市民社会到公民社会:理解"市民-公民"概念的维度》,北京:北京大学出版社,2011。

黑格尔:《美学》,朱光潜译。北京:商务印书馆,1981。

霍尔:《孤寂深渊》,张玲、张扬译。上海:上海译文出版社,2011。

基德:《蜜蜂的秘密生活》,侯萍、宋苏晨译。南京:译林出版社,2007。

加顿艾什:《事实即颠覆:无以名之的十年的政治写作》,于金权译。桂林:广西师范大学出版社,2014。

凯勒:《绿衣亨利》(上、下),田德望译。北京:人民文学出版社,2015。

坎贝尔:《千面英雄》,黄钰苹译。杭州:浙江人民出版社,2016。

克劳斯:《比利时的哀愁》,李双志译。南京:译林出版社,2020。

库雷西:《郊区佛爷》,师康译。上海:上海文艺出版社,2007。

劳伦斯:《儿子与情人》,陈良廷、刘文澜译。北京:人民文学出版社,2011。

李:《杀死一只知更鸟》,高红梅译。南京:译林出版社,2012。

李昌珂:《德国文学史》(第五卷),南京:译林出版社,2008。

李贺青:《出航:玛丽·麦卡锡的女性成长小说研究》,北京:对外经济贸易大学出版社,2016。

卢卡奇:《小说理论》,燕宏远、李怀涛译。北京:商务印书馆,2018。

卢梭:《爱弥儿:论教育》,李平沤译。北京:商务印书馆,1978。

罗兰:《约翰·克利斯朵夫》(上、下),傅雷译。北京:人民文学出版社,1997。

洛奇:《生姜头,你疯了》,任丽ã译。北京:新星出版社,2018。

洛奇:《走出防空洞》,刘斌译。北京:新星出版社,2018。

路德维希:《德国人:一个民族的双重历史》,杨成绪、潘琪译。上海:文汇出版社,2019。

伦敦:《马丁·伊登》,吴劳译。上海:上海译文出版社,2006。

曼:《大骗子克鲁尔的自白》,君余译。上海:上海译文出版社,2006。

曼:《魔山》,钱鸿嘉译。上海:上海译文出版社,2007。

毛姆:《人性的枷锁》,张乐译。南昌:江西人民出版社,2016。

蒙哥玛利:《绿山墙的安妮》,马爱农译。杭州:浙江文艺出版社,2004。

倪湛舸:成长小说的美学政治:从席勒的头骨到《伯恩的身份》,《上海文化》(4):82-90。

普拉斯:《钟形罩》,杨靖译。南京:译林出版社,2007。

蒲宁:《阿尔谢尼耶夫的青春年华》,戴骢译。广州:花城出版社,2016。

乔伊斯:《一个青年艺术家的画像》,李靖民译。杭州:浙江文艺出版社,2009。

琴凯德:《我母亲的自传》,路文彬译。海口:南海出版公司,2006

容:《怕飞》,石雅芳译。上海:上海译文出版社,2013。

芮渝萍、范谊:《成长的风景:当代美国成长小说研究》,北京:商务印书馆,2012。

萨克雷:《潘登尼斯》(上、下),项星耀译。上海:上海译文出版社,1985。

萨义德:《东方学》,王宇根译。北京:生活·读书·新知三联书店,1999。

萨义德:《文化与帝国主义》,李琨译。北京:生活·读书·新知三联书店,2004。

塞林格:《麦田里的守望者》,施咸荣译。南京:译林出版社,1999。

山多尔:《一个市民的自白》,余泽民译。南京:译林出版社,2015。

史密斯:《布鲁克林有棵树》,方柏林译。南京:译林出版社,2009。

斯皮瓦克:《后殖民理性批判:正在消失的当下的历史》,严蓓雯译。译林出版社,
　　　2014。

斯特林堡:《女仆的儿子》,高子英译。北京:人民文学出版社,1982。

司汤达:《红与黑》,张冠尧译。人民文学出版社,2015。

泰勒:《自我的根源:现代认同的形成》,韩震等译。南京:译林出版社,2012。

吐温:《哈克贝利·芬历险记》,刁克利译,北京:中国少年儿童出版社,2007。

吐温:《汤姆·索亚历险记》,刁克利译,北京:中国少年儿童出版社,2007。

托尔斯泰:《童年·少年·青年》,谢素台译。人民文学出版社,1984。

陀思妥耶夫斯基:《少年》,陆肇明译。石家庄:河北教育出版社,2013。

瓦尔泽:《迸涌的流泉》,卫茂平译。杭州:浙江文艺出版社,2016。

王尔德:《道林·格雷的画像》,孙宜学译。杭州:浙江文艺出版社,2017。

温特森:《橘子不是唯一的水果》,于是译。北京:新星出版社,2010。

沃尔夫:《天使望故乡》,王建开、陈庆勋译。上海:上海译文出版社,2009。

沃克:《紫色》,杨仁敬译。北京:北京十月文艺出版社,1987。

伍德:《私货:詹姆斯·伍德批评文集》,冯晓初译。开封:河南大学出版社,2017。

伍尔夫（吴尔夫）：《远航》，黄宜思译。北京：人民文学出版社，2003。

肖瓦尔特：《她们自己的文学：英国女小说家：从勃朗特到莱辛》，韩敏中译。杭州：浙
　　江大学出版社，2011。

谢建文、卫茂平（编）：《思之旅：德语近、现代文学与中德文学关系研究》，上海：上海
　　三联书店，2016。

扬：《后殖民主义与世界格局》，容新芳译。译林出版社，2013。

詹明信（詹姆逊）：《政治无意识：作为社会象征行为的叙事》，王逢振、陈永国译。北
　　京：中国社会科学出版社，1999。

詹明信（杰姆逊）：《后现代主义与文化理论》，唐小兵译。北京：北京大学出版社，2005。

张京媛（编）：《当代女性主义文学批评》，北京：北京大学出版社，1992。

推荐文献

Abel, Elizabeth, *et al.*, eds. *The Voyage In: Fictions of Female Development*. Hanover: Dartmouth College Press, 1983.

Alden, Patricia. *Social Mobility in the English Bildungsroman: Gissing, Hardy, Bennett, and Lawrence*. Ann Arbor: University of Michigan Press, 1986.

Bakhtin, M. M. "The Bildungsroman and Its Significance in the History of Realism." *Speech Genres and Other Late Essays*. Trans. Vern W. McGee. Eds. Caryl Emerson, *et al*. Austin: University of Texas Press, 1986.

Beddow, M. *The Fiction of Humanity: Studies in the Bildungsroman from Wieland to Hesse*. Cambridge: Cambridge University Press, 1982.

Berger, Berta. *Der moderne deutsche Bildungsroman*. Bern: Paul Haupt, 1942.

Boes, Tobias. *Formative Fictions: Nationalism, Cosmopolitanism, and the Bildungsroman*. New York: Cornell University Press and Cornell University Library, 2012.

Bruford, Walter Horace. *The German Tradition of Self-Cultivation: Bildung from Humboldt to Thomas Mann*. London: Cambridge University Press, 1975.

Buckley, Jerome Hamilton. *Season of Youth: The Bildungsroman from Dickens to Golding*. Cambridge: Harvard University Press, 1974.

Castle, Gregory. *Reading the Modernist Bildungsroman*. Gainsville: University of Florida Press, 2006.

Dilthey, W. *Poetry and Experience*. Eds. and trans. Rudolf A. Makkreel, *et al*. Princeton: Princeton University Press, 1985.

Esty, Jed. *Unseasonable Youth: Modernism, Colonialism, and the Fiction of Development*. Oxford: Oxford University Press, 2012.

Fraiman, Susan. *Unbecoming Women: British Women Writers and the Novel of Development*. New York: Columbia University Press, 1993.

Fuderer, Laura Sue. *The Female Bildungsroman in English: An Annotated Bibliography of Criticism*. New York: The Modern Language Association of America, 1990.

Gohlman, Susan. *Starting Over: The Task of the Protagonist in the Contemporary Bildungsroman*. New York/London: Garland Publishing, 1990.

Graham, Sarah. ed., *A History of the Bildungsroman*. Cambridge: Cambridge University Press, 2019.

Hardin, James. ed., *Reflection and Action: Essays on the Bildungsroman*. Columbia, S. C.: University of South Carolina Press, 1991.

Howe, Susanna. *Wilhelm Meister and His English Kinsmen: Apprentices to Life*. New York: Columbia University Press, 1930.

Jacobs, Jürgen. *Wilhelm Meister und seine Brüder: Untersuchungen zum Deutschen Bildungsroman*. München: Wilhem Fink Verlag, 1972.

Jeffers, Thomas L. *Apprenticeships: The Bildungsroman from Goethe to Santayana*. New York: Palgrave Macmillan, 2005.

Kontje, Todd. *Private Lives in the Public Sphere: The German Bildungsroman as Metafiction*. University Park: Pennsylvania State University Press, 1992.

—. *The German Bildungsroman: History of a National Genre*. Columbia: Camden House, 1993.

Köhn, Lothar. *Entwicklungs- und Bildungsroman: Ein Forschungsbericht*. Stuttgart: Metzler, 1969.

Labovitz, Esther Kleinbord. *The Myth of the Heroine: The Female Bildungsroman in the Twentieth Century: Dorothy Richardson, Simone de Beauvoir, Doris Lessing, Christa Wolf*. New York: Peter Lang, 1986.

Mayer, Gerhart. *Der deutsche Bildungsroman: Von der Aufklärung bis zur Gegenwart*. Stuttgart: Metzler, 1992.

Millard, Kenneth. *Coming of Age in Contemporary American Fiction*. Edinburgh: Edinburgh University Press, 2007.

Moretti, Franco. *The Way of the World: The Bildungsroman in European Culture*.

London: Verso, 1987/2000.

Redfield, Marc. *Phantom Formations: Aesthetic Ideology and the Bildungsroman*.
Ithaca: Cornell University Press, 1996.

Rishoi, Christy. *From Girl to Woman: American Women's Coming-of-Age*
Narratives. New York: State University of New York Press, 2003.

Selbmann, Rolf. *Der deutsche Bildungsroman*. Stuttgart: J. B. Metzler, 1984.

—, ed. *Zur Geschichte des deutschen Bildungsromans*. Darmstadt: Wissenschaftliche
Buchgesellsachaft, 1988.

Steiner, Lina. *For Humanity's Sake: The Bildungsroman in Russian Culture*. Toronto:
University of Toronto Press, 2011.

Stević, Aleksandar. *Falling Short: The Bildungsroman and the Crisis of Self-Fashioning*.
Charlottesville/London: University of Virginia Press, 2020.

Swales, Martin. *The German Bidungsroman from Wieland to Hesse*. Princeton:
Princeton University Press, 1978.

索引